真珠郎

신
주
로

요코미조 세이시 지음
정명원 옮김

真珠郎

신
주
로

SIGONGSA

신주로

공작 병풍

真珠郎

신주로

프롤로그

신주로真珠郎는 어디에 있을까.

존엄하리만치 우월한 미모로, 칠흑 같은 밤보다 까만 수수께끼의 날개에 올라타 돌연 세간의 이목을 받으며 춤추는가 싶더니, 처음에는 인가에서 떨어진 두메산골에, 그다음에는 수도의 한가운데에, 더없이 무서운 피의 전율을 그린 기괴한 살인 미소년. 대체 그 녀석은 어디로 사라져버린 것일까.

미모라는 것은 때로 남의 눈에 띄기 가장 쉬운 간판 같은 것이다. 신주로의 경우는 특히 더 그랬다. 그의 특징인 미모는 여러 신문에 언급되어 사람들의 입에서 입으로 전해졌다. 그런 눈에 보이지 않는 그물망을 벗어나 세상에서 완전히 잠적해버렸다는 것은 그 자체로 하나의 기적과 같았다. 게다가 신주로는 멋들어지게 그 기적을 해치웠던 것이다.

밀랍처럼 하얀 손을, 한 사람도 아니고 두 사람, 세 사람까지, 몇 사람의 피로 붉게 물들이면서 우왕좌왕하는 세간의 시선을 벗어나 그는 공기처럼 사라졌다. 바다에 떨어뜨린 물 한 방울처럼 완전히 세상의 시야 밖으로 모습을 감춰버린 것이다. 정말이지 마법사도 당해낼 수 없을 만큼 교묘하게 말이다.

이 얼마나 이상한 남자란 말인가. 이 얼마나 무서운 남자란 말인가. 세상이 놀라 할 말을 잃은 것도 결코 무리가 아닌 일이었다.

하지만 신주로라는 적잖이 로맨틱한 이름을 지닌 이 남자는 그 출생부터 더없이 기괴하고 전기적인 색채를 띠고 있었다.

첫째로 신주로라는 호칭이 있을 뿐, 성도 없고 물론 호적따위 어디에도 없다. 즉 그는 처음부터 이 세상에 존재하지 않았던 사람이나 마찬가지였다.

갑작스레 검은 회오리바람이 일어나듯 피의 충동에 미친 그가 저 무시무시한 첫 번째 참극을 연출할 때까지 세간에는 그런 인간이 존재한다는 사실을 아는 이조차 극히 드물었던 것이다.

신주로라고?

그런 인간이 정말 있는 것일까. 여름밤의 환상은 아니었을까. 비상시의 대자연을 경외하는 인간들이 그 순간 자신도 모르게 허공에 그린 일종의 신기루 같은 존재가 아니었을까.

세간에는 그런 의문을 품은 사람도 적지 않은 모양이다. 하지만 나는 그들에게 단호히 "아니!"라고 말할 수 있다. 역시 첫 번째 참극 당시의 무서운 광경은 우리에게는 미칠 듯이 큰 충격이었다. 감히 그것을 부정할 생각은 없다. 하지만 그때 우리가 이성을 완전히 잃은 것은 아니었다. 우리에게는 아직 사리 분별 능력이 남아 있었다.

그러므로 나는 여기서 단언할 수 있다. 신주로는 분명 살아 있었다. 우리가 겁에 질려 허공에 그린 신기루도 아니고 꿈도 아니다. 그는 분명 우리와 마찬가지로 숨을 쉬고 물을 마시고 음식을 먹으며 살아가는, 현실의 존재였던 것이다.

만약 여러분이 원한다면 나는 얼마든지 그의 생존을 입증할 증거를 보여드릴 수 있다. 하지만 여기서 너무 앞서 나가지는 말자.

한 가지 말해두어야 할 것은, 내가 처음 이 이상한 남자를 살짝 엿보았을 때 뼛속까지 차갑게 식는 듯한 무서운 인상을 받았다는 사실이다. 이 사실을 언급했으니 이제 이야기의 본론으로 들어가자.

나는 지금도 그때의 광경을 확실히 눈앞에 떠올릴 수 있다. 고색창연한 우키요에*랄까, 혹은 안개에 감싸인 보석이랄까, 은밀하게 타오르는 광택과 인형 같은 아름다움을 품고 묘하게 사람의 마음을 요동치게 하는, 뭐라 형용하기 어려운 퇴폐적인 인상이었다.

그것은 산간 지방의 호반에 자리한 숲에서 한밤중에 일어난 일이었다. 나는 뜻하지 않게 버드나무 아래서 눈부시게 날아다니는 무수한 반딧불에 둘러싸인 채 비틀거리며 서 있는 신주로의 모습을 언뜻 보았던 것이다.

그날 그는 방금 호수 바닥에서 기어 올라온 사람처럼 온몸이 흠뻑 젖어 있었다. 그리고 버드나무에 비스듬히 기댄 몸은 마치 학질에 걸린 사람처럼 격렬하게 떨리고 있었다.

나는 그토록 무서운 반딧불 무리를 본 적이 없다. 마침 여름 저녁이라 처마 끝에 보이는 모기떼처럼 서로 뒤엉키고 얽히면서 무수한 불기둥이 되어 이 불가사의한 남자의 주위를 날아다니고 있었던 것이다. 이들 기둥에서 멀어진 한 떼의 반딧불이 도깨비불처럼 푸르게 불타오르며 물 위로 떨어지는가 싶더니, 거기서 다시 무수한 빛의 파편이 되어 휙 사방으로 날아 흩어지기도 했다.

신주로는 이런 반딧불 한가운데에 서 있었다. 안색은 창

---

* 浮世絵, 에도 시대에 성행한 풍속화. 주로 유곽이나 유녀, 연극배우 등을 소재로 그렸다.

백했다. 그것은 꼭 반딧불 때문만은 아닌 듯했다. 그가 몸을 떨 때마다 물에 젖은 녹색 양복이 엿처럼 너울거리며 빛났다. 그리고 전신에서 뚝뚝 떨어지는 물방울은 교인*의 눈물처럼 그대로 굳어 아름다운 구슬이 되는 게 아닐까 싶을 정도였다.

신주로는 이윽고 손을 뻗어 눈앞을 날아가는 반딧불을 붙잡았다. 그리고 그것을 입안에 넣어 삼켰다. 그러자 어찌 된 일일까, 그의 뺨은 투명하게 비치는 반딧불로 인해 마치 도깨비불의 과실처럼 아름답게 빛났던 것이다.

* 鮫人. 상상의 동물로, 인어의 일종. 눈물을 흘리면 옥이 된다고 한다.

제1장

세례 요한의 머리

X 대학 영문과에 강사로 자리 잡은 나, 시나 고스케椎名耕助는 지금껏 스스로를 운명론자라고 생각한 적이 한 번도 없다. 오히려 학교에서 나의 평판은 굉장히 산문적이고 실용적인 인물인 듯하다. 나 자신도 그런 평가에 수긍하지 않을 이유가 딱히 없고, 오히려 그것을 자랑으로 여길 정도의 인간이다.

　하지만 그해 7월 초, 구단의 고지대에서 멀찍이 서쪽 하늘에 보이던 거뭇한 구름의 모습만큼은 지독히 암시적이었다고, 지금도 떠올릴 때마다 묘한 기분을 느끼지 않을 수 없다.

　그때 나는 여느 때처럼 우시고메 성문의 가이코샤* 옆을 지나서 야스쿠니 신사 앞을 비스듬히 가로질러 히토쿠치자

---

*　偕行社. 과거 일본 육군 장교들의 친목 단체.

카 쪽으로 나가려 하고 있었다. 그날까지 3년 남짓을 거의 매일 다니면서 익숙해진 길이었다. 오무라 마스지로*의 동상을 곁눈질하면서 완만한 구단의 언덕을 올라간다. 오토리이** 앞을 가로질러 비스듬히 전차 거리 쪽으로 나간다.

이것이 판에 박은 듯한 나의 매일 루틴이었는데, 그러는 사이 어느 틈엔가 다음과 같은 습관이 생겼다. 오토리이 앞을 가로지르기 전에 나는 반드시 한 번 속도를 늦추고 모자를 손에 쥔다. 이런 습관이 언제부터 생겼는지는 잘 기억나지 않는다. 하지만 가만히 생각해보면 날씨가 추워 양손이 얼어 있을 때를 제외하곤 매번 오토리이 앞에서 모자를 벗는 것 같다. 처음에는 신을 공경하는 마음에서 시작했을지도 모르지만 이제는 거의 무의식적으로 벗게 되었다. 어쩌면 그 언덕을 오를 때의 심장박동을 여기서 조절하려고 잠시 쉬는 것인지도 모른다.

그건 그렇고 그날도 나는 거기에 이르러 언제나처럼 걸음을 늦추고 모자를 벗었다. 그리고 여하튼 더운 날씨였기 때문에 모자로 가볍게 가슴을 두드리듯이 하면서 문득 나라를 위해 죽은 이들의 영혼을 모신 신사의 잡목 너머로 그 구름을 보았던 것이다.

* 大村益次郎, 군인이자 군사 이론가. 일본 근대 군대의 아버지로 불린다.
** 大鳥居, 신사나 절 입구에 세우는 거대한 기둥 문.

장마의 흔적이 어딘가 아직 언저리를 맴돌고 있는 듯 묘하게 푹푹 찌는 저녁나절이었다. 서쪽 하늘 일대는 고운 은가루를 흩뿌린 듯 뿌옇게 흐려져 있었고 유일하게 그 기묘한 구름만이 뭉게뭉게 검은 잡목림 위에 고개를 쳐들고 있었다.

　그때 나는 정말이지 어떻게 되었던 것이 틀림없다. 2, 3일 부탁을 받아 야학 시험에 입회하고 그 답안을 밤새 보기도 하느라 신경이 지쳐 있었을지도 모른다. 아무튼 나는 그 구름을 보고 무심코 흠칫하며 자리에서 발을 멈췄던 것이다.

　그것은 인간의 머리와 꼭 닮은 모습을 하고 있었다. 옆쪽을 향하는 듯한, 코가 높고 이마가 넓고, 길게 늘어뜨린 머리카락을 목 언저리에서 곱슬곱슬하게 말고 있는 모양의 구름이 검은 잡목림 위에서 석양을 받아 새빨갛게, 그야말로 피가 떨어진 것처럼 새빨갛게 타오르고 있었다. 게다가 목이 잘린 곳에 해당하는 자리에 다른 구름이 옆으로 한일자처럼 길게 뻗어 있는 것이 마치 쟁반이나 그릇처럼 보였다. 즉, 그 구름은 쟁반에 놓여 살로메에게 바쳐진 세례 요한의 머리*와 아주 흡사한 모습을 하고 있었던 것이다.

---

*　성경 속 이야기. 살로메는 의붓아버지 헤롯왕의 생일 축하연에서 춤을 추어 그를 기쁘게 한 대가로 세례 요한의 머리를 요구했다. 결국 세례 요한은 참수되었고, 머리는 살로메에게 바쳐졌다.

"앗!"

나는 무심코 숨을 멈추고 그 자리에 붙박여버렸다. 나를 비웃지 말아주었으면 한다. 당시 묘하게 울혈이 생긴 것처럼 께느른한 정신 상태에서는 이 구름의 모습이 뭐라 말할 수 없을 만큼 불길하게 느껴졌다. 정말이지 가슴이 꽉 막힌 듯한 공허한 느낌이었던 것을 지금도 확실히 기억한다.

"여어."

그때 그 남자가 뒤에서 어깨를 두드리지 않았다면 나는 언제까지고 그 자리에 서 있었을지도 모른다.

"왜 그래요? 뭘 보고 있는 겁니까?"

그렇게 말하면서 앞으로 돌아 내 얼굴을 응시한 사람이 오쓰코쓰 산시로乙骨三四郞였으니 내가 이 무서운 사건에 발을 담그게 된 것은 사실 그때 하늘에 떠 있던 세례 요한의 머리 때문이었다고 해도 틀린 말은 아닐 것이다.

"아, 아니."

나는 무척 겸연쩍었다. 갈팡질팡하면서 당황해서 말했다.

"저 구름을 보고 있었어요. 저기, 잡목림 뒤에 보이시죠. 꼭 인간의 머리 같은 모습을 하고 있지 않습니까. 세례 요한의 머리잖아요, 저거……."

오쓰코쓰 산시로는 놀란 얼굴을 하고 내가 가리킨 쪽을 보았지만, 이내 고개를 저었다.

"저는 그렇게는 안 보이는데요. 오히려 낙타 같지 않습니까?"

"하하하하하. 그럴지도 모르겠네요. 저 좀 어떻게 된 모양입니다. 방금 저 구름을 보고 방울방울 피가 떨어지는 인간의 머리를 연상하고 있었어요. 아, 나도 참. 그런데 어디 가세요?"

"피곤하신가 봅니다. 그러고 보니 안색이 좀 안 좋은데요. 공부를 너무 많이 하신 거 아닌가요? 가끔은 쉬셔야 해요. 저 말입니까? 저는 저 앞의 지인 집에 가려고요."

우리는 자연스레 어깨를 나란히 하고 걷기 시작했다.

이 남자와 이렇게 친숙하게 대화한 것은 이번이 처음이었다. 오쓰코쓰 산시로 역시 나와 같은 사립대학에서 강의를 하고 있었지만 전문 분야가 다르다 보니 학교에서 만나도 거의 대화한 적이 없었다. 그는 동양 철학을 강의하고 있었다.

나는 그가 아까 일을 이상하게 생각하지나 않을지 신경 쓰여서 얼마간 변명하고자 하는 심정으로 이렇게 말했다.

"저는요, 어릴 때부터 구름 보는 것을 좋아했어요. 특히 여름 구름이 좋습니다. 도쿄에 있으면 독특한 구름 형태도 볼 수 없지만요. 제 고향…… 주고쿠의 산속에서는 정말 여러 가지 구름을 볼 수 있답니다. 그래서 매년 이맘때면 어딘가 산속으로 도망치고 싶어집니다. 향수병이라고 해야 할까요. 애가 타서 여행을 하고 싶어질 때가 있죠."

"고향이 주고쿠인가요?"

"맞습니다. 오카야마의 한참 안쪽, 오히려 산인에 가까운 쪽이에요."

"전 도호쿠 출신인데요. 동해를 보신 적 있습니까?"

"아뇨, 없습니다. 바다에 대해선 잘 몰라요. 태평양이라면 기차 안에서 슬쩍 엿본 적 있지만요."

"도카이도선 말입니까. 기차 안에서 본 바다란 모형 정원 같은 거죠. 매우 온화하고 따뜻한 기분이 들잖아요. 그에 비하면 제 고향 바다는 왠지 날카롭고 모가 난 사람 같은 느낌이 납니다. 남에게 버림받고 초라해져서 초조해하고 있는 그런 느낌이에요. 인간도 마찬가지죠. 어쨌든 땅이 척박하고 빛이 안 들지 않습니까. 남을 찍어 눌러서라도 자기 땅을 윤택하게 하려는 노력을 해야 살아남을 수 있죠, 우리도."

오쓰코쓰 산시로는 석양을 향해 손을 흔드는 듯한 몸짓을 했다.

"자주 남들에게 이기주의자란 소리를 들어요. 하지만 별수 없죠. 저 음침한 고향 바다와 산을 떠올리면 나만은 기필코 최상류층이 되어야겠다는 마음이 듭니다. 남의 일 따위 알 바냐. 타인을 쓰러뜨리고서라도 나만은 출세해야겠다는 생각에 사로잡히거든요."

나는 놀라서 그의 얼굴을 다시 보았다. 어째서 그가 별로 친하지도 않은 내게 이런 이야기를 꺼낼 마음을 먹었는지, 나는 잘 모르겠다. 그의 수다에는 정말이지 뭔가에 씐 사람처럼 기묘한 구석이 있었다.

"비웃으시면 안 돼요. 당신은 제 학창 시절이 얼마나 비참했는지 모르시니 그렇게 묘한 표정을 지으시는 겁니다. 실제 저처럼 궁핍한 생활을 했던 사람은 세상의 이런저런 것들을 돈이라는 목적에 따라 계산해요. 가난한 청춘, 그것이 얼마나 쓸쓸한 것인지 아십니까? 사실상 제게는 청춘 따위 없었다고 할 수밖에 없어요. 하지만 보세요. 앞으로 휘황찬란한 생활을 해 보일 거니까요. 저의 이 재주와 이 몸으로 말이죠……."

오쓰코쓰 산시로는 거기서 멈춰 서더니 문득 주위를 둘러보았다.

"어, 얘기하다가 무심코 지나쳐버렸네요. 그럼 실례. 제 얘기에 신경 쓰지는 마세요."

그런 말을 던지고 그는 성큼성큼 전찻길을 가로질러 저 너머의 골목으로 사라져버렸다. 나는 잠시 연기에 휩싸인 듯한 기분이었다. 정말 묘한 남자라고 생각했다.

만약 그때 누군가가 내 어깨를 두드리고 머지않아 너는

저 남자와 더없이 무서운 모험들을 함께할 거라고 했다면 나는 분명 얼굴을 붉히며 분개했을 것이다.

하지만 사실은 이렇다. 그로부터 열흘 정도 지나 다시 오 쓰코쓰 산시로와 이야기를 나눌 기회가 생겼다. 그 전에 내 다른 친구가 그에 대해 내린 평가를 여기 적어두겠다.

"그 남자는 말이지, 물질적으로 너무 궁핍했던 나머지 인 간이 완전히 크리티컬해졌어. 아주 머리가 좋은 남자야. 스 스로도 그걸 의식하고 있고. 그래서 자기 같은 수재가 이렇 게 힘들게 사는데, 아무 쓸모도 없는 멍청한 놈이 풍족한 생 활을 하는 건 불합리하다고 생각하지. 그 녀석의 사고방식 은 만사 그런 식이야. 양보란 걸 모르는 성격인 것 같아. 누군 가가 그 녀석을 보고 경찰이 되는 게 낫겠다고 했는데 아마 도 딱 맞는 말일 거야. 그랬다면 꽤나 가차 없는 경찰이 되었 겠지. 하하하하하."

아무튼 내가 두 번째로 그를 만난 것은 어떤 강연회에 참 석했다가 돌아가는 길이었다. 나는 거기서 '토머스 하디*의 사람과 예술에 대하여'라는 주제로 강연을 하나 했는데, 공 교롭게 같은 모임에서 오쓰코쓰 산시로도 인도 철학인가 뭔 가에 대해 이야기했던 것이다.

---

* 영국 빅토리아 시대의 사실주의 작가.《더버빌가의 테스》로 잘 알려져 있다.

모임에서 돌아가는 길, 나는 그의 권유로 함께 찻집에 들러 커피를 한잔 마셨다.

"어떻습니까. 그 후 세례 요한의 머리는 나타나지 않았나요?"

오쓰코쓰가 놀리듯 물었다.

"고맙습니다. 덕분에요. 요즘은 그저 살로메의 가슴 때문에 힘드네요. 하하하하하."

"잘됐네요. 그러고 보니 안색이 좋아 보여요. 그때는 정말 안 좋아 보였거든요. 흙빛이었어요. 가끔 여행이라도 하시죠."

"정말 하고 싶죠. 하지만 아무래도 재정 상황이 여의치 않아서요."

"괜찮아요. 사물에 대해 사치스러운 사고방식을 갖고 있으니 겁이 나는 거죠. 제게 계획을 맡기면 돈은 얼마 안 들 겁니다. 정말 여행하실 생각 있어요?"

"그야 물론이죠."

"실은 저도 이번 휴가 때 정리하고 싶은 연구가 있어서 어딘가 시원한 산속으로 도피해볼까 생각 중인데 신슈는 어때요? 가볼 생각 없어요?"

"신슈가 어디쯤이죠?"

"아사마 근방인데요. 5, 6년 전에 한 번 가본 적이 있는데 그 부근은 물가가 싸요. 잘하면 도쿄에 머무는 것보다 쌀지도 모르죠. 혹시 생각이 있으시면 계획을 짜드릴 수 있어요."

딱히 확실하게 대답할 생각은 없었는데, 놀랍게도 그다음 날 학교에서 만났을 때 그는 느닷없이 명세서 한 장을 내 앞에 내밀었다. 그의 성격을 말해주는 듯한, 정말이지 꼼꼼하게 작성한 명세서였다. 그럼에도 전혀 무리하게 느껴지지 않는, 굉장히 머리 좋은 사람이 쓴 여행 안내 자료였다.

"그렇군요. 이 정도라면 도쿄에 머무는 것보다 싸게 들지도 모르겠네요."

"싸게 들고말고요. 단, 사치를 부리면 한도 끝도 없어요. 술은 안 드시죠?"

"술도 담배도 안 합니다."

"그럼 괜찮겠네요. 모처럼 이렇게 계획을 세웠으니 같이 가지 않을래요?"

이 남자가 굉장히 끈덕진 성격의 소유자란 얘기는 들었지만 정말 그렇군, 하고 생각했다. 이 여행 계획에 있어 그의 태도는 권유보다 오히려 명령조에 가까웠다. 좋게 말하면 명쾌하지만 나쁘게 말하면 고압적이라 할, 나처럼 기가 약한 사람은 거절할 수 없을 정도로 압도적인 기세였다.

하지만 결국 나는 이런 강한 의지와 성격을 지닌 남자와 같이 여행하는 것이 결코 나쁜 경험은 아닐 거라 생각했다.

그래서 쾌히 만사를 그에게 일임하기로 했다.

그리고 그로부터 일주일 후, 잊을 수 없는 7월 15일 밤에 도쿄의 오봉*을 뒤로하고 우에노를 떠난 우리는 이 여행의 첫 번째 목적지인 신에쓰선의 어느 지역으로 향했던 것이다.

* お盆, 일본 최대의 명절. 본래 음력 7월 보름을 가리켰으나, 오늘날에는 양력 8월 15일을 중심으로 쇤다.

제2장

무지개와 여인

이 여행의 초반부에 대해서는 그리 길게 이야기하지 않으려 한다.

오쓰코쓰 산시로는 몇 번이나 말했듯 굉장히 폭군 같아서 내 의견을 들어주는 일은 거의 없었지만, 대신 그의 계획은 실로 세밀하여 그대로 따르면 대체로 만족스러운 결과를 얻을 수 있었다. 융통성이 다소 결여되어 있었고 갑갑한 느낌이 없는 것도 아니었지만, 이는 우리의 주머니 사정으로 보아 어쩔 수 없는 것이었으리라.

우리는 첫 열흘 정도를 부근의 온천장에서 보냈다. 그리고 그곳에 싫증이 나자 K로 옮겨 갔다. 우리가 처음 N 호반의 이야기를 들은 것은 이 K의 숙소에서였다.

"어째서 N에 안 가십니까? 그쪽 같은 분들이 N에 가지 않으시다니요. 공부를 하실 생각이라면 더욱 그렇습니다. 조용하냐고요? 조용하죠. 뭐 아사마산이라도 폭발하지 않는 한은 그보다 더 조용할 수 없을 겁니다."

그렇게 말하고 이제까지 N에 있었다던 이 남자는 그 호반의 아름다움과 아사마산의 변화무쌍한 경치에 대해 호객 행위로서는 더할 나위 없는 과장과 영탄을 섞어 표현하며 점점 우리의 마음을 움직였던 것이다.

"숙소는 있나요?"

"예, 물론이죠. 하지만 댁들 같은 분은 일반 집을 빌리는 편이 나을 거예요."

"그런 집이 있습니까?"

"찾으면 못 구할 것도 없죠."

그런데 조금 묘한 일이 생겼다. 이 정도라면 우리 마음도 약간 움직이다가 말았을 테지만, 그로부터 사흘쯤 뒤에 갑자기 모르는 남자가 우리 앞에 나타났다. 그 남자는 N에서 일용품을 사러 일주일에 한 번 정도 이곳에 나오는 일종의 심부름센터 사람이었는데, 전부터 N 호반에 집을 갖고 있는 어떤 인물에게 부탁받아 적당한 사람이 있다면 여름에 그 집의 방 하나를 빌려주려고 손님을 물색하던 참이었다는 이야기였다.

"호수 바로 옆에 있는 집이고요, 아마 이 부근에서도 가장 볼만한 장소일 겁니다. 예, 조용한 건 확실히 보증할 수 있죠. 인근에 다른 집은 전혀 없고 게다가 넓은 저택에 주인과 조카따님 두 분만 사니까요."

"대체 뭐 하는 분입니까?"

"주인분은 우도鵜藤 씨라고, 의사라 들었습니다. 하지만 개업은 안 했어요. 원래는 도쿄의 대학인가 어딘가에 계셨는데 20년도 더 전에 은퇴해서 이 호반에서 책만 읽으면서 살고 계시다고 해요."

"가족은 그분과 조카 두 분뿐이군요."

"예, 굉장히 예쁜 아가씨로 3, 4년 전에 도쿄의 여학교를 나와서 여기 오셨는데요, 그 조카따님이 심심해해서요. 그렇다 보니 여름만이라도 객식구를 들이자고 한 모양입니다. 어쨌든 하녀도 없이 지내고 계시니까요."

내 마음은 적잖이 움직였다. N 호수에 대한 집착은 전혀 없었지만 문득 이렇게 되면 오쓰코쓰 산시로의 스케줄이 엉클어지리라 생각하니 재미있었던 것이다. 정말이지 나는, 그의 너무나도 세밀한 계획이 적잖이 거북하던 참이어서 조금 손해 보는 정도라면 무척 가보고 싶었다.

오쓰코쓰 산시로는 그런 내 마음을 알아차렸을 것이다. 하얀 이를 드러내고 미소 짓더니,

"좋지. 예산에 크게 어긋나는 건 아니니까."

라고 의외로 시원스럽게 동의해주었다.

내 의견을 그가 이의 없이 받아들인 것은 아마 그때가 처

음이었을 것이다. 나는 몹시 기분이 좋았다. 그래서 N에서 온 이 별난 호객꾼과 충분히 협의한 끝에 마침내 그다음 날 오후 K를 출발해서 N으로 향할 계획을 세웠다. N에서 K까지 하루 한 번 버스가 T 고개를 넘어 왕복 운행하고 있었다.

그다음 날은 비가 왔다. 봄비 같은 가느다란 비가 쓸쓸하게 소리를 내며 내리고 있었다. 비라니, 처음부터 장애물이 가로놓인 형국이었으나 이제 와서 약속을 파기할 수는 없었다. 우리는 용기를 내어 버스에 몸을 실었는데 우리 외에 다른 손님은 아무도 없었다. 버스가 정해진 시간을 조금 넘겨 K를 출발한 것은 3시 반이 지나서였다.

처음에 우리는 갑자기 변덕스럽게 일정을 바꾼 것을 조금 후회하기도 했다. 하지만 채 30분도 지나지 않아 역시 나오기를 잘했다고 생각했다. 금세 양옆으로 뭐라 말할 수 없을 만큼 아름다운 풍경이 펼쳐지기 시작했던 것이다.

T 고개에 접어들 무렵부터 비는 서서히 잦아들었다. 엷은 회색의 구름이 끊어진 자리에서 차츰 살갗을 드러낸 아사마 산은 마치 갓 깎은 여자의 눈썹처럼 푸르게 타오르고 있었다. 이 근방은 이미 가을이 온 듯 길 양쪽에는 가련한 가을 풀이 한가득 흐드러지게 피어 있었다. 차창을 두드리는 비는 차츰 뜸해졌다. 그리고 T 고개를 넘어갈 무렵에는 완전히 그쳐서 점점 늘어가는 구름 틈새로 잘 연마한 듯한 깊은 군청

색 하늘이 보이기 시작하더니, 금세 수많은 금색 화살이 휙 아사마산을 비스듬히 스치고 떨어지는 것이 보였다.

이 차를 타고 가는 도중에 이제부터 내가 이야기하려고 하는 무서운 사건과 아주 관련이 깊은 인물을 만났으므로 그 일에 대해 잠시 여기 써두려고 한다.

T 고개를 넘어간 지 얼마 안 됐을 때였다. 한 여자가 우리 버스를 타러 왔다. 이 여자를 뭐라고 형용해야 좋을지, 나는 잘 모르겠다. 복장으로 말하자면 여자는 거지보다 못했다. 기모노도 헐렁한 바지도 너덜너덜하게 찢어지고 곳곳에 고드름처럼 넝마 조각이 늘어져 있었다. 푸석푸석한 머리는 불그스름한 갈색으로 바래고 까치집처럼 헝클어진 것이 비에 흠뻑 젖어 머리카락 한 올 한 올 물방울이 맺혀 있었다. 피부는 볕에 그을려 구릿빛이었고 눈이 무섭도록 날카로웠다. 나이는 대체 어느 정도일까. 나는 원래 여자의 나이를 잘 파악하지 못하는 편인데, 이 여자는 더욱 가늠하기 힘들었다. 굉장히 늙은 것 같기도 했지만 의외로 아직 그렇게 나이 들지는 않은 듯 보이기도 했다.

처음 여자가 좁은 길 한가운데 버티고 서서 양손을 들어 찻길을 가로막았을 때 운전사와 차장의 얼굴에는 적잖이 당혹스러운 표정이 비쳤다. 운전사는 쯧 하고 혀를 찼지만 어쩔 수 없이 차를 세우고 한동안 큰 소리로 응대하고 있었다.

여자의 태도에는 외모에 어울리지 않게 범접하기 어려운 위엄이 있었다. 한동안 그녀는 새처럼 날카롭고 새된 목소리로 우리가 알아듣기 힘든 말을 외쳤다. 그리고 마침내 운전사는 말싸움에 졌는지 쓴웃음을 지으면서 문을 열어주었다.

여자는 온몸에서 물방울을 뚝뚝 떨어뜨리며 차에 올라탔는데, 역시 신경이 쓰였는지 좌석에 앉으려 하지 않고 쇠기둥을 잡은 채 유리문 너머로 밖을 응시하다가 획 우리 쪽을 돌아보았다.

"댁들은 어디 가시우?"

그녀는 예의 새처럼 높고 날카로운 목소리로 물었다.

"N으로 갑니다, 할머니."

나는 대답했다. 가만히 있으라고 차장이 눈짓했지만 이미 늦어버린 것이다.

"난 할머니가 아니야. 아직 젊다고." 그녀는 다시 새된 목소리로 말했다.

"아무튼, N으로 가는 건 관둬. 나쁜 말은 안 할 테니 여기서 그만 돌아가는 게 좋을 거야."

"어째서요, 할머니……? 어째서 N에 가면 안 된다는 겁니까?"

"어쨌거나 안 돼. 이유는 말 못 해. 하지만 N에 가봤자 댁들한테 좋은 일은 아무것도 없을 거야."

"모처럼 왔는데요, 할머니…… 아니, 아주머니, 우리는 숙소도 예약했다고요. 이유도 없이 돌아갈 수는 없어요."

여자는 날카로운 눈으로 지그시 내 얼굴을 보았다.

"당신은 아무것도 몰라. 그리고 거기 있는 당신 동행도, 댁들 앞에 얼마나 무서운 일이 기다리고 있는지……. 아, 피, 피 냄새다. 나는 맡을 수 있어. 당신들 주변에 이제 곧 무서운 피의 비가 내릴 거야. N 호수가 피로 새빨갛게 물들 거야. 아, 무서워."

노파는 부르르 몸을 떨었다. 그리고 다시 한번 쏘는 듯한 시선으로 의뭉스럽게 우리 얼굴을 응시하더니, 이윽고 반대편으로 고개를 휙 돌리고는 그대로 침묵해버렸다.

나는 이 기분 나쁜 신탁에 무섭다기보다 오히려 기가 막혔다. 그래도 여자에게 뭔가 좀 더 물어보려던 찰나에 오쓰코쓰 산시로가 옆에서 격하게 소매를 잡아끌었다. 가만있어, 라는 신호였다. 나는 할 수 없이 입을 다물었다.

이상한 여자는 그걸 끝으로 아무와도 대화하지 않았고, 얼마 후 고개를 반쯤 내려갔을 무렵 차를 멈춰 세우더니 뒤도 돌아보지 않고 서둘러 내렸다. 나는 길도 없는 빈터의 풀 속으로 사라져가는 여자의 뒷모습을 지켜보면서 중얼거렸다.

"묘한 여자네. 뭐야, 저거."

"저쪽에 가시면 싫어도 저 여자를 마주치게 될 겁니다. 묘한 여자예요. 매년 이맘때면 어딘가에서 저 호반으로 찾아와 가건물을 짓고 머물러요. 점을 친다던가 하던데 실은 미친 거겠죠. 누구한테나 저런 태도니까요. 마음 쓰지 마세요."

"산카* 같은 부류의 여자 아닌가?"

"그럴지도 모르겠네요. 하지만 딱히 나쁜 짓을 하는 것 같진 않아요."

우리는 당시 그 여자가 우리와 얼마나 중대한 관계로 엮일지 꿈에도 몰랐으므로 계속 그녀에 대해 생각하고 있을 수는 없었다. 왜냐하면 그때 갑자기 뭐라 말할 수 없을 만큼 아름다운 경치가 눈에 들어왔기 때문이다.

이제껏 한데 모이듯 길 양쪽으로 가까워지던 산이 거기서 확 트이며 넓어지더니, 눈앞에 보랏빛 꽃이 잔뜩 핀 도라지밭이 나타났다. 그리고 그 완만한 기복 너머로 은색과 감색 무늬로 색을 입힌 아름다운 호수의 일부가 조용히 빛을 발하며 얼굴을 내밀고 있는 것이 보였다. 마치 흐릿한 유리창을 닦아내듯 굉장한 기세로 물러나는 안개 사이에서 호수는 조용히 그 전모를 드러내려 하고 있다. 우리가 탄 버스는 그 아름다운 경치를 눈앞에서 바라보며 조용히 완만한 경사를

---

* 山窩, 일본의 산지나 변경에 살던 유랑민 집단.

내려간다. 그러자 그와 동시에 호수는 땅 밑에서 솟아오르 듯 우리가 가는 방향으로 이미 올라와 있었다.

그때 문득 차장이 외쳤다.

"아, 무지개!"

때마침 호수에서 아사마산에 걸쳐 물기를 머금은 무지개 가 모습을 드러냈다. 무지개는 방금 호수에서 올라온 양 그 야말로 방울방울 물이 흘러내리듯 선명한 색을 발하고 있었 다. 나는 무지개를 더 잘 보려고 창밖으로 고개를 내밀었는 데 그 순간, 시야 아래로 우뚝 솟아 있는 이상한 건물이 눈에 들어왔다.

버스는 완만한 절벽 위를 달리고 있었다. 그리고 절벽 바 로 기슭까지 호수의 일부분이 올라와 있었다. 물가와 절벽 사이에 있는 손바닥만 한 땅에 그 이상한 집이 서 있었던 것 이다.

맨 처음 내 시선을 사로잡은 것은 바보스러울 만큼 큰 격 자문이 꼭 맞는, 묘하게 휑뎅그렁한 건물 정면의 구조였다. 격자 크기는 2촌* 제곱 정도일까, 벵갈라 염료는 색이 칙칙 하게 변했고 격자문 안쪽은 거무스름한 공기로 덮여 있었 다. 정면에는 삼각형의 커다란 박공 현관이 붙어 있는데

---

* '촌寸'은 길이를 나타내는 단위로 1촌은 3.03센티미터이다.

그 위에 전에는 분명 금문자나 뭔가가 쓰여 있었을 것이다. 문자의 흔적이 분명하게 남아 있어서 우리는 크게 고심하지 않고도 그 글자가 춘흥루春興樓 석 자인 듯하다고 읽어낼 수 있었다.

건물의 이상한 구조나 글자에서 나는 바로 기생집을 떠올렸다. 하지만 기생집이라기에는 묘하다. 이런 외딴 산속 호반에 어째서 이런 묘한 가게가 있는 것일까.

"묘하군. 뭔가 오싹하고 음침한 느낌이 들지 않나."

그때 나와 얼굴을 나란히 하고 이 집을 보고 있던 오쓰코쓰 산시로가 말했다.

"난 이렇게 낡고 커다란 시골 저택을 보면 항상 그런 기분이 드는데……. 보게. 저 높은 지붕 위로…… 눈에 보이지 않는 재화災禍가 검은 날개를 펼치고 드리워져 있는 것처럼 보이지 않나. 대체 저런 집에 사는 사람은 어떤 사람일까. …… 어어."

오쓰코쓰 산시로는 이내 말을 끊더니 차창에서 몸을 내밀었다.

마침 버스는 이 건물을 따라서 호수 쪽으로 우회하는 도로를 달리고 있었다. 그리고 우리 눈앞에 이제까지 높은 지붕에 감춰져 있던 이 건물의 다른 쪽, 즉 호수를 향한 쪽이 서서히 드러나기 시작했다. 우리는 거기서 뜻밖에 육각형의,

다소 이국적 느낌을 주는 망루를 발견했던 것이다.

　망루는 N 호수를 한눈에 내려다보는 위치에 있었다.

　게다가 그 위에는 너무나 아름다운 석양빛을 온몸으로 받으며 선, 젊디젊은 소녀가 있었다.

　소녀는 분명 무지개를 보기 위해 그 망루까지 나왔으리라. 한쪽 손을 이마 위에 올리고 다른 한 손은 가슴에 둔 채 꼼짝도 않고 서 있다. 약간 길게 자른 단발이 목 언저리에서 극히 자연스럽고 아름다운 컬을 만들고 있었고, 타오르는 것처럼 새빨간 원피스를 입고 있었다. 우리 사이에는 제법 거리가 있었다. 하지만 그럼에도 나는 이 소녀의 예사롭지 않은 아름다움을 알아차리는 데 별 어려움을 느끼지 않았다.

　소녀의 피부는 산뜻한 달걀색으로 빛나고 있었다. 소녀의 눈에는 깊은 심연을 연상케 하는 짙은 푸른빛이 흐르고 있었다. 소녀의 팔다리는 나긋나긋한 곡선을 그리며 쭉 뻗어 있었다. 그리고 그 모습 전체를 아름답게 담고 있는 것은 금색 창연한 석양을 둘러싼 구름이었다.

　나는 지금도 눈을 감으면 자그마한 손을 머리에 올리고 무지개를 바라보던 아름다운 소녀의 모습을 또렷하게 떠올릴 수 있다. 그것은 아사마산에 걸친 무지개보다 훨씬 아름답고, 분명 영원히 내 시야에서 사라지지 않을 풍경이었다.

　그때 운전사가 요란하게 경적을 울렸다. 그러자 그 소리에 놀란 듯, 하지만 극히 자연스럽게 소녀는 이쪽으로 몸을 돌렸다. 그녀는 잠자코 차를 응시하다가 이윽고 신호하듯 손을 들어 두세 번 가볍게 좌우로 흔들었다.

"저 건물이 앞으로 당신들이 머물 우도 씨의 저택입니다. 그리고 방금 손을 흔든 사람이 조카인 유미出美 씨고요. 정말 아름다운 분이죠."

차장이 말했다.

제3장

창고 속

우도가에서의 우리의 생활은 처음에는 무척 만족스러웠다고 할 수 있다.

　　예의 호객꾼은 약속대로 버스 종점까지 마중하러 와주었다. 우리는 그 남자의 안내에 따라 정식으로 우도가를 방문했다. 우리를 맞이한 사람은 조금 전 차창 너머로 본 아름다운 소녀 유미였다. 그리고 그녀의 안내로, 이 특이한 집에서도 가장 후미진 곳에 있는 2층 방 두 칸이 우리에게 제공되었다. 그곳은 칙칙한 금색 맹장지로 구획을 나눈 일본식 방으로, 우리처럼 조용한 거처를 원하는 사람에게는 조금 넓은 듯했다. 하지만 방은 많아도 손님방으로 사용할 만한 곳은 그 외에 달리 없다는 것이 유미의 변명이었다.

　　정말이지 이 집에는 충분히 많은 방이 있었다. 그리고 그 방의 모양이나 배치 상태는 우리에게 깊은 첫인상을 남겼다. 그 인상이 잘못되지 않았다면 지금 우리를 위해 제공된

두 칸은 분명 히키쓰케*라고 할 법한 방이었을 것이다.

실제 낡아서 칙칙해졌다고는 하나, 이 방의 호화로운 장식은 우리처럼 촌스러운 학자들을 들이기에는 어딘가 우스꽝스러울 정도로 화려했다. 아무리 봐도 시골 갑부가 젊은 기생을 수없이 거느린 채 뚝배기 깨지는 소리를 지르지 않으면 성에 안 찰 것 같은 방이었다.

"굉장히 묘한 곳에 왔군."

"역시 기루 같은 곳이었겠지."

"그런 것 같은데, 이런 장소에 벵갈라 격자문의 유곽이 있다니 이상한걸."

하지만 호객꾼도 보증했다시피 조용함과 쾌적함에 있어서는 불평할 여지가 없었다. 특히 지나치다 싶을 만큼 시원했는데, 이런 집 특유의 흠뻑 젖은 듯한 묘한 냉기가 집 안 구석구석까지 채우고 있어, 자칫 감기에 걸릴 듯 한기마저 느낄 정도였다. 툇마루의 장지문을 열면 바로 발밑에 호수 물이 닿을락 말락 찰랑거리고 있었고 그 너머로 우울해 보이는 아사마의 산봉우리들이 용암에 타서 뼈만 앙상한 모습으로 연달아 늘어서 있었다.

도착한 날 밤, 우리는 정식으로 주인인 우도 씨와 조카 유

---

* ひきつけ. (유곽에서) 유녀가 먼저 선을 보이고 화대를 정하거나 음식을 대접하는 방.

미와 인사를 나누었다.

우도 씨는 쉰대여섯 정도로 보이는 건장하고 날씬한 체격의 소유자였지만 반신불수로 수년 동안 누워만 있었다고 했다. 그래서 우리가 그 후 때때로 초대받아 간 곳은 항상 아래층 입구 옆방이었다. 그곳은 시골풍의 넓은 방으로 우도 씨는 거기 펼쳐놓은 침구 위에서 종일 누웠다 일어났다 하고 있었다.

"잘 오셨습니다. 이런 누추한 곳에 모시게 되어 송구하지만 어쨌거나 몸이 부자유스러우니 이해해주십시오."

이것이 우도 씨가 우리에게 건넨 첫마디였다. 게딱지처럼 평평한 얼굴에 머리숱이 많고 날카로운 눈매를 한 남자로, 왠지 모르게 상스럽고 정력적인 데다 불결한 느낌까지 줄 정도로 활력 넘치는 몸매였다.

"몸이 불편하시다던데 힘드시죠."

"뭐, 처음에는 꽤 힘들었지만 요즘은 익숙해져서요."

"몸이 전혀 움직이지 않는 건가요?"

"아뇨, 왼쪽 다리와 왼쪽 손목, 여기부터 앞쪽만 안 움직이는 거라 불편함을 참으면 지팡이를 짚고 걸을 정도는 되는데, 요즘은 그것도 귀찮아서 누워 있습니다."

그런 대화를 나누는 중에 유미가 상을 들고 들어왔다.

"내일부터는 방에 준비해드리겠지만 오늘 밤은 저희와

지내게 된 걸 기념해서 누추한 곳이지만 같이 드시지요. 괜찮으시죠?"

"괜찮고말고요. 이런 대접을 받다니 송구스럽습니다."

이 첫 만찬에 대해서는 더 이상 길게 말할 것은 없다. 그저 우도 씨의 과거에 대해 다음과 같은 대화를 나눈 것을 기억하고 있을 뿐이다.

"의학을 공부하셨다고요."

어쩌다가 오쓰코쓰 산시로가 말했다.

"뭐, 발만 담갔던 정도입니다. 하긴 이래 봬도 한때 걸출한 학자가 되겠다는 생각으로 열심히 공부했습니다만, 별거 아닌 일 때문에 방향을 틀어 시골에 틀어박히고부터는 그쪽과도 완전히 절연했습니다. 그래서 인간이 나날이 바보가 되어갑니다. 도쿄는 많이 변했겠군요."

내가 그때 받은 인상에 대해 대충 말하자면, 이 사람은 굉장히 격렬한 성품의 소유자인 듯했다. 마치 저 아사마산처럼 고집스럽고 표독스러운 느낌이 아무렇지도 않은 대화 사이에서 비집고 나오는 것이었다.

그 후 이렇다 할 일은 없었다. 우리는 차츰 유미와 편한 사이가 되었다. 그리고 공부에 질리면 셋이서 호수에 보트를 띄우고 놀기도 했다.

유미는 정말이지 아름다웠다. 또 굉장히 총명한 여자이기도 했다. 하지만 아무리 생각해보아도 이 소녀가 단순히 명 랑하고 천진할 뿐이라고는 도저히 말할 수 없다. 영리함이 천진함을 누르고 있었다. 때에 따라 어두운 느낌으로 명랑 함을 덧칠하고 있었다. 이따금 그녀는 매우 발랄하고 활발 하게 행동했지만, 바로 다음 순간 분위기를 확 가라앉히는 어두운 근심의 그림자는 구제할 길 없을 만큼 절망적으로 보였다.

"백부님은 정말 까다로운 분이세요. 옛날에는 그래도 제 법 야심도 있고 공부도 열심히 하셨던 것 같아요. 그런데 이 상한 일 때문에—아무래도 부인과 관계된 사건인 것 같은데 —도쿄에 계실 수 없게 되어 여기로 오셨다더라고요. 완전히 사람이 변했다는 얘기예요."

"그 이후로 계속 혼자이신 겁니까?"

"네, 4, 5년 전까지 할아버지 한 분이 계셨는데 제가 여기 온 후에는 그분도 계시지 않게 됐어요."

"당신은 도쿄의 여학교에 다니셨다면서요?"

"네, 고이시카와에 있는 S 여고예요. 학교를 졸업한 해에 부모님 두 분 다 돌아가셨고, 달리 친척도 없어서 부득이 여 기 신세 지게 되었어요. 그 전에는 어머니한테 백부님 얘기 를 들은 적 있을 뿐 만나 뵌 적은 한 번도 없었어요."

유미는 그렇게 말하고 왠지 그늘진 듯한 의미심장한 미소를 뺨에 새겼다.

"하지만 백부님의 시중을 잘 들고 계시네요. 이런 쓸쓸한 곳에서."

"네, 어쩔 수 없잖아요."

유미는 긴 속눈썹을 내리깔았다.

"게다가 백부님 시중이 크게 힘들지는 않아요. 또 한 사람의⋯⋯."

하고 말하다가 유미는 갑자기 고개를 들었다.

"어머, 저렇게 큰 솔개가⋯⋯."

유미의 말에 돌아보니 때마침 커다란 솔개가 호수에서 하얀 비늘로 덮인 물고기를 낚아채어 하늘로 날아오르는 참이었다.

하지만 그때 우리는 굉장히 묘한 인상을 받았다. 유미는 결코 솔개 때문에 이야기의 맥을 끊은 것이 아니었다. 말해서는 안 될 것을 그만 말해버린 것이다. 그리고 갑자기 그 사실을 깨닫고서 잽싸게 솔개 쪽으로 화제를 돌렸던 것이다.

대체 그녀는 무엇을 말하려 했던 것일까. 또 한 사람의⋯⋯ 라는 말은 대체 무엇을 의미하는 것일까. 그녀와 우도 씨 외에 유곽에 또 다른 인물이 있다는 것일까. 한동안 어색한 침묵이 보트 안에 흘렀다. 침묵을 참기 힘든지 유미는 어깨를 떨면서 말했다.

"어머, 갑자기 추워졌네요. 슬슬 돌아가요."

그 일이 있고 사흘쯤 지났을 때였다. 나는 조금 묘한 것을 보았다.

그날은 오쓰코쓰와 둘이서 아사마산에 올라가기로 약속한 날이었다. 절반쯤 갔을 무렵 문득 잊고 온 것이 있음을 깨닫고 나만 유곽으로 돌아왔다.

나는 빠른 걸음으로 넓은 현관으로 가서 복도에 올라섰다. 그때 안쪽 창고에서 나오는 유미와 딱 마주쳤던 것이다.

이 창고라는 것은 직각으로 구부러진 건물의 짧은 쪽 가장자리에 있었고 복도로 안채와 연결되어 있었지만 어찌 된 영문인지 창이란 창은 모두 밖에서 엄중히 가려져 있었다. 창고에서 나온 유미는 뜰 너머에서 서 있는 나를 보고는 깜짝 놀란 듯 손에 든 것을 감추려 했다. 하지만 도저히 감출 수 없다는 사실을 알고서 울 듯한 표정을 지으며 멈춰 서고 말았던 것이다.

나는 눈치를 채고 곧장 다시 밖으로 나갔지만, 그녀의 손에 있는 것이 선명한 색을 띠고서 눈 안쪽에 확실히 박히는 것을 느꼈다. 그것은 엉망이 된 밥상이었다. 즉 유미는 창고 속에 있는 누군가의 식사 시중을 들고 있었던 것이다.

나는 호숫가에서 기다리던 오쓰코쓰를 따라잡아 바로 그 이야기를 했다. 그러자 오쓰코쓰는 약간 어안이 벙벙한 표정을 지으며 말했다.

"자네는 이제야 그걸 알았나. 난 한참 전에 알아차리고 있었어. 그 창고 속에 분명히 '누군가'가 있어."

"이상하군. 누구한테 물어봐도 이 집엔 주인과 유미 둘만 산다고 하던데."

"이 집에는 뭔가 사정이 있어. 자넨 못 들었나, 쇠사슬 소리 말이야……."

"쇠사슬 소리?"

"그래, 주의를 기울여봐. 그 창고에서 절그럭거리며 쇠사슬을 끌고 다니는 소리가 들리니까 말일세. 처음에는 뭔가 짐승이라도 키우는 건가 생각했는데 그 밥상을 보면 분명히 인간이야."

"그럼 인간을 쇠사슬에 묶어놓고 있단 건가?"

"그런 것 같아. 하여튼 굉장히 흥미로워. 자네, 잠깐 돌아가서 그 집 위를 보게. 전에 내가 그 집을 처음 보고서 무서운 재화가 검은 날개를 펼치고 집을 덮치고 있는 듯한 느낌이 든다고 했지. 내 예감이 틀리지 않았던 거야. 뭔가 일어나고 있어, 뭔가 엄청나게 참혹한 사건이……. 자네도 느꼈지? 그 집을 둘러싼 검은 요기 말일세……."

그날 밤의 일이었다.

아침의 일은 잊은 듯한 얼굴을 하고 식사 시중을 들러 온 유미를 상대로 두서없는 대화를 나누던 중 나는 문득 처음 이 집에서 느꼈던 인상에 대해 농담 섞어 이야기했다.

"오쓰코쓰도 그렇게 말했어요. 이 집은 마치 유곽 같다고요. 방 배치 같은 게 말이죠. 우리 둘 다 실제로 유곽을 경험한 적이 없으니 확실히 단언은 못 합니다만."

"어머." 유미는 살짝 얼굴을 붉혔다. "제가 그 얘길 아직 안 했군요."

"무슨 말씀이신지요."

"이 집, 손님들 말씀이 맞아요."

"역시 그렇습니까. 한데 희한하네요. 이런 외딴 산속에 ...."

"호호호호호. 옛날부터 여기 있었던 건 아니고요. 저희 가문은 대대로 U 시에서 이 일을 하고 있었다고 해요. 이 건물도 메이지 중기에 U 시에 새로 건축한 것이라는데, 그 후 이런저런 골치 아픈 일이 생겨서 제 할아버지, 즉 백부님의 아버님이시죠, 그분이 일을 그만두고 이 호반으로 오면서 무슨 이유에선지 건물까지 통째로 옮겨 오셨다고 해요. 어차피 저 백부님의 아버님인걸요. 얼마쯤 기인인 것이 당연하죠."

그렇게 말하고 유미는 갑자기 생각난 듯 말했다.

"그렇지, 참. 그와 관련해서 재미난 게 여기 남아 있는데요. 원하면 나중에 보실래요?"

"뭔가요? 꼭 보고 싶은데요."

"그럼 식사를 마치신 후에 안내할게요. 하지만 백부님께는 비밀이에요."

그렇게 해서 저녁 식사 후 유미가 우리를 안내한 곳은 뜻밖에도 그 창고 속이었다. 그곳에는 축축하고 음산한 공기가 한기를 부르듯 가득했다. 물론 불 따위 켜져 있지 않아서 유미는 고풍스러운 촛대에 불을 붙이고 우리를 안내했다. 나는 그 창고에 들어갔을 때 왠지 모르게 오싹한 귀기를 느꼈던 것을 기억한다. 오쓰코쓰 역시 긴장한 얼굴을 하고 있었다.

"이 계단은 굉장히 위험하니까 조심하세요."

유미는 그렇게 말하면서 끼익, 끼익 기분 나쁘게 울리는 계단을 디디고 앞장섰다. 우리도 그 뒤를 따라 올라갔다. 창고 2층은 정확히 여섯 장 다다미방 정도의 크기일까. 밖에서 볼 수 없게 단단히 가려져 있던 방은 분명 여기였을 것이다. 해가 들지 않아 다다미는 우둘투둘하게 튀어 올라 있었고 공기는 금방이라도 질식할 듯 눅눅하고 불쾌했다.

이 창고에 대해서는 나중에 좀 더 자세히 말할 기회가 있을 테니 여기서는 그때 유미가 우리에게 보여준 물건에 대해 간단히 이야기하고 끝내도록 하자.

유미는 촛대를 높이 들더니,

"자, 여기를 보세요."

하고 옆의 두꺼운 삼나무로 만든 문을 통해 천장을 가리켰다. 이 삼나무 문이란 것은 지금은 비를 맞고 손때를 타서 더러워졌지만, 아교풀로 갠 금가루가 다 벗겨지지 않고 남아 있는 부분이나 녹청색으로 보아 옛날에는 꽤 호화로웠으리라는 사실을 짐작할 수 있었다. 그런데 거기에 솔로 슬며시 붉은색을 칠한 것처럼 검붉은 물방울이 비스듬하게 날아다니고 있었다. 물방울은 길게 뻗어 천장까지 미치고 있었다. 오쓰코쓰 산시로는 그 물방울을 코가 닿을 듯 가까이서 들여다보더니,

"이건," 하고 무심코 말을 끊고는 "피로군요."

"예, 맞아요. 이곳은 병에 걸려 일을 할 수 없게 된 유녀들이 머물던 곳이라는데, 여기 들어와 있던 유녀에게 깊이 빠진 한 손님이 억지로 자살을 하게 했다고 해요. 이 피는 도망치던 유녀를 일본도로 뒤에서 단칼에 베었을 때 튄 것이라 하고요. 메이지* 30년 무렵이라고 하니, 제 조부도 어지간히 별난 분이었다 싶지 않으세요?"

유미는 그렇게 말하고 어슴푸레한 창고 속에서 속삭이며

---

* 明治. 메이지 천황 재위 시기(1867~1912)에 사용한 연호. 메이지 30년은 1897년이다.

웃었다. 그때 촛대의 불빛을 바로 아래에서 받은 유미의 얼굴은 마치 유령이나 귀신처럼 일그러져 그 주변의 어두운 구석에서 눈에 보이지 않는 환영이 꿈처럼 갑작스레 파도 같은 목소리를 내며 다가오는 듯 느껴졌다.

그날 밤 열두 장 다다미방에 누워 잠을 청하고 있는데 오쓰코쓰가 내게 말했다.

"그 창고를 어떻게 생각해?"

"글쎄, 우리의 상상은 틀린 것 같은데. 창고 안에는 아무도 없지 않았나."

"나는 그렇게 생각하지 않아. 자넨 유미가 왜 우리를 거기로 안내했다고 생각하지?"

"그건 이 집이 기생집이었다는 걸……"

"물론 이야기의 계기는 그거지. 하지만 유미가 서둘러 우리를 그 창고에 데려가기로 마음먹은 건, 즉 거기 아무도 없다는 것을 우리에게 납득시키기 위해서였어. 유녀이니 억지 자살이니 하는 건 그 방편에 지나지 않아."

"그럼 그 얘기가 전부 엉터리였단 건가."

"아니, 거짓말은 아니겠지. 하지만 그 얘기를 하는 게 유미의 목적은 아니었단 걸세. 유미 같은 젊은 여자가 그런 얘기에 흥미가 있을 리 없지. 그럼에도 우리를 거기 데려가 그런 얘길 꺼냈다는 건 그 창고에 대해 우리가 품고 있는 의혹을 해소하고 싶어서였을 거야. 그렇다는 건 바꿔 말하면 그 창고 속에 분명 누군가 있다는 뜻이지."

"그렇군. 그렇게 되는 건가."

"그래. 그리고 그 인간은 절대 우리에게 보여서는 안 되고, 거기에 사람이 있다는 사실조차 들켜서는 안 되는 거야. 시나 군, 그 여자는 매우 교활해. 하지만 난 그보다 더 교활해질 생각이네. 난 이 집안사람들에게 굉장히 구미가 당겨. 그쪽에서 원하건 원치 않건 반드시 그 비밀을 풀어 보이겠어."

나는 문득 다른 친구가 오쓰코쓰 산시로에 대해 내린 평가를 떠올렸다.

"그 남자는 대학 강사보다 경찰이 되는 편이 나았을 텐데."

그 말 속의 경찰이라는 단어를 '탐정'으로 바꾸면 실로 적절할지 모른다고 나는 그때 창고 안에서 생각했던 것이다.

그건 그렇고 이 이야기의 서두에 말한 것처럼 내가 처음으로 그 기괴한 미소년을 엿본 것은 바로 그날 밤의 일이었다.

제4장

피와 숯

이 일에 대해서는 서두에 이미 기술했으니 여기서는 너무 길게 반복하지 않으려고 한다.

한밤중의 일이었다. 옆에서 자고 있던 오쓰코쓰 산시로가 나를 흔드는 통에 잠에서 깼다. 그리고 반쯤 열린 장지문 틈으로 물에 젖은 미소년의 모습을 처음으로 보았던 것이다.

그해에는 비가 많이 내린 탓인지 호수의 물이 춘흥루 바로 옆까지 찰랑찰랑하게 올라와 있었다. 신주로는—물론 당시에는 아직 이름을 알지 못했지만—실제 호수 바닥에서 올라온 요정이 아닐까 싶을 정도로 비틀거리며 그 자리에 서 있었다.

아, 그때 그의 보기 드문 아름다움을 어떻게 형용하면 좋을지 모르겠다. 아무튼 바라보는 사이에 이가 딱딱 부딪치고 뼛속까지 차가워지는 듯한, 뭐라 표현하기 어려운 기이한 느낌에 사로잡혔던 것을 지금도 확실히 기억하고 있다.

너무나 빼어난 아름다움은 서늘한 귀기를 불러온다는 사실을 나는 그때 처음으로 깨달았다.

신주로는 물론 우리가 보고 있다는 사실을 꿈에도 몰랐을 것이다. 이내 부르르 몸을 크게 떨고는—그 순간 그의 전신에서는 금빛의 물방울이 안개처럼 뿔뿔이 흩날렸다—조용히 버드나무 아래를 떠나 이쪽으로 걸어왔다. 그리고 숨죽인 채 지켜보던 우리 바로 아래를 지나갔고, 이윽고 그 모습은 어디에도 보이지 않게 되었다.

지금도 그 아름다운 남자가 발소리도 내지 않고 조용히 우리 아래를 지나갔을 때의 뭐라 말할 수 없는 으스스함을 생생하게 떠올릴 수 있다. 그의 낭창한 몸에서 마치 얼음처럼 차가운 아지랑이가 하늘거리며 솟아오르는 것처럼 느껴졌다.

"대체 저 남자는 뭐야?"

나는 무심코 몸을 떨며 말했다.

"아름다운 남자로군. 무서울 정도로 아름다운 남자야."

오쓰코쓰 산시로도 떨리는 목소리로 말했다. "하지만 이루 말할 수 없이 기분 나쁜 남자야. 뭔가 심각한 요기에 감싸인 듯한 기분이 들지 않나."

"혹시 창고 안에 있는 인간이란 놈이 아닐까."

"그럴지도 모르지. 하지만 이해가 가질 않아. 나는 남들 앞에 내보일 수 없는 추한 병자나 불구를 창고 속에 몰래 감춰 두고 있는 거라 생각했는데, 저렇게 아름다운 남자라니 예상이 완전히 빗나갔군그래.”

그날 밤 우리는 거의 잠을 이루지 못하고 이 기괴한 미소년에 대해 이야기를 나눴다.

단언컨대 나는 원래 그리 호기심이 강한 편은 아니다. 늘 상황을 있는 그대로 받아들이고 만족하는 쪽이었고, 드러난 사실의 이면을 들여다보려 하는 건 내 성정에 맞지 않았다. 하지만 이때만큼은 전혀 달랐다. 이 집이 지닌 묘한 분위기와 오쓰코쓰 산시로의 이상한 열정이 어느새 나에게도 전염된 것일까. 나는 비밀이라는 것이 이토록 사람을 흥분케 한다는 걸 처음 깨닫고 스스로도 한심한 기분을 느꼈다.

다음 날 아침, 전에 없이 늦잠을 잔 우리가 식사 후 뒤뜰을 따라 호수 쪽으로 나가려는데, 누군가가 방에서 우리를 불러 세웠다. 우도 씨였다.

“무슨 일입니까? 오늘 아침에는 두 분 다 평소와 다르게 늦잠을 주무시고.”

우도 씨도 방금 식사를 마쳤는지 유미와 함께 차를 마시던 참이었다.

“어젯밤에 잠을 잘 못 자서요.”

“너무 공부를 많이 하시는 거 아닙니까? 두 분 다 안색이 안 좋습니다."

"아, 그런 게 아닙니다. 실은 어젯밤에 묘한 것을 봐서요."

오쓰코쓰가 당황해서 내 옷소매를 잡아당겼지만 이미 늦었다.

"묘한 것이라니 뭔가요?"

"아, 묘한 것이라고 하면 좀 그런가요. 어젯밤 저쪽 버드나무 아래에 사람이 서 있는 것을 봤습니다. 정말 아름답고 황홀한 소년이었어요. 근처에 사는 사람일까요?"

이 말이 그토록 격렬하게 우도 씨를 놀라게 할 줄은 꿈에도 몰랐다.

우도 씨는 들고 있던 찻잔을 떨어뜨리더니 얼빠진 눈으로 가만히 우리 얼굴을 바라보았다. 뭔가 넋을 잃은 듯한 눈이었다. 그러더니 잽싸게 험악한 눈을 유미 쪽으로 돌렸다.

"유미!"

그는 그렇게 말했지만 바로 마음을 돌렸는지,

"농담이시겠죠. 유미에게 무슨 얘길 듣고 저를 놀리시는 거 아닙니까?"

"어머, 백부님. 그런 말씀을……."

"왜 그러십니까. 전 아무 얘기도 못 들었는데요."

"그럼 사실입니까?"

"사실이고말고요. 왜 거짓말을 하겠습니까."

"그 남자는…… 어떤 모습을 하고 있던가요?"

나는 우도 씨의 목소리가 이상하게 떨리고 있다는 사실을 알아차렸다.

"어떤 모습이냐니, 아, 그렇지. 풀색의, 뭔가 도마뱀처럼 번들번들 빛나는 양복을 입고 있었어요. 그런 사람을 아시나요?"

"어이, 시나 군, 가자고."

갑자기 오쓰코쓰 산시로가 그렇게 말하고 내 소매를 잡아당겼다. 아마 유미가 보내는 애원의 눈빛을 알아차렸기 때문일 것이다. 나는 내가 말해선 안 될 일을 말해버렸다는 사실을 깨달았다. 분명 그 초록색 양복을 입은, 전대미문의 미소년은 어떤 이유에서인지 이 가족에게 금기어였던 것이리라.

당시 우도 씨의 놀란 모습을 나는 지금도 잊을 수가 없다. 그리고 최근에야 비로소 그가 왜 그렇게 놀랐는지 진정한 의미를 알게 되었는데, 아, 거기에는 그토록 무서운 비밀과 음모가 숨겨져 있었던 것이다.

아무튼 나는 자신이 차츰 침착함을 잃어가는 것을 느끼고 격렬한 자기혐오에 사로잡혔다. 이런 상태가 이 이상 계속되면 구제할 길 없는 호기심의 노예가 될 것 같은 기분이 들었던 것이다. 그래서 오쓰코쓰 산시로에게 호소했더니,

"뭐 어떤가. 때론 이런 경험도 해보는 거야. 책에만 매달려 있는 게 능사는 아니니까."

그는 극히 차갑게 대꾸했다. 이런 상황이 재미있어서 견딜 수 없는 것 같았다.

나는 어찌할 바를 몰랐다. 하지만 오쓰코쓰를 이대로 놔두고 나만 거처를 옮길 수도 없었다. 이래저래 결심하지 못하고 우물쭈물하는 사이에 마침내 그 엄청난 사건이 갑자기 일어나 나를 이 땅에 묶어두고 말았던 것이다.

아, 그날의 무서운 경험을 어떤 식으로 쓰면 좋을지 모르겠다. 전대미문이라고 해야 할 대참극을 그려내기에는 나의 붓은 빈약하기 짝이 없다. 하지만 나는 소설가가 아니라 사실의 기록자에 지나지 않으니 좋은 문장을 쓰는 데 집착하지 말고 그저 충실하게, 있는 그대로 쓰는 것이 나을 듯싶다.

그러니까, 우리가 처음으로 신주로를 목격하고 일주일쯤 지나서였다.

그날은 아침부터 묘하게 찜통더위가 이어졌다. 항상 쾌적하고 서늘하던 공기가 전날 밤 무렵부터 우중충하고 무거워지더니 늦은 오후에는 숨이 막혀 참기 힘들 지경이 되었다. 더위에 지친 우리 두 사람이 여느 때처럼 호수에 보트를 타고 나간 것은 오후 4시쯤이었을 것이다. 가는 길에 유미에게 같이 가자고 했지만 그녀는 할 일이 있다며 응하지 않았다.

아무리 더워도 호수에 나가기만 하면 충분히 시원함을 만 끽할 수 있었는데 그날만은 달랐다. 뭐랄까, 호수의 물마저 거대한 원반 속에 흘러 들어온 밀랍인 양 가라앉아 있고 공 기는 차츰 무거워진다. 마지막에는 콧구멍을 낡은 솜으로 틀어막은 듯한 괴로움을 느꼈다. 날은 갠 것도 흐린 것도 아 니고, 호반 일대의 경치도 오늘은 납빛으로 칠한 듯 몹시 우 울해 보인다. 바람은 거의 없었지만 조금만 불어도 사막의 열풍처럼 뜨거워 되레 기분이 나빠질 정도였다.

우리가 처음으로 무서운 동요를 느낀 것은 바로 그때였 다. 갑자기 호수의 물이 촤아아아 눈앞에 밀려오는가 싶더 니 사방의 산들이 갑자기 병풍이 쓰러지듯 이쪽으로 쓰러지 는 듯한 기분이 들었다.

"지진이다!"

나는 무심코 보트의 노를 움켜쥐었다.

오쓰코쓰도 "바보 같은 소리 하지 마" 하고 말은 했지만 놀란 듯,

"아, 아사마다. 아사마가 폭발한 거야."

하고 말했다.

그 순간 다시금 두두두두 지진의 울림이 들려오는가 싶 더니 아사마산 정상에서 하늘 높이 새까만 연기 기둥이 솟 구쳐 올랐다. 하지만 우리는 이 갑작스러운 이변을 자세히

살필 겨를이 없었다. 한순간의 파도에 높이 밀려 올라간 보트가 이제는 반대로 호수 아래 깊은 곳으로 빨려 들어갈 것만 같았기 때문이다. 우리는 필사적으로 보트 바닥에 매달렸다.

"이번 건 큰 것 같아. 어쨌든 서둘러 호수에서 나가자."

평소 침착한 오쓰코쓰 산시로도 당황한 듯 목소리가 높아져 있었다. 연기 기둥은 점점 커지기만 했고 때로 새까만 연막 속에서 용이 승천하는 것처럼 빛이 번뜩이는 것이 보였다. 엄청난 땅울림은 시간의 북을 두드리는 듯 끊임없이 계속되었고 땅 위에 있는 인가도 초목도 학질을 앓는 것처럼 조금씩 흔들리고 있다. 이윽고 호수 물이 도가니처럼 소용돌이치는가 싶더니 작열하는 용암과 재가 우리 주변에 조각조각 떨어졌다. 그리고 주변을 두리번거리는 사이에 일식 때처럼 기분 나쁜 그로테스크한 어둠이 찾아왔다.

우리는 정신없이 노를 저었다. 낙하하는 용암과 재, 솟구치는 파도 사이에서 나뭇잎처럼 흔들리며 보트를 저었다.

아, 연대기에 있는 천고의 요괴라 함은 바로 이런 것이리라.

하지만 이것은 하늘이 내린 재해이다. 그리고 거기서 어렵사리 살아남은 우리조차도 인간이 그때를 노려 일으킨 재해를 목격했을 때는 절로 넋이 나가는 공포를 느꼈던 것이다.

보트가 낭떠러지 근처에 거의 다다랐을 때였다. 갑자기 오쓰코쓰 산시로가 앗 하고 소리 지르며 노를 떨어뜨렸고 그에 버티지 못한 보트는 빙글빙글 물 위를 돌고 있었다.

"왜, 왜 그래?"

"아" 하고 오쓰코쓰 산시로는 곧바로 노를 고쳐 잡더니 말했다.

"저건…… 저건 어떻게 된 거지?"

오쓰코쓰의 목소리에 문득 고개를 든 나는 호반에 서 있는 춘흥루의 전망대를 보았다.

그때 뭐라 말할 수 없이 기이한 느낌을 받았던 것을 지금도 확실히 기억한다.

우도 씨가 전망대에서 몸을 반쯤 내밀고 이쪽을 보며 손을 흔들고 있었다. 아무래도 우리에게 도움을 요청하고 있는 것 같았다. 그의 목소리는 주변의 소음에 묻혀 들리지 않았다.

처음에 나는 우도 씨가 이 갑작스러운 이변으로 넋이 나갔나 보다고 생각했다. 하지만 그런 것치고는 이상하리만치 동작이 컸다. 마치 아기가 엄마를 부르는 듯한 모습으로 계속 손을 흔들면서 입을 뻐끔거리고 있다. 거리가 먼 탓에, 그리고 때마침 자욱해진 재 때문에 제대로 보이지는 않았지만 아무래도 부상을 입은 듯 이마에서 피가 뚝뚝 흐르고 얼굴은 공포로 일그러져 있었다.

"왜 저러지? 뭘 저렇게 난리지?"

"어쨌든 서둘러 가보자."

하지만 그 말이 채 끝나기도 전에 우리의 눈앞에 무시무시한 것이 나타났다.

갑자기 우도 씨의 놀란 듯한 목소리가 때마침 울린 지진소리와 재와 우렛소리를 뚫고 호수 위로 흘러왔다. 그 목소리에 놀라 쳐다보니 어느새 나타난 건지 전망대 위에 그 기괴한 미소년의 모습이 보였다. 게다가 소년은 손에 번쩍거리는 칼을 들고 있었다. 그 칼이 허공에서 번뜩이는가 싶더니, 곧 무서운 비명과 함께 우도 씨의 몸이 공중제비를 돌며 전망대에서 지붕 위로 굴러떨어졌다.

미소년도 그를 따라 지붕으로 뛰어내렸다. 우도 씨는 지붕에서 일어나 배밀이를 하듯 두세 걸음 움직였지만 그때 미소년이 뒤에서 덮치고 콱 쐐기를 박듯 우도 씨의 목을 찔렀다.

그것이 마지막이었다. 우도 씨의 몸은 공처럼 데굴데굴 지붕을 구르더니 깊은 수풀 속으로 떨어져 보이지 않게 되었다.

그 순간 격렬한 불빛이 아사마를 스쳐 갔고 팟 호수를 밝혔다.

지붕 위에 우뚝 선 채 가만히 내려다보는 미소년의 몸이 피로 흠뻑 젖어 있었다. 그것은 이미 어떤 악몽보다도 무서운, 뱃속이 딱딱하게 굳어버릴 만큼 잔혹한 광경이었다. 나는 몸에서 힘이 확 빠져나가는 듯한, 공포를 넘어선 마비 상태에 놓여버렸다.

실제 공포란 놈이 너무 극심해지면 전혀 놀라지 않는 거나 다를 바 없는 상태가 되고 마는 것이다. 나는 내가 그림 연극 따위를 보고 있고, 우도 씨는 절대 살해당한 것이 아니며, 저 미소년도 그저 연극을 하고 있는 것뿐이라 생각했다.

하지만 이 욕망의 참극은 거기서 끝나지 않고 한층 무서운 사건으로 이어졌던 것이다.

그때 전망대에 또 한 사람의 얼굴이 나타났다. 유미였다. 그만두면 좋았을 것을, 유미는 머뭇머뭇 얼굴을 내밀고는 거기에 서 있던 미소년의 모습을 보더니 꺅 하고 소리 지르며 도망치려 했다. 그 소리에 피 칠갑을 한 미소년은 휙 몸을 돌려 고양이 같은 민첩함으로 망루에 뛰어오르더니 느닷없이 유미의 머리카락을 뒤에서 낚아챘다.

"아아아!"

유미의 목소리가 호수 위에 길게 꼬리를 끌었고, 다음 순간 두 사람의 모습은 전망대에서 사라졌다.

그때까지 망연하게 이 무서운 살인극을 지켜보고 있던 우리는 처음으로 정신을 차렸다.

"큰일이다, 서두르자."

우리는 다시금 필사적으로 보트를 젓기 시작했다. 태양은 낙하하는 재와 먼지 속에서 핏빛을 띤 채 빙글빙글 춤추고 있었다.

제5장

신기루의 심연

나는 자극적인 살인극 이야기를 하려는 것은 아니다.

이렇게 성미에 맞지 않고 손에도 익지 않은 펜을 쥐고 이 무서운 이야기를 써 내려가기로 마음먹은 것은 이것이 흔해빠진 살인 사건이 아니라 참으로 영리하고, 그야말로 악마의 지혜조차 미칠 수 없을 만큼 교묘히 기획된 사건이라는 점을 최근에 알게 되었기 때문이다.

이제 와서 생각해보면 이 사건의 진상이 밝혀진 것부터가 왠지 기적처럼 느껴진다. 솔직히 말하자면 이것은 절대 해결할 수 없는 사건 중 하나였을지도 모른다. 그만큼 무섭도록 교묘하게, 그리고 더없이 비인간적인 지혜로 구성된 사건이었던 것이다.

아무튼 우리가 가까스로 보트를 물가에 댄 것은 그로부터 꽤 시간이 흐른 뒤의 일이었다. 그때 느낀 초조함을 대체 어떻게 설명하면 좋을까. 꿈에서 자주 무서운 것에 쫓길 때의 기분, 급한데 발이 점점 얼어붙어 움직이지 못하게 되었을 때의 기분, 그럴 때의 기분과 흡사했다.

절벽에 도착한 우리는 보트를 묶는 것도 잊고 땅 위로 뛰어올랐다. 연기와 화산재 때문에 주변은 한층 어두워졌고 눈도 전혀 뜰 수 없었다. 땅은 멈출 기미 없이 흔들리고 있었고, 때때로 폭죽 터지는 듯한 소리가 울리는가 싶더니 그때마다 기분 나쁜 불빛이 호반을 쓱 훑고 지나갔다.

우도 씨도 우도 씨지만 그보다 더 걱정스러운 것은 유미였다. 그래서 우리는 우도 씨가 늘 자는 방의 툇마루에서 집 안으로 뛰어들었는데, 그 순간 시야에 가장 먼저 들어온 것은 넓은 현관 마루에 쓰러져 있는 유미의 모습이었다. 비유가 이상하지만, 그때 유미는 마치 거꾸로 매달린 무처럼 단발머리로 토방을 쓸면서 쓰러져 있었다. 그리고 그녀의 어깨 끝 쪽에 작은 피 웅덩이가 보였다.

그것을 보고 나는 일순 전신의 관절이 움찔거리는 듯한 두려움을 느꼈다. 어찌 된 영문인지 우도 씨가 살해당하는 장면을 목격했을 때도 느끼지 못했던 통렬한 아픔을 몸으로 느꼈던 것이다.

그러나 오쓰코쓰는 나처럼 심약하지 않았다. 그는 유미를 보더니 곧장 달려가 다급하게 그녀를 안아 들었다. 오쓰코쓰의 팔 안에서 유미의 머리가 크게 요동쳤는데 그 얼굴은 표백한 것처럼 윤기가 없었다.

"주, 죽은 건가?"

"아냐, 괜찮아. 정신을 잃었을 뿐이야. 상처는……."

오쓰코쓰는 유미의 빨간 드레스를 가슴께에서 찢어냈다.

"큰일은 아니네. 어깨를 약간 다친 것뿐이야. 상처가 2촌만 더 깊었으면 위험할 뻔했지만. 어쨌거나 처치를 하자고. 미안하지만 내 여행 가방에 붕대랑 약이 있으니 좀 가져다 주게."

내가 약과 붕대를 가져오는 동안 오쓰코쓰는 유미를 현관 구석방 쪽으로 옮겨 우도 씨가 항상 펴놓는 이부자리에 눕혔다. 나는 그때만큼 오쓰코쓰 산시로에 대해 존경의 마음을 느낀 적이 없다. 그는 거의 전문 외과 의사처럼 냉정한 태도로 상처 처치를 빠르게 끝냈다. 유미가 겨우 정신을 차린 것은 마침 그때였다.

"아, 신주로!"

유미가 깨어나 처음 한 말이었다. 그리고 그녀는 하염없이 울기 시작했다. 우리가 신주로라는 이름을 들은 것은 그때가 처음이었다. 하지만 그 이름을 들은 순간, 금세 그 기괴한 미소년의 이름이라는 것을 느낄 수 있었다. 실제 소년에게 그보다 더 어울리는 이름은 달리 없을 거라 생각될 정도였다.

"신주로가 누굽니까? 그 미소년입니까?"

유미는 격하게 흐느껴 울면서도 고개를 끄덕였다.

"그래요. 신주로는 미쳤어요. 아, 무서워요." 그러다가 생각난 듯, "아, 백부님은 어찌 되셨나요? 아, 백부님은……. 아, 무서워, 백부님, 백부님."

우리는 결코 우도 씨를 잊고 있었던 것은 아니다. 하지만 부상을 입은 유미를 그대로 두고 우도 씨나 무서운 미소년을 찾으러 갈 생각은 도저히 들지 않았다. 그 사실을 말하자 유미는 갸륵하게도 이부자리 위에 일어나 앉았다.

"부탁이에요. 백부님을 보고 와주세요. 아, 아니에요. 저도 갈게요. 저도 같이 백부님을 찾으러 갈게요."

"괜찮습니까, 그런 몸으로……."

"괜찮아요, 이깟 상처쯤……. 아, 아파! 어서 가세요. 우물쭈물할 상황이 아니잖아요."

우리는 오히려 유미에게 재촉을 받고 방에서 뜰 쪽으로 내려갔다. 그리고 호수에서 본 그 전망대 아래쪽으로 돌아갔다.

하지만 거기에 우도 씨는 보이지 않았다. 이미 희미하게 쌓인 잿더미 아래에 끈적한 피가 한 움큼 떨어져 있었지만 우도 씨의 모습은 어디에도 보이지 않았다.

"어떻게 된 거지. 도망친 걸까……."

"이렇게 다친 채로……?"

오쓰코쓰 산시로는 지붕에서 처마로 흐르는 무서운 핏자국을 가리켰다.

"이렇게 큰 부상을 입고 도망친다니 말도 안 되는 일이야. 아, 보게. 여기에 뭔가 무거운 걸 끌고 간 듯한 자국이 남아 있어. 아, 피다. ……그 남자가, 신주로라는 남자가 우도 씨를 끌고 가서 어딘가에 숨겨놓은 게 틀림없어."

핏자국은 점점이 언덕 위까지 이어져 있었지만 거기서부터는 키가 큰 수풀로 덮여 있어서 신주로가 정말 이 언덕을 넘은 것인지, 아니면 다른 길로 간 것인지, 도리어 흘러내리는 재와 용암 속에 있는지, 우리는 알 수가 없었다.

"어쨌든 이 언덕을 올라가봐요. 그러면 뭔가 보일지도 몰라요."

유미는 그렇게 말하고 앞장서서 무성한 수풀 속으로 들어 갔다. 우리도 그 뒤를 따랐다. 그런데 언덕 위에서 우리는 우도 씨나 신주로 대신에 뜻밖의 인물을 발견했던 것이다.

"아." 문득 유미가 발을 멈추고 우리를 돌아보았다.

"저런 곳에 사람이."

그 말에 문득 위쪽을 올려다보니 흘러내리는 재 속에 우뚝 서서 호수 쪽을 내려다보며 뭔가 주문이라도 외우는 듯한 모습으로 서 있는 것은 분명 여기 오는 도중에 버스에서 만난 그 기묘한 예언자 노파였다. 그녀는 마치 새 같은 모습을 하고 거기 서 있었다.

노파는 날카로운 눈으로 우리 쪽을 힐끗 돌아보더니 곧장 성큼성큼 다가왔다.

"당신들, 게서 뭐 하고 있우."

늘 그렇듯 피리처럼 높고 거슬리는 목소리다.

"아, 아주머니."

유미는 이 노파를 아는지 별로 겁먹은 기색도 없이 말했다.

"아주머니, 이 근처에서 사람 못 보셨어요?"

"글쎄, 아무것도 못 봤어. 하지만 난 들었어. 무서운 비명을……. 아, 피!"

그녀는 오쓰코쓰 산시로의 유카타* 소매를 가리켰다.

"어찌 된 일이야. 무슨 일이 있었누. 안다, 말 안 해도 알아. 언젠가 내가 말했던 대로야. 피다, 보아라, 피다. 너희들 주변에 무서운 피의 비가 내릴 거라 했지. 내 말이 틀릴 리 없지. 보아라, 봐, 호수 위를 보거라. 새빨갛다. 피를 흘리듯 새빨갛게 물들어 있어."

다른 상황이었다면 우리는 노파의 말에 코웃음을 쳤을지도 모르지만 그때만은 달랐다. 어쨌든 산은 무서운 연기를

---

* 浴衣, 실내에서나 여름철에 주로 입는 일본의 전통 의상.

뿜어내며 으르렁거리고 있었고 용암은 싸라기눈처럼 소리를 내며 내리고 있었다. 게다가 땅은 끊임없이 무섭도록 진동하고 있었으니, 노파가 말한 대로 그때 석양을 받아 새빨갛게 물들어 있던 호수가 마치 피바다처럼 보였던 것도 전혀 무리가 아니었던 것이다. 노파는 다시 한번 우리 쪽을 돌아보았다.

"자, 이미 일어난 일은 어쩔 수 없지. 무슨 일이 있었는지 말해봐."

유미가 재빨리 자초지종을 설명하자 몇 번 끄덕이던 노파는 갑자기 손을 들었다.

"아, 그거라면 나도 봤어. 나리와 그 남자를 나도 봤어. 불쌍하게도 나리는 살아 있지 않을 거야. 하지만 그 남자가 나리의 시체를 어디에 숨겼는지 난 잘 알지. 이 눈으로 그놈의 모습을 봤거든."

"아, 그게 어딘가요, 아주머니?"

"저쪽이야."

노파는 입술을 꽉 깨문 채 호수를 가리켰다.

"그놈이 나리의 시체를 작은 배에 싣고 노를 저어 가는 걸 봤어. 내 눈은 틀리지 않아. 나이를 먹었어도 내 눈은 아직 튼튼하거든. 당신들, 이 호수에 있는 신기루의 심연을 알고 있겠지."

"아, 그 동굴……."

유미의 얼굴이 순식간에 창백해졌다.

"그래, 그 신기루의 심연이야."

"대체 그 신기루란 건 뭡니까?"

오쓰코쓰 산시로가 유미에게 물었다.

"그건, 옛 노래 중에 무사시노의 신기루를 노래한 게 있죠. 즉 일종의 지하수예요. 시냇물이 중간에 지하로 흘러들어서 가는 곳을 알 수 없게 되는, 그것을 신기루라고 하는데 이 호수에 그런 게 있어요. 그리고 그 신기루의 입구가 저쪽에 있죠."

"나는 그 입구가 두 개 있다는 걸 알아. 자, 서둘러 가보자고. 어쩌면 놈이 아직 그 안에 있을지도 몰라."

노파의 말에 이의를 제기하는 사람은 아무도 없었다. 우리는 일단 집으로 돌아가서 등불을 챙기고 다시 나섰다. 노파의 의견에 따라 우리는 두 조로 나누기로 했다. 어쨌든 입구가 두 개니까 양쪽에서 들어가 안에서 만나기로 한 것이다. 논의 끝에 오쓰코쓰와 노파, 나와 유미가 각각 한 조가 되었다.

두 척의 보트가 호수에 내려졌다. 우리는 각기 보트에 탔다. 나는 왠지 불안감으로 마음이 무거웠지만 지금은 다른 방법이 없었다. 우리는 말없이 절벽을 따라 보트를 저어 갔다.

이윽고 앞선 보트의 뱃머리에 서 있던 노파가 뒤를 돌아보았다.

"자, 이게 입구 중 하나야. 우리는 여기로 들어간다. 댁들은 다른 쪽으로 들어가는 게 좋겠어."

그 말대로 절벽 기슭에 잡초와 등나무 넝쿨로 덮인 작은 동굴 입구가 보였다. 그리고 아주 미묘한 정도이기는 했지만 동굴 입구 언저리에서 호수 물이 소용돌이를 그리며 안쪽으로 흘러 들어가는 것을 볼 수 있었다.

"괜찮을까, 오쓰코쓰?"

"괜찮아. 자네도 조심하게."

나는 그때 오쓰코쓰의 얼굴에서 왠지 희비가 교차하는 듯한 느낌을 받았다. 이윽고 보트가 동굴로 들어서고 노파가 든 등불의 빛이 컴컴한 동굴 안쪽에서 차츰 작아졌다.

"자, 그럼 우리도 서두를까요. 다른 동굴 입구는 어디에 있습니까?"

"저쪽으로 좀 더 가면 돼요. 왠지 기분이 나쁘네요."

두 번째 동굴은 거기서 2정* 남짓 떨어진 곳에 있었다. 올해는 강우량이 많았던 탓인지 수위가 높아서 동굴 입구가 수면 위로 아주 조금밖에 드러나 있지 않았지만 그럼에도

* 町. 거리를 나타내는 단위로 1정은 약 109미터이다.

우리는 어려움을 무릅쓰고 동굴 속으로 보트를 저어 갔다.

이렇게 글로 쓰니 아무 일도 아닌 것 같지만 실제로는 보통 용기로 할 수 있는 모험이 아니었다. 생각해보라. 무서운 일이 일어난 땅속에서, 게다가 피로 물든 살인귀가 어느 구석에 숨어 있을지 모를 어둠 속을 더듬어 가는 것이다. 지금 돌아보니 잘도 그런 무모한 짓을 했구나 싶어, 등이 순식간에 차갑게 식는 듯한 기분이 든다.

아무튼 이 기분 나쁜 동굴의 초입은 거의 머리가 천장에 닿을 것처럼 비좁았지만 앞으로 전진하면서 차츰 넓어졌다.

유미는 뱃머리에 서서 등불을 번쩍 치켜들며 말했다.

"조심하세요. 바위에 부딪히기라도 하면 그야말로 큰일이니까요."

그녀는 그렇게 말하면서 내 쪽을 돌아보고 일일이 주의를 주었지만 그 목소리가 웅웅 동굴의 내벽에 메아리를 일으켜서 나는 머리가 아파오는 기분이 들었다.

"대체 이 물길은 어디까지 이어져 있는 거죠? 왠지 조금씩 흐르고 있는 것 같지 않습니까."

"저도 잘은 모르지만 언젠가 백부님이 말씀하시길 분명 지하를 지나서 어떤 강으로 흘러드는 것 같다고 하셨어요."

공간이 점점 넓어짐에 따라 물소리나 땅울림과는 다른 소리가 이명처럼 주변을 압박하며 들려왔다. 문득 언젠가 책에서 읽은 땅속 폭포 생각이 났다. 어쩌면 정체를 알 수 없는 이 동굴 안쪽에 아무도 모르는 큰 폭포가 있는 게 아닐까. 만약 그렇다면 멍청하게 보트를 더 저어 갔다가는 큰 사달이 날 것이다.

나는 갑자기 무서워졌다.

"유미 씨, 이 동굴 속 지리를 잘 아시나요?"

"아뇨. 안쪽 깊은 곳까진 몰라요."

"그런데 괜찮을까요……."

"글쎄요" 하고 유미도 당혹한 듯, "저쪽 동굴로 흘러 들어가는 물과 이쪽 동굴의 물이 하나로 합쳐지는 앞쪽 지점에 작은 섬이 있는데, 그 근처까지는 괜찮을 거예요. 그 너머로는 가본 사람이 없는 것 같아요."

"그 섬까지는 한참 가야 합니까?"

"글쎄요, 금방 갈 거 같은데. 어머, 저건 뭐죠?"

유미가 갑자기 겁먹은 듯 소리를 질렀다. 그때 동굴 안쪽에서 뭔가 이상한, 부르짖음 같기도 하고 신음 같기도 한 소리가 들려왔기 때문이다. 그 소리는 여기저기 바위 모서리에 부딪쳐 웅웅 하는 반향음을 내면서 차츰 이쪽으로 다가오고 있었다. 반향 때문에 음량은 두 배 세 배로 증폭되어 뭔지 모를 기묘한 소리로 변해 있었다.

"어, 저건 뭐죠?"

등불을 들고 있던 유미의 손이 격하게 떨렸다.

"글쎄요, 뭔가 사람이 지르는 소리 같은데요."

내 목소리도 유미에 못지않게 떨리고 있었다.

"아, 오쓰코쓰 씨한테 무슨 문제가 생긴 거 아닐까요."

그 이명 같은 소리는 점점 높아져서 우리의 대화는 자칫하면 그 소리에 묻힐 것 같았다. 동굴 속은 점점 넓어졌고 등을 찌르는 냉기가 어둠과 함께 엄습했다.

"그럼 오쓰코쓰가 탄 보트의 불빛이 슬슬 보여야 할 텐데요."

"그렇네요. 그쪽이 가까우니까 먼저 섬에 도착했어야 하는데……. 아, 섬이 보이기 시작했어요."

"보트의 불빛은 안 보입니까?"

"네, 어떻게 된 걸까요. 깜깜해요……. 음……."

유미가 등불을 높이 들어 어둠 속을 비추었다.

섬이라기보다는 떠 있는 모래톱이라 해야 정확할 것이다. 검은 흙이 물속에서 살짝 융기되어 있었다.

"어머." 유미가 몸을 떨면서 말했다. "시나 씨, 시나 씨, 저게 뭐죠? 저 하얀 거요."

"하얀 거?"

"네…… 아, 저거, 오쓰코쓰 씨의 유카타 아닌가요?"

나는 깜짝 놀라 돌아보았다. 역시 융기된 흙더미에 희끄

무레한 유카타 자락이 보인다.

"아, 오쓰코쓰잖아."

그 순간 보트 바닥이 쿵 하고 진흙 위로 올라서서 우리는 무심코 흙 위로 올라오게 되었다. 나는 바로 흙더미에 쓰러져 있는 오쓰코쓰 산시로에게 달려갔다.

"오쓰코쓰, 오쓰코쓰, 정신 차려. 유미 씨, 등불을 좀."

"네, 네, 여기요."

목소리가 등 뒤에서 들리는가 싶더니, 유미가 이내 꺅 하고 묘한 비명을 지르면서 내 허리에 매달렸다.

"왜, 왜 그래요?"

"저기 백부님이……."

"어, 우도 씨가?"

나는 오쓰코쓰를 그대로 둔 채 유미가 가리키는 쪽으로 몸을 돌렸다.

융기된 땅의 다른 한쪽에 우도 씨가 마찬가지로 물에 고개를 처박고 쓰러져 있었다.

"유미 씨, 등불을 좀 더 이쪽으로 비춰주세요."

유미가 바로 옆으로 다가왔다. 그리고 등불을 내 뒤에서 비추었다. 나는 불빛 아래서 우도 씨를 안아 들었다. 아니, 안아 들려고 했다는 것이 정확한 표현일지도 모른다. 너무 무서운 나머지 무심코 으앗 하고 소리 지르고는 바로 뒤로 물러섰기 때문이다.

안아 든 우도 씨의 몸이 묘하게 폭신폭신하고 손에 감기는 느낌이 없었던 것도 당연했다. 그 몸에는 머리가 없었던 것이다!

아, 머리 없는 인간……. 여러분도 종종 신문 등에서 머리 없는 시체에 관한 기사를 접한 적이 있을 텐데, 현실에서 본 머리 없는 시체란 것이 얼마나 무서운지 알겠는가?

뭐라 말할 수 없는 기분 나쁨, 두려움, 공포, 징그러움, 말 못 할 불쾌감에 나는 순간 혈관이 마비되고 정신이 아득해지는 것 같은 현기증을 느꼈다.

남자인 나조차 그랬으니 여자인 유미가 놀란 것도 무리가 아니다. 그녀는 한동안 넋을 놓은 듯 멍하니 머리 없는 백부의 모습을 응시하다가 갑자기 꺅 비명을 지르더니 미친 듯이 내게 매달렸고, 그 바람에 등불을 물로 떨어뜨리고 말았다. 슉 소리를 내며 촛불이 꺼지자 주변은 컴컴해졌다.

바로 그때 어둠 속에서 희미하게 기분 나쁜 웃음소리가 들려왔다. 그것은 마치 주위의 벽을 타고 오는 것처럼 격렬한 소용돌이를 그리면서 회전하고 암굴과 수면에 반향음을 일으키고 있었고, 차츰 주변을 심하게 압박하며 동굴 속에 울리는 것이었다. 아, 그 불쾌감이란. 팽팽하고 날카롭고 끈적하고, 뼈를 찌르는 듯한 냉기를 지닌 목소리였다.

"어머, 저 목소리……. 저건 대체 뭘까요. 시나 씨, 시나 씨, 저를 떼어놓지 마세요. 무서워요. 저를 붙잡아주세요."

유미는 횡설수설 그런 말을 하면서 내 가슴에 매달려 떨어지지 않는다. 타는 듯 뜨거운 여자의 체온이 어둠 속에서 덮쳐 오고 향기로운 머리카락이 살랑살랑 내 뺨을 간지럽혔다.

갑자기 웃음소리가 그치나 싶더니 어디선가 성냥불을 켜는 소리가 들렸고, 이윽고 열 간*쯤 떨어진 물 위에서 등불이 켜졌다. 다행스럽게도 그 등불 옆에서 얼굴을 가린 채 웅크리고 있는 것은 그 이상한 노파였다. 노파는 그곳에 보트를 세워둔 채 이제껏 어둠 속에서 우리를 기다리고 있었던 듯했다. 그것을 보고 나는 무심코 말했다.

"할머니, 잠깐 이쪽으로 좀 와주세요. 큰일 났어요."

"뭐? 나?"

그렇게 말하며 등불 그림자 속에서 고개를 든 노파의 얼굴을 본 순간 아, 그 공포. 몸도 복장도 노파가 분명했지만 그 얼굴은…… 입술을 일그러뜨리고 혀를 내민 채 킥킥 웃고 있는 그 얼굴은 틀림없이 미소년 신주로였다.

* 間. 길이를 나타내는 단위로 한 간은 약 1.818미터이다.

제6장

칠흑 같은 어둠

무사시노의 신기루에 관해서는 옛날부터 이런저런 설이 있는 모양이다.

일설에선 멀리서 조망할 때는 물 흐르는 것처럼 보이지만 막상 다가가보면 또 다른 쪽에 흐르는 것처럼 보여 이것을 신기루라 부른다고 한다. 또 이루마노고* 미야데라촌의 밭에서 흘러 나간 냇물이 겨울이 되면 물이 끊겨 더 이상 이어지지 못한 것을 두고 신기루라 했다는 설도 있다.

하지만 내게 가장 타당하다고 여겨지는 것은, 유미도 지적했듯 지하수를 가리킨다는 설이다. 무사시노 명소 고찰에도 '이루마노고에 있는 냇물은 2리 정도 흐르면 물이 끊어진다. 그 마지막 부분에서 대여섯 간 직각으로 구부러진 지점이 있는데 근방의 물은 졸졸 흐를지언정 그 지점의 파인 부

---

* 入間鄕, 고대 지명.

분까지 도달하면 물이 사라져 물의 방향을 알 수 없는 신기루가 된다'라고 적혀 있다. 옛 노래에 '아즈마 길에 있다는 신기루로 도망쳐 세상을 살아갈까나'라는 구절이 있는 것만 보아도 지하수 설이 가장 옳지 않나 싶다.

그리스 신화의 페르세포네* 이야기 속 알페이오스강 등도 이런 신기루의 일종인 것 같다. 전해지는 바로는 알페이오스강의 수원을 조사했을 때 중간에 지하에 묻혀 보이지 않는 지점이 있었던 듯 시칠리아섬에 있는 아레투사 샘도 같은 줄기에서 온 것이었다 한다. 알페이오스강에 술잔이나 꽃다발 등을 던져 넣으면 아득한 바다를 건너 언젠가는 아레투사의 샘에 나타난다는 전설이 있어, 이로부터 여러 로맨틱한 시나 설화가 탄생했다.

지금 우리가 있는 이 호반의 동굴은 물론 그 정도로 대규모는 아닐 것이다. 하지만 두려움이 꼭 규모에 영향을 받는 것은 아니라는 점을 알아주기 바란다.

정말이지 이 컴컴한 지하 동굴 속에서 입술을 일그러뜨리고 혀를 내밀며 킬킬 웃고 있는 신주로의 무시무시함은 뭐라 형용할 수 없을 만큼 몹시도 불쾌한 것이었다. 불빛을 정면에서 받은 미소년의 이마에는 두 줄기 혈관이 뿔처럼 툭

---

* 죽음과 지하 세계를 관장하는 신 하데스의 아내.

불거져 있었고 검은 눈동자가 비단벌레처럼 깜박깜박 빛나고 있었다. 게다가 그 입술은 얼마나 붉은지! 방금 피를 빨아먹은 건 아닌가 싶을 정도로 농염하고 기분 나쁜 축축함으로 빛나고 있지 않던가.

신주로는 배 위에서 마구 구르면서 웃었다. 양손으로 배를 움켜쥐고 웃었다. 그럴 때마다 새소리처럼 날카로운 끼끼 소리가 땅의 소리도 폭포의 소리도 아닌 지하의 소리를 압박하고 컴컴한 주변 암벽에 무서운 반향을 일으키며 물위에 소용돌이를 그리는 것이었다.

이 기괴한 미소년은 한참 동안 그렇게 배 위를 뒹굴면서 웃다가 무슨 생각을 했는지 갑자기 웃음을 딱 멈췄다. 그리고 마치 학질에 걸린 사람처럼 멍한 표정을 하고서 한참 가만히 이쪽을 응시하다가 이윽고 다시 싱글거리며 웃었다. 그러더니 몸을 움츠리고 뭔가 축구공만 한 둥근 물건을 양손에 집어 들더니 그것을 보여주듯 불빛 속에서 내밀었던 것이다.

아, 그때의 그 공포.

유미는 으음, 하고 낮은 신음을 토하더니 이내 엄청난 무게를 실어 내 어깨에 기댔다. 실신한 것이다. 아, 기절할 수 있다는 것은 얼마나 큰 행복인가. 유미가 조금만 늦게 기절했다면 내가 먼저 기절의 행복을 만끽했을지도 모른다. 둘이서 술을 마실 때 한쪽이 먼저 취하면 다른 한쪽은 그때까지 쌓인 취기가 홀연히 사라지고 마는 것이다.

당시의 내가 딱 그랬다. 유미에게 선수를 뺏긴 탓에 나는 이 바라 마지않는 도피 수단에서 완전히 차단되어버리고 말았다. 좋든 싫든 눈앞에 보이는 너무나도 무서운 물건을 물끄러미 응시해야만 하는 불행한 운명에 놓였다.

언젠가 내가 구단 언덕에서 정처 없이 바라본 그 암시적인 요한의 머리의 이상한 계시는 역시 틀리지 않았던 것이다. 신주로가 그때 등불 앞에 내민 물건이란 말할 것도 없이 우도 씨의 머리였다. 게다가 방금 몸통에서 막 잘린 듯 생생한 피가 어두운 물 위로 뚝뚝 떨어지고 있었다!

나는 용감한 사람인 척할 생각 같은 건 조금도 없다. 실제로 그때 뱃속이 납처럼 묵직해진 반면 가슴 쪽은 허해지고, 심장이 목구멍까지 부풀어 오르고 혀가 경련하고 무릎이 덜덜 떨렸음을 주저 없이 고백할 수 있다. 게다가 하필 20세기에 생계를 위해 영문학을 전공한 나는 유감스럽게도 조루리* 책에 나오는 용맹한 주인공과 달리 목 검사** 같은 것에는 문외한이었다.

하지만 그럼에도 불구하고 나는 결코 그 머리를 잘못 보

* 浄瑠璃, 샤미센 반주에 맞추어 이야기를 읊는 일본의 전통 예능.
** 首実検, 전장에서 베어 가져온 적의 머리를 확인하고 공로를 결정하는 것.

지는 않았다. 조루리 책의 호걸처럼 산 얼굴과 죽은 얼굴은 표정이 다르겠지, 라는 둥 주저할 필요가 없었던 것이다.

게딱지처럼 평평한 얼굴, 짙은 수염, 거칠고 정력적이고 불결한 느낌마저 줄 만큼 광택이 도는 얼굴…… 그것이 우도 씨의 머리 말고 다른 것일 리 없었다. 뺨에서 턱까지 흠뻑 피로 젖어 있고, 크게 부릅뜬 눈, 악문 이빨, 벌어진 상처에서 비어져 나온 형체를 알아보기 힘든 고깃덩어리……. 아, 무섭고 기분 나쁘고 뼛속까지 얼어붙게 만드는 것이란 바로 이 머리를 두고 말하는 것이리라.

신주로는 공포에 휩싸여 우뚝 서 있는 나를 곁눈질로 보면서 킬킬 웃기 시작했다. 그리고 미친 듯이 그 머리를 흔들었다. 마치 아이가 아기에게 장난감을 보여주듯 그 무서운 것을 공처럼 쥐어 보였던 것이다. 그리고 피투성이가 된 뺨에 입을 맞추었다. 잘린 부분에서 나오는 기분 나쁜 뭔가를 양손으로 휘저어 보이기도 했다.

하지만 그러는 사이 그 이상한 장난감에 질렸는지, 이내 지겹다는 듯 머리를 쳐드는가 싶더니 바로 신기루 바닥에 던져버렸다.

풍덩!

둔탁한 소리가 났다. 요한의 머리는 두세 차례 데굴데굴 물 위에서 구르는가 싶더니 이윽고 부글부글 빨려 들어가듯 시커먼 물속으로 가라앉았다.

뱃전에 손을 걸치고 지그시 그 모습을 바라보던 신주로는 싱긋 의미심장한 미소를 짓더니 이윽고 몸을 일으켜 노를 잡고서 내 쪽은 돌아보지도 않고 스르륵 저편으로 저어 갔다.

불빛이 차츰 작아졌다. 노가 물을 때리는 소리도 점점 멀어져갔다. 마침내 저쪽 바위 모서리를 돌자, 이내 등불이 사라지는가 싶더니 엿처럼 결이 가느다란 어둠이 순식간에 우리 위로 쏟아져 내렸다.

나는 후, 크게 한숨을 내쉬고 손등으로 이마의 땀을 훔쳤다. 악몽을 꾼 듯한 기분이었다. 정신을 차리고 보니 전신이 끈적끈적한 땀으로 흠뻑 젖어 있었고, 잔주름 잡힌 얇은 옷감의 셔츠가 피부에 찰싹 달라붙어 기분이 나빴다. 하지만 땀을 닦을 여유조차 없었다. 해야 할 일이 산더미처럼 남아 있었다.

나는 우선 유미를 안아 일으켰다.

"유미 씨, 유미 씨, 정신 차려요. 그놈은 갔어요. 이제 괜찮습니다. 정신 차리세요."

유미는 축 늘어진 채 대답도 하지 않는다. 손발이 굳어서 뭐라 말할 수 없이 기분 나쁘다. 죽어버린 건 아닐까. 그렇게 생각한 순간, 나는 전신의 털이 곤두서는 듯한 두려움을 느꼈다. 생각해보라. 이 컴컴한 동굴 속에서 만약 유미가 정신을 차리지 않는다면 어떻게 이곳을 빠져나갈 수 있겠는가. 등불은 아까 유미가 물에 떨어뜨렸으니 운 좋게 찾아낸다 하더라도 제구실을 못 할 터였다. 동굴 밖은 차츰 어둠이 짙어지고 있을 게 분명하다. 만약 해가 저물었다면 나는 동굴 입구를 찾을 수 없을 것이다. 완전히 착각해 방향을 잘못 잡기라도 한다면…… 아, 거기에는 일찍이 누구 하나 발을 들인 적 없다는 영원한 암흑이 우리를 기다리고 있을 것이다.

하지만 그때 나는 이런 식으로 순서를 정해 생각하고 있었던 것은 아니다.

나는 무의식적으로 유미의 몸을 문지르고 그녀의 뺨을 마구 때렸다. 그러는 동안 문득 소매 안쪽에 버석거리는 무언가가 들어 있다는 것을 알아차렸다. 성냥이다. 담배를 피우지 않는 나는 이제껏 성냥을 갖고 다닌 적이 없어서 완전히 잊고 있었지만 아까 등불을 켤 때 무의식적으로 성냥갑을 소매에 넣고 온 게 틀림없었다.

아무튼 이때 무심코 가져온 성냥 한 갑이 얼마나 내게 용기를 주었는지 모른다. 나는 서둘러 성냥을 켜서 유미의 얼굴을 비추었다. 유미는 창백한 얼굴로 이를 악물고 있었지만 죽지 않았다는 것은 눈꺼풀이 꿈틀꿈틀 경련하는 것만 보아도 알 수 있었다.

여기에 힘을 얻은 나는 손수건을 물에 적셔 유미의 악다문 이 사이로 밀어 넣었다. 그리고 언젠가 해수욕장에서 본 적 있는 인공호흡이라는 것을 내 나름대로 해보았다. 인공호흡이라 해도 극히 간단한 것이었다. 그저 양손을 쥐고 빙글빙글 돌릴 뿐이었으니.

하지만 뭐든 일단 해봐야 할 일이다. 끈기 있게 반복했더니 이윽고 유미가 크게 숨을 토해냈다.

그리고 어둠 속에서 나를 끌어안았다.

"아, 정신이 드셨나요? 유미 씨, 접니다. 시나예요."

"아, 시나 씨."

그렇게 말하고 유미는 갑자기 정신이 든 듯 내 목에 꼭 매달렸다. 너무 세게 끌어안아서 숨이 막힐 지경이었다.

"그 남자는 어떻게 됐나요? 신주로는…… 신주로는…….."

"괜찮아요. 그놈은 어딘가로 가버렸으니 안심하세요. 우리도 서둘러 여기를 나가야 합니다. 우물쭈물하다간 날이 저물어서 나갈 수 없게 될지도 몰라요."

그 말은 굉장히 효과적이었다.

"죄송해요. 정신을 잃다니……. 하지만 너무 무서웠어요."

"그 생각은 하지 않으시는 게 좋겠어요. 아무튼 빨리 여길 나가지 않으면……. 기다려요. 지금 성냥불을 켤 테니."

성냥불을 켜자 눈물에 젖은 유미의 눈동자가 가만히 나를 응시하고 있었다. 동그랗게 뜬 커다란 눈동자가 마치 나를 삼킬 것처럼 지그시 이쪽을 바라보고 있는 것이다. 그 시선이 너무 이상해서 나는 무심코,

"왜 그러십니까?"

하고 물었다.

그러자 그 순간 유미의 커다란 눈동자를 덮은 눈물이 방울방울 뺨으로 흘러내리는가 싶더니, 그녀는 이내 내게 매달려서 소리 높여 울기 시작했다. 너무 갑작스러운 일이라 나는 깜짝 놀랐지만 그래도 가능한 한 상냥하게 유미를 안아주었다.

성냥불은 유미가 매달리는 통에 꺼졌고 주변은 컴컴했다. 그 속에서 유미의 꺼져 들어갈 듯한 울음소리가 끊길 듯 말듯 이어진다. 뜨거운 눈물이 내 셔츠를 뚫고 타서 눌어붙듯 가슴에 스며들었다.

"왜 그래요? 아무것도 걱정할 거 없어요. 자, 제가 같이 있으니까 괜찮아요."

그렇게 말하자 유미는 한층 큰 소리로 울기 시작했다. 애절한 울음소리가 온몸을 부드럽게 뒤흔들었다. 그 소리에 나는 제어할 수 없는 폭풍 같은 충동에 휩싸여 느닷없이 유미의 몸을 끌어당기고 땀에 젖은 이마에 입을 맞추었다.

지금 생각하면 어째서 그런 대담한 짓을 했는지 모르겠

다. 하지만 그때 나는 유미의 격한 감정적 동요가, 아까부터 계속된 이상한 사건들로 약해진 마음이 꺾인 탓일 거라 생각했기 때문에 가급적 그녀에게 힘을 북돋아주려 했던 것이다.

아, 나는 바보였다. 그때 유미의 마음을 몰랐다니 나는 얼마나 어리석었던가!

아무튼 내 입맞춤을 받고 유미는 더욱 격하게 울기 시작했다. 하지만 이내 감정이 차분하게 가라앉은 듯 조용히 내 가슴에서 떨어졌다. 그리고 어둠 속에서 흐느끼며 말했다.

"죄송해요. 이럴 때 울기나 하고……. 성냥불을 좀 켜주실래요?"

성냥불을 켜니 유미의 얼굴은 세수한 것처럼 젖어 있었지만 더는 울고 있지 않았다.

"그럼……."

유미가 더듬거리면서 말했다.

"그럼……"하고 나도 말을 이었다. "가급적 빨리 여기서 나가죠."

우리에게는 해야 할 일이 많이 있었다. 나는 성냥불을 켜고 등을 찾았다. 등은 금방 찾을 수 있었다. 다행히 얕은 진흙에 떨어져서 등불은 꺼졌지만 양초는 아직 충분히 남아 있었다. 나는 바로 양초에 불을 붙였다. 그리고 그 불빛으로 오쓰코쓰 산시로를 찾아보았다.

진흙 위에 엎드린 채 쓰러져 있던 오쓰코쓰 산시로는 뭔가 무거운 둔기 같은 걸로 뒤통수를 얻어맞았는지 긴 머리가 피에 젖어 엉켜 있었지만 다행히 부상은 그리 심하지 않은 듯했다. 졸도했을 뿐, 생명에 지장은 없는 것 같았다.

"다행이다! 이 상태라면 금방 정신이 돌아올 겁니다."

"그렇군요."

양초를 든 채 내 뒤에 서 있던 유미는 웬일인지 힘없이 대답했다.

나는 그녀의 냉담함에 놀랐지만 그런 데 신경 쓸 상황이 아니었다. 당장은 우도 씨를 찾아야 했지만 유미도 나도 도저히 그럴 용기가 없었다.

우리는 논의 끝에 사람들을 모아서 다시 우도 씨를 찾으러 오기로 하고 일단 오쓰코쓰 산시로만 밖으로 옮기기로 했다.

힘을 합쳐 오쓰코쓰를 보트로 옮기고 우리는 도망치듯이 그 무서운 장소를 뒤로했다. 다행히 유미가 잘 안내해주었고, 촛불도 꺼지지 않고 버텨주어서 지하의 어둠을 헤매지 않고 무사히 동굴에서 나올 수 있었다. 밖으로 나오니 하늘에 구멍이라도 뚫린 것처럼 호우가 맹렬히 쏟아지고 있었다.

제7장

신주로 일기

지금 돌이켜보면 그때 우리는 정말로 위험한 처지에 놓여 있었다. 그날의 비는 기록으로도 남을 만큼 엄청난 것이어서 그리 크지 않은 호수는 눈 깜짝할 사이에 물이 불어났고, 조금만 머뭇거렸다면 우리는 거침없이 소용돌이를 그리면서 동굴 속으로 흘러드는 물살에 휩쓸려 어떤 무서운 꼴을 당했을지 모를 일이다.

　아사마산의 분화는 조금 전과 비교하면 약간 수그러든 것 같기도 했지만, 그래도 엄청난 불기둥이 하늘 높이 솟아 있는 것을 보는 건 결코 기분 좋은 일은 아니었다. 게다가 바람을 머금지 않은 호우는 마치 유리구슬로 엮은 발이라도 늘어뜨린 것처럼 굵은 세로줄을 그리며 곧장 호수 위로 내리고 있었다. 그 무시무시한 소리를 들으며 천지를 압도하는 불기둥을 보고 있는 동안 나는 당장이라도 이 세상이 끝나는 것은 아닐까 하는 공포에 사로잡혔다. 겁쟁이인 나를 비웃을 사람이 있다면 비웃어도 좋다. 그것은 그런 이상한 경험을 해본 사람만이 아는 공포니까.

하지만 여기서 이 이상 장황하게 지루한 탄식을 반복하는 것은 그만두겠다. 내게는 해야 할 이야기가 아직 산더미처럼 남아 있으니까 말이다.

어쨌거나 우리는 오쓰코쓰 산시로를 우도 씨의 이부자리에 눕히고는 빠르게 상처를 처치했다. 응급처치가 적절했는지, 아니면 때가 되어서 그런 것인지 오쓰코쓰 산시로는 금세 의식을 회복했다.

하지만 그때 그가 처음으로 보인 행동은 나를 매우 놀라게 했다. 한동안 그는 멍한 눈으로 주변을 둘러보더니 이내 자신이 누운 곳이 살해당한 우도 씨의 자리라는 사실을 깨닫고는 마치 독충에라도 찔린 것처럼 펄쩍 뛰었다. 그리고 두세 마디 격한 말을 우리에게 쏟아냈지만 이내 정신이 들었는지 이렇게 말했다.

"실례, 실례! 나는 무서운 꿈을 꾼 것 같아. 대체 어째서 이런 곳에서 자고 있는 건가."

나는 왠지 납득이 가지 않았다. 그 순간 오쓰코쓰의 무시무시한 안색이 내 눈동자에 선명하게 비쳐 떨어지지 않았다. 오쓰코쓰 같은 남자도 미신을 믿을 때가 있는 것일까.

하지만 눈앞에서 파랗게 질린 얼굴을 하고 머리를 감싸

쥔 남자를 보니 그 이상 추궁할 마음은 들지 않았다. 그래서 나는 재빨리 앞서 일어난 사건을 이야기해주었다.

"흠, 그럼 그 할망구가 신주로였단 말인가?" 오쓰코쓰도 눈을 크게 떴다.

"나는 전혀 몰랐어. 우도 씨의 시신을 찾아서 좀 더 자세히 조사해보려고 파고 있는데 뒤에서 갑자기 공격한 거라서. 아, 아야!" 오쓰코쓰는 이를 악물었다. "하지만 이래선 안 돼. 어쨌든 서둘러 경찰을 불러야……"

"흠, 자네가 정신을 차리면 다녀오려던 참이야."

"그런가. 그럼 미안하지만 좀 다녀와주지 않겠나. 나도 같이 가고 싶지만 이렇게 머리가 아파서……."

"아, 자넨 여기 있게. 유미 씨 혼자 두는 것도 마음에 걸리니까. 그런데 상처가 아픈가?"

"흠. 그리 반갑지 않을 만큼은 아파. 아, 제기랄! 흠. 뭐, 됐어. 서둘러 다녀오게."

나는 바로 일어섰다. 유미는 내가 쓸 우산과 나막신을 챙기고 현관까지 바래다주었는데 내가 밖으로 나가려 하자 무슨 생각을 했는지 갑자기,

"시나 씨."

하고 불렀다.

"네." 나는 뒤를 돌아보았다. "무슨 일입니까?"

유미는 아무 말도 하지 않았다. 그녀는 커다란 눈을 치켜 뜨고 집어삼킬 듯이 내 얼굴을 응시하다가 갑자기 정신이 들었는지 어깨를 움츠렸다.

"아, 밖이 깜깜하네요. 조심히 다녀오세요. 그리고 가급적 빨리 돌아오세요."

그때 상처가 아픈지 방에서,

"유미 씨! 유미 씨!"

하고 화가 난 듯한 오쓰코쓰의 목소리가 들려왔다. 그 소리를 듣자 유미는 어쩐 일인지 양말만 신은 채 현관으로 내려와 내 옆으로 달려오더니 갑자기 띠의 매듭에 손을 댔다.

"시나 씨, 조심해서 다녀오세요. 저 왠지 무서워요. 아시죠? 저 무서워요."

나를 올려다보는 유미의 눈동자는 떨리고 있었다.

"무서워요? 신주로가 말입니까?"

"네?" 유미는 잠시 멈칫했지만 이내 다급하게 말을 이었다. "네, 그래요, 그래요, 그래요. 그러니 한시라도 빨리 돌아오세요."

"괜찮아요. 저렇게 오쓰코쓰가 있고, 게다가 제 걱정은 하실 필요 없어요. 이래 봬도 제 몸을 지킬 방법 정도는 알고 있습니다. 뭐, 그까짓 미소년쯤이야."

내가 어깨를 으쓱거렸을 때 다시금,

"유미 씨, 유미 씨!" 하고 이를 악문 듯한 오쓰코쓰의 목소리가 들렸다. "시나, 아직도 거기서 꾸물거리고 있는 건가."

"아, 지금 나가려던 참이야. 그럼 유미 씨, 뒷일을 부탁합니다."

나는 우산을 펼치고 유미의 손을 뿌리친 후 곧장 빗속으로 달려 나갔다. 왠지 오쓰코쓰의 목소리에 협박을 당하는 듯한 느낌이었다.

하지만 다행스럽게도 나는 그리 오래 이 호우를 맞으며 걸을 필요가 없었다. 한동안 걸었을 때 맞은편에서 우산을 비스듬하게 쓰고 이쪽으로 걸어오는 사람과 마주쳤기 때문이다.

"아, 우도 씨 댁 손님 아니십니까?"

그렇게 말하며 우산 아래서 얼굴을 내민 사람은 우리를 처음 이곳에 안내해준 심부름꾼이었다. 나중에 유미에게 들은 바로는 오리모토라는 이름의 남자였다.

"때마침 잘 만났습니다. 뭔가 이상한 일이 없나 싶어 지금 가보려던 참입니다."

때마침 잘 만났다는 말은 상대보다 내가 해야 할 말이었다. 이상한 일 정도가 아니다. 엄청난 사건이 일어난 것이다. 나는 가급적 상대를 놀라게 하지 않으려고 말을 고르면서 간단히 사정을 이야기하고는 서둘러 이 일을 마을 파출소에 알려달라고 부탁했다. 오리모토는 물론 깜짝 놀라 몸을 떨었다. 그리고 믿어지지 않는다는 표정으로 내 눈을 응시했다. 하지만 다음 순간, 빙글 몸을 돌리더니 우산을 기울이고 위타천*처럼 내리는 호우를 따라 걸어갔다.

이 남자를 마주친 덕분에 수고를 덜 수 있게 되었다. 나는 예정 시간의 반도 지나지 않아 춘흥루로 돌아왔다. 오쓰코쓰 산시로도 내가 이렇게 빨리 돌아올 줄은 꿈에도 몰랐을 것이다. 게다가 마침 내리던 비 때문에 내가 돌아온 것을 몰랐던 듯, 현관 옆에 우산을 두고 아무 생각 없이 방으로 들어가던 나는 생각지도 못한 광경을 목격하고 깜짝 놀라 그 자리에 우뚝 서버렸다.

인간이란 꽤 제멋대로인 존재라고 생각한다. 너도 아까 동굴 속에서 유미의 이마에 입맞춤을 하지 않았냐고 한다면 할 말이 없다. 하지만 도리와 감정이란 엄연히 다른 것으로 보인다. 그때 불그스름한 다다미 위, 그것도 조금 전에 살해당한 사람의 이부자리 옆에서…… 껴안듯이 하고 앉아 있는 남녀의 모습을 본 순간, 나는 이루 말할 수 없을 만큼의 증오와 분노를 느꼈다.

두 사람은 내 고함을 듣고는 놀라 떨어졌다. 유미는 시선

---

* 韋陀天. 불법을 지키는 수호신의 하나. 달음질을 잘한다 하여, 몹시 빨리 뛰는 사람을 비유하는 말로도 쓰인다.

을 둘 곳이 없는 듯 머뭇거리더니 이내 양손으로 얼굴을 감싸고 도망치듯 방에서 나갔다. 유미가 나간 뒤 우리 사이에는 잠시 거북한 침묵이 흘렀다. 하지만 이윽고 오쓰코쓰 산시로는 냉소를 띠었다.

"아, 들어오게. 너무 빨리 온 거 아닌가."

"가는 도중에 요전에 우리를 안내해준 남자를 만나서 만사 잘 부탁하고 온 참이야. 하지만 너무 빨리 와서 폐를 끼친 모양이군."

"그거 비꼬는 건가?"

"아니, 축하한다는 뜻이야."

"흠." 오쓰코쓰는 비웃듯 코를 울리더니 어깨를 으쓱했다. "쓸데없는 참견이야. 하지만 뭐, 좋아. 이 일에 대해선 나중에 말해주지. 자네에게 감출 생각은 털끝만큼도 없었어."

"약속한 건가?"

"그래."

"언제?"

"방금."

"흠." 나는 크게 한숨을 내쉬었지만 바로 생각을 고쳐먹었다.

"잘됐어. 우도 씨가 죽으면 유미 씨는 분명히 부자가 되겠지……. 아, 실례, 실례! 이런 말을 할 작정은 아니었어."

"아, 무슨 말을 들어도 별수 없지. 그 말대로니까." 오쓰코 쓰는 표독스러운 미소를 지었다. "하지만 이 일은 당분간 불문에 부쳐줘. 그보다 경찰이 오기 전에 여러 가지 준비를 해야 하지 않겠어?"

"준비? 무슨 준비 말인가?"

"경찰이란 놈들은 항상 의심이 많으니까. 거짓말까지 생각해둘 필요는 없지만 어눌하게 답변해서 시시한 의혹을 일으키는 건 어리석은 짓이거든."

"그도 그렇군."

"게다가 우린 아무것도 모르지 않나. 이를테면 그 신주로란 미소년 말이야. 대체 그놈은 어떤 놈이지?"

"유미 씨에게 물어보면 알려주겠지."

오쓰코쓰 산시로가 큰 소리로 부르자 한참 지나 유미가 나타났다. 어쩐 일인지 눈 가장자리가 빨개지도록 울어서 조금 전과 다르게 나이가 두세 살은 더 들어 보였다. 이것이 방금 약혼한 여자의 표정인가.

"무슨 일이세요?"

그 목소리는 얼음처럼 차갑게 내 가슴을 찔렀다. 하지만 오쓰코쓰는 알아차리지 못한 듯 아까의 질문을 바로 꺼냈다. 유미는 잠자코 그 말을 다 듣더니 말없이 방을 나갔다. 그녀는 한참 지나 불을 밝힌 촛대를 가지고 나타났다.

"이쪽으로 와주세요. 안내할게요. 보여드릴 것이 있어요."

우리는 유미를 따라 어두운 복도로 나갔다. 호우의 기세는 조금 전보다 한층 강해져 뜰에는 새하얀 폭포가 생겼고 빗물받이에 넘쳐흐르는 빗물이 분수처럼 뿜어져 나온다. 유미는 원피스를 입은 팔로 촛대를 감싸 들고 앞장서서 복도를 돌아 언젠가 갔던 창고 앞에 멈췄다.

"신주로는 이 창고 안에 감금되어 있었어요."

유미는 촛대를 든 채 우리에게 길을 열어주었다. 창고 안은 칠흑 같은 묵직한 어둠에 싸여 있어, 냉정한 오쓰코쓰도 앞장서기를 주저하는 것 같았다.

"2층입니까, 지하입니까?"

"지하예요. 하지만 두 번 다시 여기로 돌아오지는 않을 거예요. 열쇠를 부수고 도망갔으니까요."

우리는 그 말에 힘을 얻어 겨우 그 창고 안으로 들어갔다. 언젠가 나는 이 창고 2층으로 여러분을 안내한 적이 있다. 그리고 그때 이 창고에 대해서는 나중에 자세히 설명할 기회가 있을 거라고 약속했는데, 그 나중이란 바로 지금을 말하는 것이다. 이 창고 안에 숨겨진 더없이 기묘한 방을 보고, 유미의 입에서 극도로 기괴한 이야기의 한 조각을 들었을 때만큼 나는 이 세상의 저주란 것을 절실하게 느낀 적이 없었다.

맥베스 부부가 주군인 덩컨을 침실에서 살해한다. 다음 순간 문지기가 등장하여 주정뱅이 같은 모습으로 영문 모를 말을 외친다. 나는 셰익스피어를 읽으면서 이 장면에 이를 때마다 항상 전율하는 귀기를 느꼈는데, 이때의 느낌은 그 것과 많이 닮아 있었다.

창고 속에는 또 다른 문이 하나 있었다. 이것은 분명 나중에 부착한 것이리라. 2층으로 올라가는 계단 옆에 있는 데다 까맣게 칠해둔 탓에 그 공간은 전혀 알아차리지 못했었다.

유미는 그 문을 열었다. 우리가 주저하는 것을 보더니 본인이 앞장서서 안으로 들어가 천장에서 드리워진 램프에 불을 붙였다. 우리의 눈앞에 가장 먼저 나타난 것은 뭐라 말할 수 없을 만큼 현란한 색채로 칠해진 이상한 네 개의 벽이었다. 아니, 벽뿐만이 아니다. 바닥이고 천장이고 마치 배를 위장하기 위해 칠한 것 같은, 아니 그보다 더 독기 어린, 혼란스러운 색채 배합이 거기에 있었다. 빨강, 파랑, 노랑, 보라, 무릇 발광하는 듯한 강렬한 색이 아무 질서도 아무 통제도 없이 끈적끈적하게 잔뜩 칠해져 있었다. 한눈에도 그것은 머리가 아파질 것 같은, 아니, 그 이상으로 미쳐버릴 것 같은, 뭐라 형용할 길 없는 기괴한 색채 지옥이었다.

"백부님은 여기서 신주로를 미치광이로 만들려고 하셨어요. 아니, 미치광이라기보다 좀 더 무서운 인간으로 만들려

했죠."

유미는 한쪽에 있는 테이블에 촛대를 내려놓고 무거운 한 숨을 쉬었다.

"생각해보세요. 한 인간을 태어난 후로 내내 사회의 관습 이나 규율이나 도덕에서 일체 분리시키고 이런 방 안에서 갖가지 잔혹한 '악'을 교육했다면 과연 그 남자는 어떤 인간 이 되었을까요? 태어난 순간부터 그 남자는 이 세상의 진, 선, 미, 혹은 사랑이라는 감정에서 완전히 분리되어버린 겁 니다. 그리고 그 남자를 길러준 감정이란 그를 어떠한 방향 으로 이끌어 가기 위해 주의 깊게 계획한, 증오와 저주와 복 수와 잔혹함과 허위와 음모라는 이 세상의 여러 가지 나쁜 성질의 것들뿐이었어요. 보세요. 거기 있는 채찍이나 그 밖 의 여러 고문 도구들을요. 그리고 그를 아름다운 외부 세계 와 분리하기 위해 묶어둔 이 사슬을……."

유미는 마루 위에 끊어져 있는 큰 쇠사슬을 가리켰다. 그 리고 채찍이나 그 밖의 무시무시한 고문 도구들을 가리켰 다. 이 고문 도구들에 대해서는 자세히 말하지 않겠다. 여기 써둔 내용이 활자가 되어 공표되는 것은 용납되지 않을 테 니. 어쨌든 여러분이 극단적일 만큼 잔혹하고 비인간적인 물건을 상상할 수 있다 한들, 그때 내가 실제 목격한 무서운 물건들에 미칠 수 있을지는 의문이다. 루이 14세가 다스리던 시대의 바스티유 감옥이라 하더라도 이 정도의 도구를 갖추고 있었을지 의심스럽다.

"보세요. 저 벽에 걸린 아름다운 신주로의 사진을…….'

그렇게 말하는 유미의 목소리가 무심결에 떨렸다. 정말 거기에는 커다랗게 확대된 미소년의 사진이 걸려 있었다. 그것은 아까 우리가 이 눈으로 본 무서운 살인 미소년의 초상이 틀림없었다. 풍성하게 이마에 늘어뜨린 금발 머리, 비단벌레처럼 끈끈한 빛을 머금은 눈동자, 젖어 있는 듯한 입술……. 너무나도 미묘한 아름다움에 나도 모르게 찌릿찌릿 몸이 떨렸다.

"누구라도 그럴 거라 생각합니다. 분명 여러 사람이 이 사진을 보고 전율할 거라 생각해요. 이건 두세 달 전 지난봄의 끄트머리쯤에 찍은 겁니다. 하지만 또 한 번 이 사진을 본 사람은 이번에는 분명 다른 감정으로 전율할 거예요. 우리는 인간의 아름다움이란 단지 외모만이 아니라 내재하고 있는 높은 교양, 세련된 감정, 그리고 정신적인 선함에 더 많이 의존한다는 걸 알고 있습니다. 이 사람에게는 그런 것이 결여되어 있어요. 이 눈동자를 보세요. ……아름답지만 거기에는 영혼의 순수함이 없어요. 이 입술을 보세요. ……농염하지만 유감스럽게도 높은 교양과 세련된 지적 번뜩임이 결핍되어 있는 게 보이시죠. 아니요, 그렇기는커녕, 뭐랄까 사악

하고 더럽혀진 정신…… 일종의 백치처럼 혼탁해진 영혼의 도착이 느껴지지 않나요? 이 용모와 내재된 영혼의 불균형이 제게는 한층 공포스럽게 느껴져요. 이것이 신주로의 정체인 겁니다."

유미는 거기서 말을 끊더니 우리의 얼굴을 번갈아 보았다. 그리고 오싹함을 느낀 듯 어깨를 움츠리고는 깊은 한숨을 토했다.

"이 사람의 몸에는 부계와 모계 양쪽에서 이어져 내려온 가장 순수한 '악'의 피가 흐르고 있습니다. 이 사람의 부계 혈통에선 대대로 살인자와 미치광이가 태어났다고 해요. 실제로 이 사람의 아버지란 자도 전과 10여 범일 정도로 수차례 범죄를 저질렀고 결국 감옥에서 미쳐 죽었다고 합니다. 이 사람의 어머니는 아름다운 산카였다고 해요. 거짓말을 잘하고 무절제하고 손버릇이 나쁘고, 게다가 굉장히 잔혹한 성벽性癖을 지닌 일종의 백치였답니다. 백부님은 자신의 계획을 실행하기 위한 수단으로 두 사람을 어딘가에서 데려와 이 캄캄한 창고에서 결혼시켰습니다. 얼마 지나지 않아 두 사람 사이에서는 아이가 하나 태어났지요. 그 아이가 신주로입니다. 즉 신주로는 백부님의 일종의 창작물인 거예요."

"하지만 우도 씨는 그런 짓을 해서 대체 어쩔 작정이었던 겁니까?"

너무나 기괴한 이야기에 나는 말할 수 없는 막막함을 느끼면서 그렇게 반문했다.

　"세상에 복수하기 위해서였어요. 악행을 저지른 자신에게 제재를 가한 세상에 보다 커다란 재화를 일으키는 걸 복수라고 할 수 있다면 말이죠. ……전에도 잠깐 말씀드렸지만, 이번에 확실히 말씀드릴게요. 지금으로부터 20년 전, 백부님은 도쿄의 어느 의과대학 연구실에 있었어요. 그때 백부님은 크게 신세를 진, 그야말로 어떤 것과도 바꿀 수 없을 만큼 은혜를 입은 선생님의 부인과 불륜 관계를 맺었던 겁니다. 그것만으로도 용서받기 힘든 큰 죄였지만, 사람 좋은 선생님은 그 죄를 불문에 부쳤을 뿐만 아니라 전혀 다른 구실을 둘러대어 부인과 이별하고 제자인 백부님에게 보냈습니다. 백부님은 좋아라 하며 부인과 동거를 시작했지만 그 여자를 대하는 백부님의 방식은 실로 참혹하기 그지없었다고 합니다. 부인은 얼마 지나지 않아 자살했습니다. 그리고 부인에 대한 사랑이 깊었던 선생님은 비참한 부인의 말로에 고뇌한 나머지 마찬가지로 독을 먹고 자살했죠. 그런 일이 있었는데도 백부님은 태연했습니다. 하지만 세상이 어떻게 그걸 용서하겠어요. 결국 맹렬한 규탄의 불길이 선생님의 친구나 다른 제자들 사이에서 타오르기 시작했죠. 백부님은 철저하게 혼이 났습니다. 20여 년 전의 신문을 찾아보시면 당시의 여론이 얼마나 신랄했는지 아시게 될 거예요. 백부님은 법적 처벌을 받지는 않았지만, 사회적으로는 사형을 선고받은 거나 마찬가지였어요. 백부님은 명예와 지위를 모두 잃고 이 호반으로 쫓겨나듯 돌아왔죠. 이 사건에 관한 한, 백부님을 동정할 여지는 전혀 없었지만 그럼에도 그 일로 그분은 사회에 대해 맹렬한 저주의 마음을 품기 시작했습니다. 백부님은 반성이라는 것을 모르는 사람입니다. 금세 자못 그분다운 방식으로 이 사회에 복수하기로 마음먹었습니다. 그리고 수십 년에 걸친 거창한 계획하에 인간 페스트균을 배양하기 시작한 겁니다. ……보세요. 여기 신주로가 태어난 순간부터 현재에 이르기까지의 역사를 기록한 것, 1년에 한 번 촬영한 신주로의 사진과 매일매일 백부님이 쓴 관찰 기록이 있습니다. 백부님은 이걸 신주로 일기라고 불렀는데, 이것을 읽으면 백부님이 얼마나 열정적으로 이 '사회적 악'의 성장을 즐기고 있었는지 알게 되시겠죠."

이렇게 말하면서 유미는 테이블에 쌓여 있던 수십 권의 노트를 가리켰다.

"이걸 읽어보면 아시겠지만 신주로는 실제 백부님이 생각한 이상적인 인물로 성장했습니다. 간악하고 정이라는 건 전혀 모르고 음험하고 의심 많고, 그 아름다운 얼굴에 태연한 미소를 지으면서 아무리 잔인한 짓이라도 아무렇지 않게 저지릅니다. 아, 백부님의 계획은 멋지게 성공했네요. 네, 새로운 피의 제물로 바쳐진 것이 자신이라 해도 백부님은 풀잎 덤불 속에서 회심의 미소를 짓고 있을 게 분명해요. 호랑이를 풀어놓은 겁니다. 아니, 호랑이보다 더 무서운 인간 페스트를……."

　유미는 그렇게 말하고 양손으로 얼굴을 가린 채 어깨를 떨며 하염없이 울기 시작했다.

제8장

아름다운 두 마리 야수

그다음 날은 거짓말처럼 맑은 날씨였다. 밤에 내린 호우가 개면서 하늘은 깊은 군청색으로 바뀌었고 호반을 건너는 바람도 가을보다는 오히려 초겨울에 가까운 냉기를 더하고 있었다.

　어젯밤 내내 미쳐 날뛰던 아사마산도 날이 갤 무렵부터 눈에 띄게 조용해지고, 이따금 서풍을 타고 재나 용암 같은 것이 내려오기도 했으나 그래도 어제저녁에 비하면 마치 거짓말처럼 줄어들었다.

　하지만 호반에 사는 사람들은 새벽녘에 접어들자마자 아사마의 분화보다도 더 무서운 사건을 전해 듣고 창백하니 낭패에 젖은 표정이 되었다. 마을 파출소에서는 어젯밤 이미 경관 한 명이 달려왔고, 날이 밝자마자 인근의 시에서 삼엄한 표정을 한 경관이나 형사들이 찾아와 평소 평온무사한 생활에 젖어 있던 호반 주민들을 공포의 심연으로 밀어 넣었던 것이다.

이 경찰관 무리 속에 시가志賀 사법주임*이 있었다. 이 사람은 이 무서운 이야기의 말미, 한층 비극적인 장면에서 다시 한번 얼굴을 내밀 테니 기억해두는 것이 좋겠다. 수사에서 지휘봉을 휘두른 인물도 주로 이 사람이었다.

아직 젊고 어딘가 학생 같은 분위기가 덜 빠진 그는 우리를 취조할 때도 충분한 존경과 신뢰를 보여주었다. 그래서 우리도 불쾌한 생각을 하지 않고 가급적 경관들의 편의를 도우려 했다.

시가 사법주임은 우리의 진술을 듣더니 바로 부하 형사들을 여러 방향으로 보냈다. 당시 경찰의 활동을 하나하나 상세하게 기술하는 것은 굉장히 흥미로운 일일 테지만, 그러면 글이 장황해질 우려가 있고 게다가 나는 그 수사에 일일이 관여하지도 않아서 여기서는 내가 직접 보고 들은 것만 가급적 간단하게 적기로 한다.

경찰은 가장 먼저 시신 수색에 착수했다. 하지만 수색을 하기에 굉장히 곤란한 부분이 있었다. 어젯밤의 호우로 호수의 수위가 현저히 높아져서 그 신기루 쪽으로 들어가는 입구가 둘 다 폐쇄되었기 때문이다. 물은 소용돌이를 그리

* 전쟁 전에 범죄 수사를 담당하던 경찰관을 가리키는 말로, 계급은 주로 경부보였다.

며 저 먼 수면 아래에 있는 동굴 속으로 흘러 들어갔다. 이래서야 수위가 자연히 낮아질 때까지 2, 3일을 기다리는 수밖에 없었다.

하지만 만약 그사이에 시신이 어딘가로 흘러가버린다면? 이 사건에서 마지막까지 가장 곤란했던 것은 실제로 그 부분이었다. 사실상 우도 씨의 시체는 마지막까지 발견되지 않았기 때문이다. 나는 이 점이 사건을 그토록 어렵게 만들 줄은 꿈에도 몰랐다. 시체가 발견되지 않았다 해도 실제 세 사람이나 살인 현장을 목격했으니 상식적으로 충분하지 않을까 했는데, 법률가의 입장은 좀 다른 모양이다.

오쓰코쓰 산시로와 나는 배 안에서, 그리고 유미는 전망대 위에서 다 같이 무서운 현장을 목격했다. 하지만 그때 정말로 우도 씨가 살해당했는가 하는 부분에 대해서는 세 사람 모두 단언할 수가 없었다.

"상식적으로는 여러분의 증언만으로도 충분합니다."

시가 사법주임은 타이르듯 우리에게 말했다.

"하지만 고소한다고 하면 또 약간 달라집니다. 살인 사건을 구성하기 위해서 법률가라는 사람들은 무엇보다 피해자의 시체를 요구합니다. 시시한 사고방식이죠. 하지만요, 서둘러서 고소했는데 피해자가 살아 있었던 사례도 여러 건 있으니까요."

"하지만 설마하니 목 잘린 사람이 살아 돌아온 사례는 없지 않을까요?"

"그건 그렇죠. 하지만 이 경우엔 목 잘린 사람이 우도 씨였단 걸 입증해줄 것이 전혀 없습니다. 당신들 세 분도 모두 동굴 속에서 우도 씨의…… 아니, 우도 씨라고 의심되는 시체를 보았죠. 하지만 옷 때문에 그렇게 판단하셨을 뿐, 그것이 우도 씨의 시체가 틀림없다고 하늘에 맹세하실 수 있겠습니까?"

"글쎄요, 그건……. 하지만 전 정말 이 눈으로 우도 씨의 잘린 머리를 보았어요. 네, 틀림없고말고요. 그게 우도 씨의 머리가 아니었다면 제가 어떻게 된 거겠죠."

"그래요, 틀림없겠죠. 하지만 욕심을 내보자면 당신의 말씀을 뒷받침해줄 증인이 한 명 더 있으면 좋겠군요."

"그건 오쓰코쓰나 유미 씨……."

"아뇨, 둘 다 안 됩니다. 둘 다 그 시체가 우도 씨임에 틀림없다고 주장하고 있지만요. 아시다시피 오쓰코쓰 씨는 그 시체를 막 살펴보려던 참에 뒤에서 가격당해 졸도했다고 했죠. 유미 씨의 경우에도 신주로가 잘린 머리를 들고 있는 걸 보기는 봤지만 너무 놀란 나머지 기절해버려서, 그게 정말 우도 씨인지 아닌지 확실히 단언하기는 힘든 상태고요."

들어보니 그 말이 맞다. 그러고 보니 우도 씨가 살해당했다고 마지막까지 주장할 수 있는 사람은 이렇게 말하는 나 밖에 없는 것이다. 게다가 법률가라는 놈들은 뭐랄까, 빙 둘러 생각하는 존재이다. 이래서야 범죄 사건의 증인들도 좀처럼 가볍게는 말할 수 없을 것이다.

"그럼 당신은 이 살인 사건에 대해 의혹을 품고 계신 겁니까?"

"살인이 있었다는 사실에는 조금도 의심을 품고 있지 않습니다. 하지만 여러분이 목격한 시체가 우도 씨인지, 그 점에 대해서는 아무래도 의구심을 품지 않을 수 없습니다. 왜 신주로라는 인물은 우도 씨의 목을 베어야 했을까요. 목을 절단하는 건 쉬운 일이 아니지 않습니까. ······아무래도 미심쩍은 데가 있습니다. 하지만 뭐, 이런 의문은 시간이 해결해주겠죠. 곧 물이 빠지고 시체가 발견되면 전부 알게 될 테니까요."

하지만 전에도 말했듯 우도 씨의 시체는 끝내 발견되지 않았다. 2, 3일 후 물이 다 빠져서 동굴 출입이 가능해졌을 때 시체는 이미 그 작은 섬 위에 없었던 것이다. 몇 날 며칠에 걸친 경관들의 수고도 결국 아무 소용이 없었다. 시체도, 그리고 신주로가 던져버린 머리도 홍수로 인해 아득한 동굴 뒤편으로 흘러가버렸음에 틀림없다. 둘 다 이 이야기가 끝난 지금까지도 발견되지 않았다. 분명 그것은 동굴 한참 안쪽에서 썩고 백골이 되어 영원히 인간의 눈에 띄지 않을 것이다.

이내 우리는 스스로가 정말이지 묘한 입장에 처했다는 사실을 깨닫지 않을 수 없었다.

경찰의 필사적인 노력에도 불구하고 신주로의 행방은 결국 알 수 없었다. 대체 그 기괴한 미소년은 동굴을 나가서 어디로 사라져버린 것일까. 경찰은 여러 장소, 교통수단, 숙박 시설을 조사했다. 하지만 그런 아름다운 모습의 남자를 목격한 사람은 아무도 없었다. 어쩌면 그 역시 우도 씨의 몸통이나 머리와 함께 동굴 속 영원한 어둠으로 녹아내리고 만 게 아닐까 싶을 만큼 행방이 묘연해졌던 것이다.

만약 우도 씨가 쓴 저 무시무시한 '신주로 일기'와 신주로가 태어난 때부터 3년 전까지 돌봐주러 오던 할아범을 찾지 못했다면, 그리고 그 할아범의 해괴한 이야기가 아니었다면 어쩌면 그런 인물의 존재조차 우리의 환상에 지나지 않는다며 거부당했을지도 모른다.

나는 그 '신주로 일기'의 한 구절을 여기에 발췌할 수 없는 것을 매우 유감스럽게 생각한다. 분명 지금도 지역 경찰이 보관하고 있을 터인데, 내가 이 이야기를 다 쓸 때까지는 입수할 수가 없었다.

하지만 우리, 나와 오쓰코쓰 산시로 두 사람은 그날 밤 경관이 올 때까지 대충 그 일기를 훑어보았기에 자세한 것은 모르지만 대략적인 인상은 그려낼 수 있다. 그것은 정말 무섭고 언어도단이라 할 만큼 극악무도한 영혼을 지닌 한 인간 유해균의 성장 기록이었다.

시가 사법주임도 그 일기를 보고는 적잖이 놀랐으리라. 몇 번이고 반복해서 읽은 듯했다. 그가 어느 날 문득 나에게 이런 말을 한 것을 기억한다.

"당신은 이 일기를 보고 이상하다 싶지 않습니까? 보세요, 이 일기에는 매년 연초에 촬영한 신주로의 사진이 붙어 있잖아요. 처음에는 실오라기 하나 걸치지 않은 알몸의 갓난아기로 시작해서 20년 동안의 사진이 매년 붙어 있습니다. 이 사진으로 보면 신주로란 남자의 성장 과정을 확실히 알 수 있는데, 어째서일까요, 작년과 재작년 분만은 사진이 찢겨서 사라져 있지 않습니까. 그리고 일기도 그 부분은 완전히 공란입니다. 어찌 된 일일까요?"

"글쎄요."

내가 그런 걸 알 리 없다. 그래서 대충,

"그때쯤부터 우도 씨가 중풍에 걸려 일기를 쓸 수 없게 되었겠죠. 사진은 신주로 본인이 찢었을 거 같고요."

그렇게 말하자 시가 씨도 고개를 끄덕였다.

"어쩌면 그럴지도 모르죠. 하지만 왜 그런 짓을 했을까요?

찢을 거면 왜 전부 찢지 않았을까요?"

"글쎄요, 유미 씨에게도 한번 물어보시면 어떨까요."

하지만 유미도 그 점은 설명할 수 없었다. 일기의 공백에 대해서는 내가 말한 대로 우도 씨가 뇌출혈 때문에 쓰러진 시점이 딱 4년 전이었으니 그 이후 일기 쓰기를 게을리했을 거라고 했지만, 사진을 찢은 이유에 대해서는 자신도 모른다고 했다.

"이 사진의 원판은 있나요?"

"글쎄요, 원판은 어찌 된 영문인지 전부 파기한 것 같아요."

역시 사진기와 그 외 일체의 부속품은 발견되었지만 원판은 한 장도 없었다. 나중에 오쓰코쓰에게 그 이야기를 하자 그 역시 굉장히 이상하게 생각하는 것 같았다. 깜박 잊고 언급하지 않았는데 오쓰코쓰는 그 수색 중에 머리 부상의 통증이 재발해서 계속 누워 지내야 하는 신세였다.

"아, 내가 일어날 수 있다면, 내가 일어날 수만 있다면."

오쓰코쓰는 그렇게 말하고 이를 악물며 아쉬워했다.

아무튼 이쯤에서 앞서 말한 할아범 이야기를 해보려 한다. 할아범이란 말할 것도 없이 유미가 이 집에 올 때까지 20여 년에 걸쳐 우도가에 머물며 신주로를 돌봐주던 인물이다. 유미가 오고 얼마 지나지 않아 할아범은 휴가를 얻어서 고향인 U 시로 돌아갔는데 그 주소는 유미가 알고 있었다.

이미 일흔이 다 되어가는 노인이었다. 그 노인이 경관의 질문을 받고 들려준 이야기는 다음과 같이 기괴하기 짝이 없는 것이었다.

"저는 한참 전부터 이런 사건이 일어나지 않을까, 내심 겁내고 있었습니다. 아니, 겁을 냈기 때문에 3년 전에 간곡히 요청해서 휴가를 얻었던 겁니다. 예, 신주로라는, 그 이상한 인물도 잘 알고 있습지요. 그 사람이 태어났을 때부터 열여덟 살이 될 때까지 계속 돌봐온 게 바로 접니다. 잊으려야 잊을 수도 없어요. 지금으로부터 21년 전인 다이쇼* 11년 봄의 일이었죠. 그때 그 저택에는 주인어른과 저 둘만 살고 있었는데, 어느 날 밤 주인어른이 어디서 젊은 아가씨를 하나 데리고 왔어요. 굉장히 아름다운 아가씨였는데, 저는 한눈에 그 아가씨가 산카라는 걸 알아차렸습죠. 게다가 백치였고요. 한데 그 아가씨를 데려온 방법이란 것이 아주 이상했어요. 차량을 전부 검은 천으로 덮고, 게다가 아가씨 눈에는 눈가리개를 해두었더군요. 주인어른은 그 아가씨를 데려와 창고에 가뒀습니다. 알고 계시겠지만 창고의 창문은 절대 밖에서 들여다볼 수 없게끔 가려놓았는데, 그렇게 한 건 그 무

* 大正. 다이쇼 천황 재위 기간(1912~1926)에 사용한 연호. 다이쇼 11년은 1922년이다.

렵부터입니다. 아무튼 주인어른은 그 아가씨와 절대 대화를 나누지 말라고 제게 이르셨습니다. 하물며 여기가 어디인지, 우리는 누구인지, 그런 것들도 알리지 말라는 것이었어요. 저는 이상하게 여겼지만 주인어른의 명령을 거역해선 안 된다고 생각해 세끼 식사를 가져다줄 때도 절대 말을 섞지 않았습니다. 그런데 그로부터 얼마 지나지 않아 주인어른은 또 어딘가에서 젊은 남자를 한 명 데려왔습니다. 굉장히 잘생긴 남자였는데 그때도 지난번과 마찬가지로 차량에 검은 천을 씌우고 눈에는 눈가리개를 씌워두었지요. 이 남자는 먼저 데려온 아가씨를 위해 주인어른이 고른 신랑으로, 이윽고 창고에는 이 이상한 부부가 살게 되었습니다. 주인어른은 그들이 밖으로 나가는 것을 결코 허락하지 않았고, 창밖을 내다보는 것도 허락하지 않았습니다. 보려고 해도 그 눈가리개 때문에 볼 수도 없었겠죠. 그러니 두 사람 다 마지막까지 여기가 어디인지, 또 저희가 누구인지 몰랐을 게 분명합니다. 저도 굳게 입을 다물었기 때문에 창고 안에 그런 이상한 부부가 살고 있다는 건 세상 어느 누구도 몰랐을 거예요. 지금 생각해도 오싹합니다. 어디의 누구인지도 모를 두 사람은 마치 두 마리 야수처럼 이 컴컴한 창고 속에서 1년 넘게 생활하고 있었던 겁니다. 그러는 동안 둘 사이에 남자아이가 태어났습니다. 마치 진주처럼 아름다운 아이였어요. 그 아이가 태어났을 때 주인어른은 여간 기뻐하시지 않았죠. 진주처럼 아름다운 아이라는 뜻에서 신주로真珠郎라는 이름을 붙였습니다. 그런데 아이가 태어나고 얼마 안 되어 주인어른은 다시 전과 비슷한 방법으로 부부를 따로따로 어딘가에 데려가버렸습니다. 나중에 생각해보니 주인어른이 원했던 건 둘 사이에 태어난 아이일 뿐, 부부에게는 애초에 아무 볼일이 없었던 듯했습니다. 그리고 주인어른의 기묘한 신주로 양육이 시작되었죠. 아, 그건 생각만 해도 몸이 오싹하기 그지없으니, 너무 자세히 묻지는 말아주십시오. 분명 아가씨께 들으셨을 테지만, 정말이지 무서운 양육 방법이었어요. 지옥이란 건 분명 그런 방식을 가리키는 말이겠지요. 그런데 그런 교육 때문인지 그 아이는 정말이지 무서운 아이였어요. 어릴 때부터 살아 있는 것을 죽이는 일을 가장 좋아했습니다. 고양이든 쥐든 토끼든 뱀이든 뭐든 죽여서 목을 자르는 걸 좋아했어요. 그리고 피투성이가 된 채로 킬킬 웃으며 기뻐하죠. 그러면 또 주인어른은 굉장히 만족한 모습이었어요. ……죽은 사람을 나쁘게 말하긴 그렇지만 그리 된 것도 다 주인어른의 교육 탓인 것을요. 예예, 마치 귀신 같은 분이었습니다. 지금 생각해봐도 참 잘도 18년이나 키웠다 싶습니다. 예, 전 유미 님이 오신 것을 핑계 삼아 휴가를 받았는데, 그때 신주로는 분명 열여덟 살이었어요.

예예, 이 사진은 분명 신주로입니다. 그 후로 3년 정도 지났으니 조금은 변했겠죠? 하지만 그렇게 아름다운 사람은 많지 않을 겁니다. 이런 말을 하려니 뭣하지만 주인어른이 그리 된 것은 다 자업자득입니다. 듣자 하니 신주로가 주인어른을 죽이고 목을 잘랐다던데, 이래저래 다 주인어른이 그리 가르쳐서 그리 된 거지요. 나무아미타불, 나무아미타불."

제9장

가을의 이별

요컨대, 우리의 수색은 조금도 진전되지 않았다고 할 수 있을 것이다.

우리는 꽤 여러 가지를 알게 되었고 개중에는 숨겨져 있던 무서운 비밀이나 기묘한 사실도 있었다. 신주로 같은 남자가 어떻게 태어났는지, 또 그런 악독한 영혼이 어떻게 자라났는지 자세히 알게 되었고 그런 부분에 대한 의혹은 사라졌다.

하지만 당시 우리가 찾고 있던 것은 그런 지식보다도 오히려 실체였다. 어째서 신주로가 태어났는가 하는 과거의 사실보다 '신주로는 어디에 있는가'라는 현재의 문제야말로 우리에게 중요했던 것이다. 게다가 거기에 대해 우리는 대체 무엇을 알고 있었던가. 그 동굴의 어둠에서 나온 이래 신주로는 마치 공기처럼 사라져버렸다. 그야말로 망망대해에 떨어진 물 한 방울처럼 이 세상에서 완전히 자취를 감추어버린 것이다.

어느 날 나는 호반에서 시가 사법주임을 만났다. 생각지도 못한 난관에 부딪쳐 약간 초조해 보이는 시가 씨는 나를 보더니 가라앉은 투로,

"슬슬 돌아가실 때가 됐군요."

하고 말을 걸었다.

"예, 언제까지 이렇게 있어봐야 끝이 안 날 것 같아 한발 먼저 돌아갈 생각입니다. 하지만 용건이 있으면 언제라도 달려오겠습니다. 도쿄 주소는 오쓰코쓰가 잘 알고 있을 테니까요."

"어" 하고 시가 씨는 미간을 찌푸렸다. "그럼 오쓰코쓰 씨는 여기 남으시는 건가요?"

"예, 남겠다고 하더군요. 어쨌든 유미 씨에게는 친척이 아무도 없는 것 같고, 또 이런 사건이 일어난 다음이기도 하고요, 아무래도 남자 손이 필요하겠죠. 저도 좀 더 있고 싶었지만 학교 쪽 사정도 있어서요……."

"그러시겠죠."

시가 씨는 뭔가 생각하는 것처럼 지그시 호수로 눈을 돌렸다.

그때 우리는 언젠가 기괴한 노파를 만났던 언덕 위에 서 있었다. 주위에는 이슬을 흠뻑 머금은 개여뀌나 닭의장풀이

가득 피어 있고 발밑에는 회색빛 호수가 살풍경하게 우글쭈글한 주름을 그리고 있었다. 그 호수 너머로 경찰 보트가 두세 척 떨어져서 흔들거리는 풍경도 사건이 일어난 후라 그런지 서글프게 느껴졌다.

"시체는 아직 못 찾았습니까?"

내가 언덕에 쭈그리고 앉자 시가 씨도 따라서 풀 위에 앉았다.

"잘 안되네요. 뭔가 기적이 일어나지 않는 한 그 시체가 떠오를 일은 없지 않을까 싶습니다. 보세요, 이 꺼림칙한 물을요……."

시가 씨는 바로 발밑까지 잠길락 말락 차오른 호수의 물을 구두 끝으로 가리켰다.

"매년 이맘때가 되면 수량이 늘어나기는 합니다. 하지만 올해 같은 일은 드물어요. 저 기록적인 호우 이후로 매일같이 비, 또 비가 옵니다. 정말 질렸어요. 현 쪽에서는 앙알대고 있고요."

시가 씨는 진저리가 난다는 듯 한숨을 쉬었지만, 이내 정신이 들었는지 하얀 치아를 드러내며 웃었다.

"어어, 참으로 한심한 얘길 늘어놓았는데, 분명 이상하게 생각하시겠죠. 압니다. 겉으로는 그렇게 태연한 얼굴을 하고 계시지만, 속으로는 이 시골 순사 놈, 제 머리 나쁜 건 생

각지 않고 하늘만 탓하다니, 라고 비웃어 마땅하다 생각하
시겠죠. 사실 틀린 말은 아니니 별수 없지만요. 하지만 시나
씨, 전 이 사건이 심상치 않게 느껴져 견딜 수가 없습니다. 뭐
랄까, 보통을 넘어서는 시꺼먼 사악함, 끈끈한 집념으로 계
획된 오싹한 두려움. 그런 심상치 않은 것이 이 사건에 있는
것 같아서 견딜 수 없는 겁니다."

"그럴지도 모르죠."

나는 시가 씨의 말을 깊이 생각해보지도 않고 대꾸했다.

"어쨌든 이 사건을 준비하는 데 20년이란 세월을 쏟았으
니까요."

"그래요, 그것도 있습니다. 하지만 지금 제 얘기는 그런 게
아닙니다. 방금 당신이 말씀하신 무서운 사실…… 거기에
또 하나의 이면이 있는 것 같아서예요. 뭐랄까, 또 다른 엄청
난 계략이 있을 것 같은 기분이 드는 겁니다."

"……그게 무슨 말씀이십니까? 좀 더 확실히 말씀해주시
죠."

"확실히 말해달라 하셔도, 저 자신이 이것밖에 모르니까
어쩔 수 없어요. 하하하하하."

시가 씨는 신경질적으로 웃었다.

"하지만요, 시나 씨. 이것만은 단언할 수 있어요. 이 사건
은 이대로 끝나지 않을 겁니다. 분명 뭔가 무서운 사건이 다

시 일어날 거라는 말입니다."

그 말이 너무나 확신에 차 있어서 놀란 나는 시가 씨의 얼굴을 보았다. 그는 말없이 풀을 뽑고 있다. 뽑아서 버리고, 또 뽑아서 버리고…… 그 동작을 보고 있으려니 상대의 초조함이 그대로 이쪽에 전해지는 것 같아 나까지 안타까울 지경이었다.

"그건 그렇고 그 이상한 노파 말인데요. 뭔가 소식 없습니까? 저는 아무래도 이상하게 느껴져서요."

나는 문득 생각나서 그렇게 말했다.

"이상하다뇨?"

"실은요, 처음 우리가 여기 올 때 버스에서 그 노파를 만났다는 건 전에도 말씀드렸죠. 그런데 그때 본 노파와 사건 당일 여기서…… 그렇습니다, 언덕 위, 지금 당신이 계신 곳에 신주로 같은 차림을 한 노파가 서 있었는데, 그 노파는 아무래도 다른 인물이 아니었나 싶어서요."

"그렇군요. 그건 정말 그럴지도 모릅니다."

시가 씨는 흐릿한 말투로 말했다.

"분명 처음에 버스에서 만났던 사람이 진짜였겠죠."

"그렇다면 이상한 점이 있습니다. 신주로 분장을 했던 노파는 버스 속 다른 노파가 한 말을 잘 알고 있었으니까요. 버스 안에서 노파는 이렇게 말했습니다. 너희들이 가면 곧 N

호수는 피로 새빨갛게 물들 거라고요. 그렇게 말하며 저희를 협박했는데요, 그 일을 신주로는 잘 알고 있었던 게 아닙니까."

시가 씨는 놀란 것 같았다. 갑자기 서두르는 기색이 되었다.

"그게 사실입니까? 아, 차에서 만난 노파와 신주로 분장을 한 노파가 서로 다른 사람이었다는 얘기 말입니다."

"확실하다고는 말씀드리기 어렵습니다. 하지만 아무래도 전에 만났을 때보다 나중에 만난 쪽이 약간 키가 컸어요. ……아니, 후자가 체구 자체가 컸던 것 같습니다. 뭐, 상황이 상황인지라 그런 걸 잘 생각하고 볼 여유는 없었지만요…….

"그렇군요. 그렇다면 노파와 신주로 사이에 뭔가 연락이 있었다는 얘기가 되는군요. 그런데 이 노파의 행방이란 게 신주로와 마찬가지로 전혀 알 수 없으니 곤란하기 그지없네요."

"아직 아무 단서도 없나요?"

"없습니다. 이 사건은 묘하게 사람이 감쪽같이 사라져버리니 곤란하네요. 어, 저건 뭐지?"

우리는 일어서서 맞은편을 보았다. 호숫가에서 대여섯 명의 남자가 왁자지껄하게 떠들며 이쪽으로 오고 있었다. 그중에 헐렁한 검은 바지를 입고 머리를 헝클어뜨린 여자가 있었는데, 그 여자는 부루퉁한 얼굴을 하고 다른 남자들 뒤에서 일일이 잔소리를 늘어놓으며 이쪽으로 걸어왔다.

"어이, 왜 그래. 그 여자는 뭐고?"

시가 씨가 언덕 위에서 소리를 질렀다. 그 말을 듣고 사람들은 우뚝 발을 멈추더니 이쪽을 올려다보았다. 무리 중 한 남자가 앞으로 나와 큰 소리로 대답했다.

"주임님, 찾았습니다. 찾으시던 노파입니다."

그 순간 우리는 언덕 위에서 달리기 시작했다. 물가에 다가가자 대여섯 명의 마을 남자들에게 둘러싸인 여자가 미친개처럼 눈을 번들번들 빛내면서 틈만 생기면 도망쳐 나갈 듯한 자세로 있는 것이 보였다.

"아까 산에서 내려오는 걸 붙잡았습니다. 제길, 지독한 여자예요. 이렇게 물어뜯었어요."

"대체 너희는 날 어쩔 작정이냐! 여럿이서 느닷없이 손을 묶다니 나도 놀라지 않겠냐!"

새처럼 높은 목소리다. 얼굴은 불그스름하니 초조해 보이고 푸석푸석한 머리카락이 까치집처럼 곤두서 있다. 몇 날 며칠 입고 있던 기모노는 전부 너덜너덜하게 찢어져서 고드름처럼 늘어져 있었다.

시가 씨는 한동안 가만히 노파를 응시하다가 갑자기 나를 돌아보았다.

"신주로가 아닌 것 같군요."

그는 그렇게 말하고 생각난 듯 덧붙였다.

"버스에서 만난 사람은 이 여자죠?"

나는 여자의 얼굴을 한참 들여다보고는 무심코 놀라서 외쳤다.

"아닙니다. 이 여자가 아닙니다."

"네? 아니라뇨?"

"아무래도 아닌 것 같습니다. 복장도 그렇고 외모도 그렇고 제법 닮았지만 아니에요. 물론 신주로도 아닙니다. 이 여자는 지금까지 제가 만난 적 없는 노파입니다."

이것은 정말 놀랄 만한 일이었다. 아, 이 무슨 일이란 말인가. 얼마 되지 않는 기간 동안 나는 서로 닮은 노파를 셋이나 만난 것이다. 만약 지금 눈앞에 있는 사람이 진짜 노파라면—마을 사람들의 태도로 보아 그런 것 같은데—그날 버스 안에서 만난 사람은 대체 누구란 말인가. 신주로도 아니고 물론 이 노파도 아니다. ……대체 어찌 된 영문이란 말인가.

"확실합니까?"

"확실합니다. 뭣하면 오쓰코쓰를 증인으로 불러와도 좋아요."

시가 씨는 무심코 신음 소리를 냈다.

- 146 -

"이봐요, 날 대체 어쩌려는 게요?"

노파는 시가 씨를 곁눈질하면서 어깨를 으쓱거리고 발을 구르며 말했다. 예의 새처럼 높고 특징 있는 목소리였지만, 이전에 들었던 것과 달리 탁하고 갈라져 있었다.

"나는 아무것도 나쁜 짓을 한 기억이 없어요. 그런데 이놈들이 느닷없이 나를 붙잡고 살인범이니 도둑이니 영문 모를 소릴 하는 거요. 그러니 나도 화가 나지 않겠어요? 나리, 제가 올해 이 마을에 내려온 건 오늘이 처음입니다. 올여름엔 계속 남쪽에서 지냈으니까요. 나리, 경찰 나리. 아이고, 이 사람은 뭔가요. 왜 그렇게 내 얼굴을 뚫어져라 보는 거요. 아유, 정말이지 기분 나빠서 원!"

느닷없이 시가 씨가 뭔가 영문 모를 소리를 중얼거리고는 양손을 들어 노파를 때리는 시늉을 했다. 하지만 이내 생각을 고쳐먹은 듯 노파를 저쪽으로 밀더니,

"자네들, 이 여자를 파출소로 데려가게. 나중에 천천히 취조하지."

그리고 내게로 몸을 돌렸다.

"안녕히 가십시오, 시나 씨. 떠나시기 전에 한 번은 더 만날 수 있겠죠. 전 이 꺼림칙한 사건 때문에 미치지 않으면 다행이지 싶습니다."

그는 이렇게 말하고 어깨를 으쓱하더니 웃는 건지 우는

건지 모를 표정을 하고서 다른 이들을 따라 저쪽으로 걸어
갔다.

내가 N을 떠나 도쿄로 돌아온 것은 그로부터 사흘 뒤의
일이었다. N을 떠날 때는 오쓰코쓰와 유미 두 사람이 버스
정류장까지 나를 배웅해주었다. 오쓰코쓰의 머리 상처는 거
의 나았지만 그래도 아직 붕대를 풀 정도는 아니었다.

버스가 출발할 때까지 얼마 안 되는 시간을 때우기 위해
우리는 오랜만에 셋이서 가을 풀이 흐드러지게 피어 있는
들길을 산책했다. 셋 다 말이 없었다. 서로가 말을 꺼내는 것
이 두려웠던 것이다.

나는 조용히 연기를 토해내는 아사마산을 보았다. 이어
아름답게 갠 감청색 하늘을 올려다보았다. 그리고 새삼 내
앞에서 사이좋게 거의 부부처럼 어깨를 나란히 하고서 걸어
가는 오쓰코쓰와 유미 두 사람을 보았다. 그러자 홀연히 꿈
에서 깬 것 같은 기분이 들었다. 아사마산의 분화도, 흉포한
살인도, 동굴 속 사건도 모두 일장춘몽으로 변하고 그 뒤에
남은 것은 사이좋게 어깨를 나란히 하고서 걸어가는 오쓰코
쓰와 유미의 모습뿐이었다. 문득 가슴에서 뜨거운 것을 느
꼈다. 태양 빛이 시야에서 번쩍거리며 부서져가는 것을 보
았던 것이다.

"결국 저를 두고 가버리시는군요."

문득 부드러운 목소리가 귓가에 들려서 놀라 고개를 들어보니 어느샌가 유미가 곁에 다가와 서 있었다. 정신을 차려보니 머리에 흰 붕대를 감은 오쓰코쓰 산시로가 저편에서 누군가와 이야기하면서 걸어가고 있었다. 상대는 아무래도 시가 씨인 모양이다.

"여기서 잠시 쉬었다 가시죠. 아직 버스 출발까지는 시간이 꽤 남은 데다, 이곳은 이렇게 경치가 좋고 따뜻한걸요."

"예, 쉬었다 가도 될까요……."

나는 애매하게 대답하면서 저쪽을 보았다. 오쓰코쓰와 시가 씨의 모습은 이미 보이지 않았다.

"뭘 그렇게 움찔거리시는 거예요? 이상한 분이셔. 자, 여기 앉으세요."

유미는 능숙하게 풀을 꺾어서 깔더니 먼저 자리를 잡고 내가 앉을 자리를 만들어주었다. 나도 별수 없이 심란해하는 모습으로 앉았다.

"저, 요전부터 말씀드리려고 했는데, 시나 씨가 묘하게 저희를 피하셔서요."

"뭔가 하실 말씀이 있었던 겁니까?"

"예, 할 말이 많았던 것 같은데, 이상하네요. 이렇게 당신과 단둘이 있으니까 아무것도 생각나지 않아요."

유미는 희미하게 한숨을 쉬었다.

"그런데 왜 그렇게 저희를 피하신 건가요?"

"제가요……? 아뇨, 딱히 그런 기억은 없는데요."

"그래요, 그렇다면 다행이지만……. 저희, 지금 헤어져도 금세 도쿄에서 뵐 수 있을 거예요."

"예, 분명, 하지만 그때는……."

"그때는……?"

"아뇨, 아무것도 아닙니다."

"어머, 무슨 일이시지? 이상한 분이시네. 말을 하려다가 도중에 끊는 건 아니지 않아요?"

"유미 씨!"

나는 문득 결심하고 유미의 손을 잡았다. 뭔가 토해내고 싶은 뜨거운 덩어리가 목구멍 안쪽에 달라붙어 떨어지지 않았기 때문이다.

"단 한 마디라도 좋으니 헤어지기 전에 당신에게 묻고 싶습니다."

"네, 네. 뭔가요? 뭐든 대답할게요, 저."

유미는 일부러 농담처럼 말했지만 그녀의 숨이 갑자기 거칠어지는 것을 느낄 수 있었다. 나는 마음을 가라앉히려 애썼다.

"그 사건이 있던 날 밤 말인데요. 제가 폭풍우를 뚫고 파출소에 가려는데 당신이 뒤에서 저를 불러 세웠죠. 기억하십니까?"

"네, 기억해요."

"그날 밤 당신은 '저, 무서워요. 무서우니까 빨리 돌아오세요.'라고 말씀하셨죠. 그때 저는 아무것도 알아차리지 못하고 '신주로가 말입니까?'라고 물었는데 그건…… 그건……."

나는 주변을 둘러보면서 서둘러 말을 이었다.

"그건 오쓰코쓰였던 겁니까?"

갑자기 유미가 풀밭에서 몸을 일으켰다. 그리고 조금 떨어져서 동그란 눈을 크게 뜨고 가만히 내 얼굴을 응시했는데, 눈 깜짝할 사이에 그 눈에는 이슬 같은 눈물이 맺혔다.

"너무해요!"

한참 지나 유미는 멍하니 낮은 목소리로 읊조렸다.

"너무해요. 이제 와서 그런 말씀을 하시다니…… 너무해요!"

그리고 유미는 갑자기 흐느끼기 시작했다. 당황한 듯 얼굴을 가린 양손 사이로 눈물이 흘러 손등을 타고 떨어졌다. 그 눈물을 보았을 때 나는 이제껏 억눌러온 감정이 일시에 폭발하는 것을 느꼈다. 나는 다급하게 유미의 어깨에 손을 올리고 외쳤다.

"유미 씨, 아직 늦지 않았어요. 어떻게든 바로잡을 수 있을 거예요. 당신은…… 당신은……."

"안 돼, 안 돼, 안 돼, 이제 안 돼요."

유미는 양손으로 얼굴을 가린 채 격렬하게 어깨를 들썩였다.

"어째서 안 된다는 겁니까. 네? 어째서 안 되는 겁니까, 유미 씨!"

나는 정신없이 유미의 몸을 흔들었다. 정말이지 미친 것처럼 유미의 몸을 끌어안고 유미의 시선을 좇았다. 유미도 놀랐던 게 분명하다. 아니, 그보다 공포를 느꼈으리라.

갑자기 그녀는 나를 밀어내더니 벌떡 몸을 일으켰다. 그리고 눈물에 젖은 눈으로 가만히 내 얼굴을 내려다보았다.

"안녕, 시나 씨. 배웅은 여기까지만 할게요. 안녕히 가세요. 언젠가 다시 도쿄에서 뵈어요."

그렇게 말하더니 미친 사람처럼 머리를 흐트러뜨리고 좁은 시골길을 단숨에 뛰어갔다. 그 뒤에서 가을바람이 슬픈 소리를 내며 부는 것을 나는 언제까지고, 언제까지고 바라보고 있었다.

제10장

뉴스영화

새 학기가 시작되었다.

하지만 말할 수 없이 우울한 신학기일 것이다. 평소의 나는 새 학기가 시작될 때마다 새로운 에너지와 계획을 가지고 강의실로 향했으나, 이번만은 강의에 도무지 감흥을 느낄 수 없었다. 학생들에게는 미안하지만 분명 내 강의는 모래를 씹는 듯 무미건조한 것이었으리라.

나는 가슴에 구멍이 뻥 뚫린 것 같은 공허함을 느끼고 있었다. 무엇을 해도 께느른하고 우울하여 병이라도 걸린 게 아닌가 싶을 정도였다.

"고 씨, 무슨 일 있어요? 안색이 나쁜 것 같은데요."

어느 날 형수가 그렇게 말하며 걱정스러운 듯 내 얼굴을 들여다보았다. 말하는 것을 깜박했는데 나는 형 가족과 함께 살고 있었다.

"그럴지도 모릅니다. 근래 마음이 좀처럼 가라앉질 않네요.”

“역시 그 사건 때문이군요. 너무 신경을 써서요.”

“그런 거 아닙니다.”

“아뇨, 그거예요. 그러니까 제가 평소에 그랬잖아요. 빨리 신붓감을 얻어서 결혼하시라고요. 독신이니 그런 곳에 냉큼 갔다가 말도 안 되는 일을 당한 거예요.”

학교에서도 내가 의기소침하다는 얘기가 돌았던 것 같다. 다들 그 사건을 알고서 이런저런 질문을 던져 나를 괴롭히거나 애를 먹였다.

“그래도 오쓰코쓰 놈은 잘되지 않았나. 요번에 부장한테 사표를 냈다던데. 대체 그 아가씨는 얼마나 부자인 거야?”

그런 무례한 질문을 해서 나를 곤란하게 만드는 남자도 있었다. 하지만 누구 한 사람 유미에 대해 미인인지 묻지 않는 것은 애초에 그녀를 시골 아가씨라고 경멸하고 있기 때문일 것이다. 아, 내 망막 깊숙이 타오르고 있는 유미의 모습을 누가 알겠는가.

나는 도쿄에 돌아와서 두 번 정도 오쓰코쓰와 유미에게 편지를 썼다. 그 후 오쓰코쓰로부터는 답장이 왔지만 유미에게서는 한 번도 오지 않았다. 이 일이 지독히 내 마음을 무겁게 했다.

그런데 그로부터 두 달쯤 지난 11월 중순의 일이다. 나는 오쓰코쓰와 유미의 공동 명의로 된 편지를 받았다. 읽어보니 놀랍게도 그사이 그들은 도쿄에 와 있었다.

얼마 전에 이쪽으로 이사를 왔다. 분주하다 보니 연락이 늦어서 미안하다. 조만간 아무쪼록 놀러 와달라. 이런 식의 간단한 문장 뒤에 기치조지의 주소와 지도가 들어 있었다.

왠지 기선 제압을 당했다는 기분이 강하게 들었다. 물론 그들이 머지않아 도쿄에 오리라는 건 나도 예상하고 있었다. 하지만 그때는 미리 연락이 있을 거라고 생각했고, 혹시 그들이 부탁하면 직접 집을 알아봐줄 생각까지 하고 있던 나는 새삼 자신의 소극적인 면을 통감했다. 어느 쪽이든 좋지만 이렇게 착착 일을 처리하면 결국 나는 그들에게 있어 타인에 지나지 않았다는 느낌이 강하게 가슴에 박혀 일종의 쓸쓸함과 함께 멋대로 분노까지 느끼는 것이다. 좋아, 그리 나온다면 이쪽도 고집이 있다. 오라 했다고 누가 갈까 보냐, 하고 혼자 약이 올랐다.

그래서 나는 가급적 태연히 답장을 보내고 방문을 늦추기 위해 갖은 핑계를 대기 시작했다. 나가고 싶지 않은 모임에 억지로 나가거나 받아들이고 싶지 않은 일을 받아들인 적도 있었다. 그렇게 표면적으로는 자못 바쁜 척을 하면서도 내 마음속에 그을음처럼 달라붙어 있는 것은 오쓰코쓰와 유미로부터 온 안내장이었다. 아, 나는 몇 번이나 일을 내팽개치

- 157 -

고 기치조지에 달려가려고 했는지 모른다.

내가 첫 번째 이변과 조우한 것은 마침 그런 정신 상태에 놓여 있을 때였다. 그날 밤 나는 어느 모임 도중에 빠져나와 차를 타고 혼자 귀가하려던 참이었다. 마음은 여전히 편치 않았다. 무엇을 들어도 무엇을 보아도 들뜨기는커녕 한층 무겁고 우울해질 따름이었다. 묘하게 우울한 기분으로 나는 별생각 없이 문득 차창 밖을 보았다. 정신을 차려보니 자동차는 스다마치의 교차점에 멈춰 서 있었다. 주위에는 뒤따르던 차들이 계속 와서 정차하고 있었다.

아무 생각 없이 그 차들 중 하나를 응시하던 나는 별안간 놀라 시트에서 몸을 일으켰다. 아, 이 무슨 일이란 말인가! 우리 차에서 한 간도 떨어지지 않은 곳에 다가와 멈춘 한 대의 자동차, 그 차창으로 멍하니 밖을 응시하고 있는 것은 분명 신주로가 아닌가!

나는 한순간 심장박동이 멈출 것 같은 기분이 들었다. 너무 심하게 놀란 나머지 목소리도 제대로 나오지 않을 정도였다. 잘못 본 게 아닌가 싶었다. 그래서 거듭 집중해서 상대의 얼굴을 꼼꼼히 다시 보았다.

잘못 본 것이 아니었다. 아, 그 얼굴! 기름 종지에서 빠져나온 듯한, 특징 있는 그 미모를 어떻게 누가 착각할 수 있겠는가. ……신주로는 왠지 슬픈 듯 가라앉은 얼굴을 하고 멍하니 밖을 응시하고 있었다. 뭔가 다 지우지 못한 회한의 표정이 하얀 이마에 어리고, 그것이 뭐라 형용할 수 없는 통렬한 인상을 아름다운 얼굴에 드리우고 있었다. 이것이 흉포한 발작에 휘둘리지 않을 때의 이 기괴한 미소년에게 두드러진 특징인 것이다.

나는 겨우 정신을 차리고는 서둘러 운전기사에게 뭔가 지시하려고 했다. 대체 무엇을 지시하려 했는지는 나도 모른다. 아무튼 큰 소리로 뭔가 두세 마디 외쳤다. 그러자 그 소리에 놀랐는지 신주로는 문득 고개를 들어 이쪽을 보았다. 그리고 이상한 듯한 표정으로 가만히 내 얼굴을 보고 있다. 그얼굴에 놀란 기색은 전혀 없었다. 어디까지나 태연하고 오히려 내 엉뚱한 외침이 이상하기 그지없다는 표정이었다.

나는 몇 차례 뭔가 외치려고 했다. 하지만 그러는 찰나 교통신호기가 회전하나 싶더니 내가 탄 차는 해일처럼 다른 많은 차들에 휩쓸려 순식간에 중요한 자동차를 놓치고 만 것이다.

이 사건은 나에게 큰 충격을 주었다. 신주로가 도쿄에 있다. 그렇게 생각하니 말할 수 없이 두려웠다. 하지만 동시에 그것이 내 마음에 하나의 활력을 주었다는 것도 부정할 수 없다. 나는 홀연히 아집을 버리고 오쓰코쓰와 유미를 만날 필요와 흥미를 느꼈다. 내일은 무슨 일이 있어도 기치조지를 방문하자. ……그렇게 결심하고 있던 참에, 그날 밤 오쓰코쓰 쪽에서 나를 찾아왔던 것이다.

"어찌 된 거야. 왜 기치조지에 와주지 않나?"

다시 만났을 때 으레 하는 인사를 끝내자 오쓰코쓰는 곧장 단호한 말투로 그렇게 말했다. 오쓰코쓰는 우리가 헤어졌을 때보다 한층 야위었고 원래도 뼈가 도드라진 얼굴이 더욱 날카로워져서 적어도 신혼의 행복에 취해 있는 남편으로는 보이지 않는다는 점이 왠지 내 마음을 가볍게 했다.

"아, 여러 가지로 일이 많아서. 생각은 하면서도 그만 실례했네. 실은 내일쯤 가려던 참이었어."

"그렇다면 됐네만. 뭔가 거슬리는 거라도 있는 게 아니냐고 유미가 걱정해서, 어쨌든 한번 얼굴을 보여주게."

"그런가, 그건 미안하네. 내일은 반드시 가지. 그런데 어떤가, 신혼의 감상은?"

"뭐, 그저 그래!"

오쓰코쓰는 갑자기 쓴 것이라도 토해내듯 말하고 어깨를 으쓱했다.

"뭣보다 난 처음부터 신혼 생활에 큰 기대를 갖고 있지 않았어. 내가 바라는 건 돈뿐이었네. 거기에 더해 혹시 마누라란 사람이 조금이라도 맘에 든다면 횡재라고 생각하고는 있었네만 그렇게 마음처럼은 안 되는 모양이야. 하지만 그 책임은 어느 정도 시나 자네한테도 있어."

"뭐라고? 그게 무슨 뜻이지?"

나는 무심코 성을 내며 물었다.

"무슨 뜻인지 잘 생각해봐."

오쓰코쓰는 어깨를 으쓱하고 물끄러미 도전하는 듯한 눈으로 나를 보았지만 금세 어색하게 폭소했다.

"뭐 됐어. 그 얘기는 관두자고. 여기서 싸워도 의미 없어. 그런데 학교에선 뭐라던가, 나에 대해……."

"오쓰코쓰 놈이 결국 염원하던 대로 부잣집 딸을 사로잡았다고 하고 있지."

"하하하하하. 과연 예상대로군."

오쓰코쓰는 표독스러운 소리를 내며 웃었지만 그 웃음소리에 나는 협박당하는 듯한 기분이 들었다. 대체 오쓰코쓰에 대해 나는 언제부터 이런 감정을 품게 된 것일까. 잘은 모르겠지만 아무래도 그 사건 날 밤부터가 아닐까 싶다. 유미와 오쓰코쓰가 서로 안고 있는 것을 목격한 그 순간부터 나와 그 사이에는 어떤 커다란 골이 파여버린 것이다.

"그런데 시골 쪽은 어때? 시가 씨는 변함없이 돌아다니고 있나?"

"흠, 변함없는 것 같아."

이 이야기에 이르자 오쓰코쓰도 의외로 순순해졌다.

"자네도 알고 있는 신주로 일기 말이야, 그 일기 속에 신주로의 부모 이름이 남아 있어서 목하 그쪽을 열심히 조사하고 있는 모양이야. 하지만 아직은 그 아비라는 자가 마쓰모토 소년형무소에서 미쳐 죽었다는 사실밖에 모르는 것 같아."

"그 후 신주로의 소식은 모르나?"

"몰라. 이제 와서 보면 난 그 모든 사건이 일장춘몽 같은 기분이 들어."

하지만 그것이 꿈 이야기가 아니라는 증거로, 나는 실제 그날 이 도쿄 한복판에서 신주로를 목격했던 것이다. 그럼에도 어찌 된 영문인지 나는 오쓰코쓰에게 그 이야기를 꺼낼 마음이 들지 않았다.

"그럼 내일 꼭 오는 거지?"

"아, 갈게. 무레라면 이노가시라 공원 쪽이지?"

"그래. 밤에는 쓸쓸한 곳이야. 아무튼 와주게. 유미가 아주 기뻐할 거야."

오쓰코쓰는 그렇게 말하고 마지막 일격을 가하듯 나를 보았지만 이내 시선을 피하고는 태연한 얼굴로 말했다.

"아무튼 이번 여행에 자네를 부른 건 큰 실수였어. 다른 남자를 데려갔어야 했는데. 별로 여자들이 좋아할 타입이 아닌 남자를 말이야."

요컨대 그때 내가 오쓰코쓰에게서 받은 인상을 솔직히 말하자면 그 역시 나 못지않게 초조하고 불행한 나날을 보내고 있었던 듯하다는 것이었다. 그리고 그것이 얼마나 내 마음을 밝혀주었는지 모른다. 아, 나는 성인군자가 아니니 반성할 생각은 전혀 없다.

다음 날 나는 약속대로 학교에서 돌아가는 길에 곧장 기치조지 쪽으로 갈 예정이었다. 그런데 학교로 예상치 못한 전화가 걸려 와 나는 서둘러 약속을 지킬 필요가 없게 되었다. 전화를 건 사람은 뜻밖에도 유미였다. 게다가 그녀는 지금 긴자의 S 당에 있으니 바로 와주지 않겠냐고 했다. 나는 물론 바로 그러겠다고 했다. 아무래도 그녀 혼자인 듯하다는 사실이 내 마음을 요동치게 했다.

S 당에 들어가자 유미의 모습이 바로 눈에 띄었다. 드물게 일본 옷을 입고 있는 것이 한층 차분하게 보여 내 눈에는 좋게 비쳤다. 그런데 이 무슨 지독한 변화란 말인가. 단 두 달 만에 그녀의 용모는 놀랄 만큼 변해 있었다. 흔히 여자는 남자를 알고 한층 아름다워지는 부류와 반대로 못나지는 부류가 있다던데 유미는 아무래도 후자 쪽인 모양이다.

그녀의 피부는 이제 예전 같은 농후한 탄력을 잃어버렸다. 얇고 보풀이 인 듯한 피부 아래에는 묘하게 탁한 색이 흠뻑 배어 있어 어쩌면 그것이 오쓰코쓰의 피 때문이 아닌가 생각하고 나는 발끈할 정도의 불쾌감을 느꼈다. 살이 빠져 원래도 커다란 눈이 한층 크게 보인다. 높은 코는 험악해 보일 정도로 솟아 있다. 나는 왠지 그 얼굴을 똑바로 마주 보기가 힘들었다.

"어째서 기치조지에 와주시지 않나요?"

그것이 유미가 처음 한 말이었다. 그 말을 토해냈을 때 그녀의 입술은 희미하게 떨리고 눈이 촉촉해져서 반짝반짝 빛나는 것이 보였다.

"실은 막 찾아가려던 참입니다."

"어머, 그런 말씀을……."

유미는 믿기지 않는다는 눈빛이었다.

"전화로 불러내서 폐를 끼친 건 아닌지요?"

"실은 어제도 오쓰코쓰에게 잔소리를 들었습니다만."

"어머!"

유미는 놀란 듯 눈을 크게 떴다.

"오쓰코쓰를 만나셨어요?"

"어, 유미 씨야말로 오쓰코쓰에게 아무 말도 못 들으신 겁니까?"

"네, 왜냐하면."

유미는 잠시 머뭇거렸다.

"오쓰코쓰는 어젯밤 돌아오지 않았는걸요."

나는 놀라서 유미의 얼굴을 보았다. 유미는 내 시선을 느꼈는지 내리깔았던 속눈썹을 치켜뜨고 튕겨내듯 내 얼굴을 보았다.

"오쓰코쓰는 요즘 아주 바빠요. 만주에서 뭔가 일을 시작할지도 몰라요. 그 일로 돌아다니고 있는 거고요. 하지만 그렇게 되면 우리는 이제 이별이에요."

"만주라고요? 만주에서 대체 뭘 시작하려는 겁니까?"

"모르겠어요. 오쓰코쓰는 요즘 그 일에 열중하고 있어요. 하지만 그런 건 아무래도 좋잖아요. 그보다 저, 오늘은 당신에게 부탁이 있어요."

"부탁? 뭡니까?"

유미는 갑자기 생각난 듯 눈에 공포의 빛을 가득 띠고는 목소리를 낮췄다.

"신주로에 대해서예요."

"신주로? 신주로가 어떻게 됐습니까?"

나는 최대한 주의해서 낮은 목소리로 반문하려 했지만, 실제로는 충분히 주변 사람들을 놀라게 할 정도로 컸던 게 틀림없다. 주위에 있던 두세 사람이 일제히 내 쪽을 돌아보았다.

"어머, 목소리가 너무 커요. 실은 저 오늘 신주로를 봤어요."

"어디서…… 어디서 본 겁니까?"

"그게, 좀 묘한 곳에서예요. 게다가 전, 확실히 보았다고 단언하기 힘들어요. 그래서 다시 한번 보려고 했지만 혼자서는 어려울 거 같아 당신에게 같이 가달라고 하고 싶어서요."

"뭐야, 그럼 신주로는 아직 거기 있는 겁니까?"

"네, 있어요. 도망치지도 숨지도 않고요."

"그럼 경찰을 데려가면 어떨까요?"

"그건 안 돼요. 봤다고 해서 붙잡는다는 보장은 없으니까요."

유미는 그렇게 말하면서 손목시계를 보았다.

"어머, 벌써 시간이 다 됐어요. 그럼 같이 가주시는 거죠?"

유미는 재빨리 계산을 마치고는 일어섰다.

그때 나는 문득 묘한 사실을 알아차렸다. 아까 내가 큰 소리를 냈을 때 놀라 돌아본 사람 중에 백발의 노인이 있었는데, 그 노인이 우리가 일어섬과 동시에 서둘러 의자에서 몸을 일으켰던 것이다. 그는 우리가 한발 앞서도록 비켜주고는 조용히 뒤에서 따라왔다.

당시 나는 그 일을 크게 신경 쓰지 않았고 사실 2, 3분 뒤에는 노인에 관해 완전히 잊어버렸는데, 나중에 생각해보면 거기서 그 노인을 만난 건 우리에게 있어 아주 중대한 의미를 갖고 있었던 것이다.

아무튼 그때 유미가 나를 안내한 곳은 의외로 N 관이라는 영화관이었다. 그 점에 나도 적이 놀랐다.

"어떻게 된 겁니까? 이 영화관 안에 그 남자가 있는 겁니까?"

"네, 있어요. 아, 제가 주의를 드릴 때까지 잠자코 봐주세요."

우리가 들어갔을 때는 미키마우스의 유성영화가 스크린에 비치고 있었다. 나중에 알고 보니 이 N 관은 코미디나 뉴스영화*를 전문으로 상영하는 영화관이었다.

미키마우스가 끝나자 이번에는 모 신문사가 촬영한 뉴스영화가 나왔다. 이 영화가 나오자마자 유미는 점점 흥분하더니 갑자기 내 손을 잡고,

"보세요, 저기요. 저기 저희가 비치고 있죠. 오쓰코쓰와 저 말예요……. 거기서 대여섯 척 뒤쪽으로 인파 속에서 저를 가만히 보고 있는 사람, 보세요, 방금 모자를 썼어요. 아, 역시 저건 신주로예요. 그렇죠, 그렇죠, 맞죠? 저건 역시 신주로죠?"

울음을 터뜨릴 것 같은 목소리와 함께 유미의 뜨거운 숨

---

* 텔레비전 보급 이전에 시사 사건을 보도하기 위해 정기적으로 제작, 상영하던 영화.

결이 어둠 속에서 폭풍우처럼 덮쳐 온다. 그녀는 미친 듯이 강한 힘으로 내 가슴에 매달렸다.

유미가 놀란 것도 무리가 아니었다. 스크린에 크게 확대된 그 기괴한 광경을 목격했을 때는 나 역시 온몸이 끈적끈적한 땀으로 흠뻑 젖었으니까.

그것은 유명한 외국 테니스 선수가 도쿄역에 도착했을 때의 광경을 촬영한 뉴스영화였다. 역전 광장에는 이 유명한 스포츠맨을 보려는 구경꾼이 잔뜩 모여 있었다. 그 인파에 섞여 유미와 오쓰코쓰의 얼굴이 보였다가 안 보였다가 하고 있었다. 그리고 그들로부터 수 척 떨어진 곳에 역시 인파에 섞여 타는 듯한 시선으로 지그시 두 사람을 응시하는 이는 아, 틀림없이 저 살인 미소년 신주로가 아닌가.

제11장

악몽 제2막

유미의 이야기에 의하면 이러했다.

"그건 한 달쯤 전의 일이었어요. 신문을 보면 바로 아실 거예요. 그 테니스 선수가 도쿄역에 도착한 날이에요. 저희는 그날 신슈에서 도쿄로 왔어요. 그리고 생각지도 않게 그 혼란 속에 휘말린 거예요. 그때 신문사의 유성영화가 그 광경을 촬영하고 있는 걸 봤기 때문에 어쩌면 저희도 찍힌 거 아닐까 싶어서 오늘 긴자에 나간 참에 그 영화관을 들여다봤는데, 그랬더니 저희도 저희지만 생각지도 않게 저희 바로 뒤에 신주로의 모습이 찍혀 있지 않겠어요. 저는 너무 놀라서……. 하지만 기분 탓에 아무 상관 없는 사람이 신주로로 보였을지도 모른다고 생각하고, 아, 그렇길 바랐지만, 저건 역시 신주로죠."

유미는 갑자기 추위를 느끼는 듯 어깨를 움츠렸다.

"그 사람 대체 저를 어쩌려는 걸까요? 저렇게 몰래 제 뒤를 쫓다니, 아, 생각만 해도 오싹해요."

불쌍한 유미! 나는 그녀의 야윈 몸을 끌어안고, 그녀의 홀쭉해진 뺨을 부비고, 뭐라 기운을 불어넣을 만한 말을 해주고 싶었다. 그것이 불가능했던 건, 그곳이 사람이 많은 영화관이라서가 아니라 그 순간 갑자기 오쓰코쓰의 표독스러운 웃음소리가 귓가에서 폭발하는 것처럼 느껴졌기 때문이다. 나는 무심코 뜨거운 덩어리를 삼키고 유미의 몸에서 손을 뗐다.

하지만 그 일이 있고부터 나는 이따금 기치조지에 있는 유미의 집을 방문하게 되었다. 그렇게 가까이서 보면 볼수록 불행한 유미의 결혼 생활이 눈에 들어와 내 가슴은 안타까움으로 점점 떨려왔다.

어느 날 유미와 단둘이 있을 때 나는 스다마치에서 신주로를 본 일을 그녀에게 털어놓았다. 그러자 유미는 어쩐 일인지 갑자기 바늘에라도 찔린 것처럼 펄쩍 뛰었다.

"어머, 그거 정말이에요?"

각오는 하고 있었지만 유미가 너무 놀라서 나는 쓸데없는 말을 했다고 후회했다.

"사실입니다. 분명 신주로였어요."

"어머!"

그렇게만 말하고 유미는 커다란 눈을 한층 크게 뜨고서

한참 동안 가만히 다른 곳을 응시하더니, 갑자기 크게 한숨을 내쉬었다.

"무서운 일이에요. 무서운 일이에요. 저, 시나 씨. 어쩌면 신주로는 저희만이 아니라 당신까지 엿보고 있는 걸지도 몰라요. 당신도 조심하셔야 해요."

"설마요."

나는 무심코 쓴웃음을 지었다.

"그런 바보 같은 일이 있겠습니까. 저는 신주로에게 원한을 살 만한 일을 한 기억이 전혀 없는데요."

"아뇨, 그렇지 않아요. 당신은 아무것도 모르시는군요. 신주로는 미치광이나 마찬가지인걸요."

그렇게 말하더니 유미는 이내 눈물을 가득 머금고 내 양손을 꼭 잡으면서 말했다.

"시나 씨, 약속해주세요. 앞으로 한동안은 밤에 혼자서 돌아다니지 않을 것. 낯선 사람의 부름에 응하지 않을 것. 무턱대고 지나가던 택시에 타지 않을 것. 이것만은 제 앞에서 약속해주세요."

유미의 말이 너무나도 열정적이어서 나는 무심코 놀라 그녀의 얼굴을 다시 보았다. 그러자 유미는 긴 속눈썹 끝에 눈물을 가득 머금고 자못 격앙되었다 싶을 정도의 열렬함으로 내 눈을 응시하고 있었다. 나는 한동안 말없이 그 눈을 마주 보았지만 그러는 사이 문득 어떤 무서운 의혹이 뇌리에 떠올랐다.

'어쩌면 유미는 말하는 것 이상으로 신주로의 소식을 자세히 아는 게 아닐까. 아니, 아니, 소식을 아는 정도가 아니야. 유미와 신주로 사이에는 이전부터 뭔가 특별한 관계가 있었던 것이 아닐까.'

이런 생각을 그때 처음 한 것은 아니었다. 전에도 그런 의혹이 문득 가슴을 스치곤 했지만 이번만큼 통렬히 느낀 적은 없었다. 나는 눈앞이 캄캄해지는 듯한 공포를 느꼈다.

이렇게 오쓰코쓰와 유미와 나 사이에 소심한 교제가 계속되는 사이, 계절은 어느샌가 가을에서 겨울로 바뀌었다. 기치조지의 집을 방문할 때마다 차츰 노랗게 변하는 나뭇잎을 보고, 그것이 낙엽이 되는 것을 보고, 금세 벌거벗은 잡목림에 살풍경하게 진눈깨비가 내리는 것을 보았다.

이렇게 표면적으로는 지극히 아무 일도 없이 지나갔다. 하지만 나중에 생각해보면 이 조용한 평화의 밑바닥에서 가장 무서운 계획이 착착 진행되어가고 있었다. 신주로는 그동안 피로 붉게 물든 손톱을 갈고 있었던 것이다.

하지만 무서운 그날에 대해 쓰기 전에 그 무렵 잠깐 내 주의를 끌었던 또 다른 일을 이야기하려 한다. 그즈음 우리 집에 두세 번이나 나를 찾아온 이상한 인물이 있었다. 불행하

게도 나와 엇갈려 결국 만나지는 못했지만 형수의 말에 따르면,

"특이한 사람이에요. 머리는 꼭 70대 할아버지처럼 하얘요. 근데 그렇게 노인인가 하면 그건 또 아닌 것 같아. 그렇지, 마흔대여섯쯤 되지 않았을까요."

그 말을 들은 순간 언젠가 S 당에서 만난 이상한 노인이 떠올랐다.

"그래서 그 사람, 대체 제게 무슨 볼일이 있다던가요?"

"그게 이상해요. 뭔가 전해드릴 말씀이 있다면 전해드릴 테니 말씀해달라고 해도 고 씨에게 직접 말하지 않으면 안 된다고 하셨어요."

"이상하네요. 꺼림칙해요. 다시 오면 거절해주세요. 저 한동안은 낯선 사람과 만나기가 곤란해서요."

나는 문득 유미의 충고를 떠올리고 이렇게 말했다. 그런데 얼마 지나지 않아 내가 자리를 비운 틈에 또 그 남자가 찾아왔다. 잊을 수도 없는 그날은 섣달 25일…… . 무시무시한 두 번째 사건이 일어난 당일이었으니 어떻게 내가 그것을 잊겠는가.

"언젠가 얘기한 그 사람이 또 다녀갔어요."

외출에서 돌아와 또다시 나가려는 내 소매를 붙잡고 형수가 그렇게 말했다.

"왠지 고 씨와 만나지 못한 걸 매우 아쉬워하는 눈치더라고요. 확실치는 않지만 이제 신슈로 갈 거라면서요."

"신슈로?"

"네, 아마 U 시에서 N 호수 쪽으로 갈 거 같다고, 그런 말을 했어요. 그렇지, 참. 오늘은 명함을 두고 갔어요."

명함을 보니 유리 린타로由利麟太郎라고만 적혀 있을 뿐 직함도 주소도 없었다.

"이상하네요. 어쩌면 경찰 쪽 사람 아닐까요."

"저도 그렇지 않을까 생각했는데 그렇다면 굳이 오지 않고 소환하든가 다른 방법이 있었을 텐데요."

어느 쪽이든 자신을 유리 린타로라고 밝힌 이 인물의 행동은 내게는 수수께끼 외의 아무것도 아니었다. 나는 왠지 석연찮은 기분으로 그 명함을 소매에 넣어둔 채 밖으로 나갔다.

그날은 오쓰코쓰 부부와 약속이 있어서 그들의 신혼집에서 크리스마스 만찬을 하기로 되어 있었다. 나는 신주쿠에서 쇼센*으로 기치조지까지 갔는데, 왠지 그날은 묘하게 마음이 내키지 않았다. 아침부터 날이 우중충하니 흐렸고 그 탓인지 아랫배가 시큰거리며 아팠다. 어쩌면 눈이라도 내리

---

* 省線. 민영화 이전 철도성과 운수성이 관리하던 시절의 철도선을 가리킨다.

지 않을까 생각하고 있는데, 예상대로 전철이 오쿠보 근방을 지날 무렵 하얀 것이 팔랑팔랑 떨어지기 시작했다. 차라리 약속을 취소할까도 생각했지만 모처럼의 만찬을 엎어버리기도 미안해서 결국 기치조지까지 오고 말았다.

기치조지에 내릴 무렵에는 눈발이 점점 거세져 이대로라면 상당히 쌓이지 않을까 싶었다.

"어머, 오셨어요. 이렇게 눈이 오는데."

유미는 내 발소리를 듣더니 현관까지 뛰어나와 마중해주었다. 그 후에 오쓰코쓰가 귀찮은 듯 잠옷 끈에 양손을 찌른 채 불쑥 나타나더니,

"하하, 결국 찌르레기가 날아 들어왔군."

하고 언제나처럼 아무렇지도 않게 가시 돋친 말투로 웃었다.

이 크리스마스 만찬에 대해서는 가급적 간단하게 이야기하자. 유미의 요리는 특별히 뛰어난 것은 아니었지만 또 아주 맛이 없지도 않았다. 이럭저럭 우리는 만족하면서 식사를 계속했다.

다만 여기서 특별히 언급해야 할 것은 나나 오쓰코쓰나 난생처음이라 해도 좋을 만큼 술을 마셨다는 사실이다. 그 결과는 여기 적을 필요도 없을 것이다. 둘 다 토하거나 가벼운 난동을 부리는 등 난리법석이었다. 그러다 결국 나는 오

쓰코쓰의 새집에 머물게 되었는데, 사건이 일어난 것은 그날 한밤중의 일이었다.

나는 방에서 자라는 오쓰코쓰 부부의 제안을 굳이 거절하고 응접실 겸 서재인 서양식 방에 무리하게 침구를 깔아달라고 부탁해 거기서 잤다. 부부 침실의 옆방에서 자는 것이 왠지 꺼림칙했으나 아, 나중에 생각해보면 그것이 그토록 무서운 결과를 가져왔던 것이다.

아마 새벽 2시쯤이었을 것이다. 나는 심한 갈증을 느끼고 문득 눈을 떴는데, 그 순간 어디선가 쿵 하는 소리가 난 것 같은 기분이 들었다. 아, 어쩌면 내가 눈을 뜬 이유는 목이 말라서가 아니라 오히려 그 소리 때문이었을지도 모른다. 나는 깜짝 놀라 잠자리에서 몸을 일으키고 집 안의 정적 속에 가만히 귀를 기울여보았다. 어디선가 사람의 신음 소리가 들려오는 것 같았기 때문이다.

하지만 정작 일어나보니 그 신음 소리는 이미 어디에서도 들리지 않았다.

'뭐야, 꿈이었나?'

그렇게 생각하면서 나는 타는 듯한 갈증을 느끼고 머리맡을 보았다. 유미가 마음 써준 것인지, 은쟁반 위에 컵과 물병이 놓여 있어서 서둘러 그쪽으로 손을 뻗으려 했다.

그 무서운 비명이 집 안을 관통한 것은 그 순간이었다. 유미의 목소리였다. 이어 쿵쾅거리며 일어나서 돌아다니는 듯한 격렬한 소리가 들려왔다.

놀란 나는 잠자리에서 일어나 서둘러 문 쪽으로 돌진했지만 이내 당황하고 말았다. 문이 잠겨 있었던 것이다. 두세 차례 유미와 오쓰코쓰의 이름을 부르면서 문에 세게 몸을 부딪쳐보았지만 떡갈나무로 만든 견고한 문은 꿈쩍도 하지 않았다. 그러는 동안에도 집 안의 소란은 한층 심해질 뿐이었다. 쿵쾅거리는 발소리에 이어 물건을 던지는 소리가 들린다. 유미의 비명이 들려온다.

나는 문득 정신을 차리고 문의 열쇠 구멍에 눈을 갖다 대보았다. 그 순간 뭐라 말할 수 없는 공포에 눈이 멀 것 같은 기분이 들었다.

여기서 이 집의 구조를 잠깐 설명해두어야겠다. 내가 머물고 있는 서양식 응접실 겸 서재 문밖에는 바로 반 간 정도 길이의 복도가 세로로 이어져 있고, 그 복도 왼쪽 맞은편에 여덟 장 다다미방, 바로 앞에 여섯 장 다다미방 등 두 개의 방이 있고 오른쪽에는 최근 교외에 자주 보이는 중산층 주택처럼 덧문 겸용인 유리문이 붙어 있으며 그 바깥에는 잔디가 깔린 뜰이 있었다. 즉 이 집은 거의 직각으로 구부러져 있고 그 짧은 쪽 건물의 돌출된 곳이 서양식 방이었다.

이 서양식 방의 문에서 밖을 엿보는데 왼쪽의 여덟 장 다다미방에서 두 사람이 뒤얽힌 채 복도 쪽으로 굴러 나왔다. 그 모습을 보았을 때 나는 그야말로 피가 얼어붙는 듯한 두려움을 느꼈다. 그 두 사람 중 하나는 유미였고, 다른 하나는 의심할 바 없이 신주로였기 때문이다. 게다가 신주로의 진주 같은 뺨은 피로 붉게 물들어 있는 것이 아닌가.

꺄악 하는 유미의 비명이 들렸다. 그때 유미의 얼굴은 열쇠 구멍의 정면을 향해 있었기 때문에 나는 그 얼굴이 공포와 절망으로 눌려 찌부러지듯 일그러진 것을 볼 수 있었다. 나는 필사적으로 문을 두드렸다. 그러다 갑자기 정신이 들어 창문을 열어보았다. 하지만 어느 창문에나 튼튼한 쇠창살이 붙어 있어서 그것을 부수기란 문을 부수는 것보다 더 어려웠다. 아, 나는 이 좁은 서양식 방에 완전히 갇히고 만 것이다.

뭐라 말할 수 없는 두려움, 뭐라 말할 수 없는 답답함이었다. 나는 세 간밖에 안 되는 가까운 거리에서 이 무서운 참극을 목격하고도 바로 유미를 구할 수 없었던 것이다. 언젠가 우도 씨의 마지막을 목격했을 때도 이런 기분이었다. 그때는 거품이 이는 호수 물이 우리와 참극 사이를 갈라놓았는데, 이번에는 고작 떡갈나무 문 하나가 나와 유미 사이에 무서운 절벽을 만들고 있었다. 그 호반의 정경이 내 악몽의 제1막이었다면 이것은 거기에 고리를 거는 듯한 무서운 악몽

제2막이었다.

　나는 열쇠 구멍에 눈을 댄 채 정신없이 유미의 이름을 부르고 오쓰코쓰의 이름을 부르고 또 쥐덫에 걸린 쥐처럼 정신없이 방 안을 돌아다니다가 매번 절망하면서 다시 문 옆으로 돌아와 열쇠 구멍으로 밖을 엿보았다.

　유미는 내 목소리를 듣고 정신없이 이쪽으로 달려오려고 한다. 신주로가 가로막는다. 서로 옥신각신하다가 잠옷 사이로 유미의 어깨가, 팔이, 허벅지가 빠져나와 신주로의 풀색 양복과 뒤얽혔다. 그러는 사이에 신주로가 단숨에 유미의 머리카락을 잡아 홱 뒤로 당겼다.

　"어어!"

　유미의 얼굴에서 피가 살짝 나고 커다란 눈이 치켜 올라가나 싶더니 유미는 공중제비를 하며 뒤로 쓰러졌다. 그 바람에 신주로의 손에서 떨어져 아, 다행히도, 이쪽으로 도망쳐 오나 싶었는데 너무 흥분한 탓인지 유미는 비틀비틀 일어나 방 안으로 도망치고 말았다. 신주로가 뒤쫓아가며 갖고 있던 단도로 확 내리치는 듯싶더니…….

　"꺄악!"

　하고 뭐라 말할 수 없을 만큼 이상한 비명 소리가 들렸다. 그와 동시에 왼쪽에 있는 다다미방의 장지문에 피 보라가 날렸다. 털썩 사람이 쓰러지는 소리, 흐흐흐흑…… 하고 숨을 들이켜며 훌쩍이는 소리…… 그뿐이었다. 다음은 뼈를 찌르는 듯한 정적이었다.

어딘가에서 시간을 가리키는 시계 소리가 부산스럽게 들려온다. 바스락거리면서 창문을 두드리는 눈 소리. 갑자기 풀썩하고 눈이 나뭇가지에서 미끄러져 떨어지는 소리가 들렸다.

그때 갑자기 방 안의 전등이 꺼지고 주변은 컴컴해졌다. 그 어둠 속에서 누군가가 복도를 가로질러 유리문을 여는 기척이 느껴진다. 유리문을 열고서 놈은 일단 방으로 돌아왔지만 이내 다시 나가서 뜰로 내려갔다.

나는 서둘러 문에서 떨어져 뜰과 마주하는 창가로 달려갔다. 밖은 완전히 눈으로 뒤덮였고 그 눈에 반사된 빛이 어두운 뜰 안을 꿈같은 은은함으로 채우고 있었다. 유리문을 열고 뜰에 내려간 사람은 신주로인 듯했다. 풀색 양복이 눈 속에 검게 비쳐 보였다.

신주로는 뜰로 내려와 툇마루에서 뭔가 안아 올렸다. 유미의 몸인 것 같다. 잠옷 끝이 맞은편을 보고 있는 신주로의 팔 아래서 팔랑이는 것처럼 보였다. 신주로는 양팔로 유미를 안은 채 뜰을 사선으로 가로질러 산울타리를 넘어서 밖으로 나갔다. 새하얀 눈 아래 그 모습이 검은 아지랑이처럼 하늘하늘 사라졌다.

하늘하늘, 하늘하늘…….

계속해서 내리는 함박눈이 그 발자국을 덮는다.

제12장

눈 오는 밤의 추적

여러분은 어린 시절 잿날이나 축제 등에서 요지경 장치라는 것을 본 적이 있을 것이다. 그 묘하게 표독스러운 색채로 칠해진 그림판이 한 장, 툭 떨어지면 일순 눈앞의 세계가 싹 변하고 마는 느낌…….그때의 내 기분이 바로 그러했다.

유미를 안아 든 신주로가 사박사박 내리는 눈을 밟고 울타리 밖으로 사라짐과 동시에 나는 단숨에 몸을 잠식하는 공허감에 사로잡혔다. 그것은 공포나 절망을 훨씬, 훨씬 초월한, 일종의 허무한, 징…… 하고 전신에 취기가 도는 듯한 느낌이었다. 마치 여우가 빙의했다가 그 혼이 빠져나간 것처럼 한동안 나는 망연한 기분으로 그 창가에 우뚝 서 있었다. 사박사박, 사박사박사박…….

무심한 눈은 아무것도 모르는 듯 자꾸만 내린다.

그러는 사이 가스스토브가 꺼진 서양식 방의 추위가 몸에 오싹하게 스며들어, 나는 연달아 두세 번 요란한 재채기를 했다. 그러자 그와 동시에 사라졌던 이성이 갑작스레 생생하고 활발하게 움직이기 시작했다. 나는 서둘러 옷을 걸치고는 방 안을 둘러보았다.

이 서양식 방에서 어떻게 나가면 될까? 아무리 소리를 질러봐야 이곳은 무사시노의 수풀에 둘러싸인 외딴집이다. 가장 가까운 이웃집조차 1정 이상이나 떨어져 있다.

왜 하필 이런 곳에 집을 지었는가, 나는 새삼 오쓰코쓰의 생각 없음을 저주하면서 자포자기 상태로 두꺼운 떡갈나무 문에 두세 번 몸을 부딪쳐보았다. 영화 같은 걸 보면 이런 경우 때맞춰 문의 경첩이 벗겨지기도 하지만, 나처럼 부실한 몸으로 이 단단한 문을 부수는 건 아무래도 불가능하다는 사실을 얼마 지나지 않아 깨달았다. 나는 마침 그 자리에 있던 의자를 휘둘러 문을 부수려고 해보았다. 하지만 휘두른 내 팔만 저릴 뿐, 의자 다리는 부러져도 분하게 문은 꿈쩍하지 않았다.

그러는 동안에도 신주로는 점점 이 집에서 멀어지고 있으리라. 게다가 유미는 대체 어찌 되는 것인가……. 그렇게 생각하니 나는 제정신으로 있을 수가 없었다. 미친 듯이 방 안을 돌아다니고, 울거나 소리치거나 부르짖었다.

하지만 이런 식으로 다 쓰기엔 제한이 있으니 여기서는 가급적 간단하게 그때부터 일어난 일을 적기로 하자.

나는 간신히 두 개의 창에 달린 쇠창살 중 한쪽 끄트머리가 흔들흔들 움직이는 것을 발견했다. 여기에 힘을 얻은 나는 다음으로 테이블 서랍에서 나이프 하나를 찾아서 꺼냈다. 온갖 고생 끝에 그 나이프로 쇠창살 하나를 벗겨내는 데 성공하기까지 30분 남짓한 시간이 걸렸다.

창에서 뜰로 뛰어내린 나는 조금도 지체하지 않고 바로 신주로가 나간 유리문으로 달려갔다. 맨발에 눈의 냉기가 찌를 듯이 스며들었지만 그 순간 그런 것쯤은 아무것도 아니었다.

나는 툇마루에서 방으로 들어가 바로 전등 스위치를 켰다. 아, 남들의 배로 소심한 데다 평화주의자이던 내가 한 번도 아니고 두세 번이나 그런 무서운 경험을 하다니 이 무슨 얄궂은 운명이란 말인가.

방 안은 말 그대로 피바다였다. 하얀 장지문에 흩뿌려진 무시무시한 핏자국. 침구 시트에서 다다미 위까지 흠뻑 물들이고 있는 무시무시한 피 웅덩이. 그 피 웅덩이 속에 오쓰코쓰 산시로가 허공을 움켜쥔 채 쓰러져 있었다.

미리 각오는 했지만 그 광경을 본 순간, 나는 일순 전신의 피가 얼어붙는 듯한 공포에 사로잡혔다. 약한 소리로 들리겠지만 무릎이 덜덜 떨리고, 부끄러움이고 체면이고 잊은 채 그 자리에 흐물흐물 주저앉고 싶었다.

하지만 나는 주저앉지 않았다. 이내 정신을 차리고 떨면서 그 자리에 무릎 꿇고 앉아 오쓰코쓰를 일으켜보니 다행인지 불행인지 그는 아직 죽지 않았다. 이마 아래에서 뚝뚝 피가 흐르고 하얀 잠옷이 새빨갛게 물들어 있었지만 몸은 아직 따뜻하고 심장은 정확하고 힘차게 뛰고 있었다.

나는 앞서 오쓰코쓰가 죽지 않았다고 말하며 다행인지 불행인지, 라는 표현을 썼다. 이제야 솔직히 고백하지만 그때 나는 오쓰코쓰가 살아 있다는 것을 알고 굉장히 의외라고 생각함과 동시에 왠지 형용할 길 없을 정도의 분노를 느꼈다. 뭐랄까 이쪽은 열심히 노력했는데 저쪽에선 저열한 기만이 돌아온 것 같은 분개의 기분이었다. 나는 그 순간 신주로 대신 오쓰코쓰를 이대로 목 졸라 죽이고 싶을 만큼 광폭한 격정의 폭풍우에 사로잡혔다.

하지만 그때 오쓰코쓰의 입술에서 새어 나온 신음 소리가 겨우 나의 미몽을 깨워주었다. 나는 내 안의 무시무시한 감정에 놀란 나머지 정신없이 그 집을 뛰쳐나가 내리는 눈 속을 달려 단숨에 이웃집까지 갔다.

그때 이웃집 주인인 세가와라는 변호사가 베풀어준 친절은 평생 잊지 못할 것이다. 그는 눈 내리는 한밤중에 일어나 준 데다 이야기를 듣자마자 경찰과 의사에게 전화를 걸어주었다. 그리고 유미의 수색에 미흡하나마 힘을 보태겠다는 말도 해주었다.

세가와 씨는 만류하는 아내를 상냥하게 꾸짖으면서 잠옷 위에 인버네스 코트*를 걸치고 총을 쥐고 나타났다.

"어차피 이렇게 폭설이 내리고 있어요. 경찰도 의사도 바로 오지는 못할 겁니다. 그 전에 일단 범인 뒤를 쫓아가보지 않겠습니까."

붉은 얼굴에 몸집이 큰 세가와 씨는 인근에서 이런 사건이 일어난 것을 불편하게 여기기보다 오히려 흥미를 느낀 모양이었다.

"일단 개를 데리고 나가보죠. 이럴 때는 어설픈 인간보다 개가 훨씬 도움이 돼요."

그렇게 말하고 세가와 씨는 안쪽 뜰에서 커다란 셰퍼드를 데리고 왔다. 개란 놈은 민감한 동물이다. 말해주지 않아도 뭔가 범상치 않은 사건이 일어났다는 것을 느낀 모양이다. 세가와 씨가 쥐고 있는 쇠사슬을 끊으려는 듯이 팽팽하게 긴장하고 있다. 그렇게 우리는 계속 내리는 눈 속으로 다시금 나갔던 것이다.

"한데 그 범인이란 놈은 대체 어떤 인물입니까? 뭔가 오쓰코쓰 부부와 관계가 있는 남자입니까?"

---

* 소매 대신 케이프가 달린 코트. 추운 스코틀랜드 지방에서 즐겨 입던 옷이다.

하아하아 하얀 숨을 토하면서 어둠 속을 기세 좋게 달려가는 셰퍼드의 쇠사슬을 당기며 세가와 씨가 묻는다.

"이런저런 복잡한 사정이 있습니다만, 범인은 엄청난 미소년입니다. 항상 풀색 양복을 입고 있고 마치 여자처럼 예쁜 놈이에요."

"아!"

그 말을 듣더니 세가와 씨는 갑자기 눈 속에 멈춰 섰다.

"그놈이라면 나도 봤습니다. 그래, 분명 그놈이에요. 오늘 밤…… 아, 벌써 어제네요. 어제 9시쯤이었습니다. 사무실에서 돌아오는 길에 오쓰코쓰 씨…… 오쓰코쓰 씨라고 했죠. 그분 집 앞을 지나는데 말씀하신 것처럼 생긴 사람이 울타리 옆을 가만히 노려보고 있었어요. 그래요, 그놈, 징그러울 만큼 하얀 피부의 화려한 남자였습니다. 아무래도 수상쩍은 놈이라고 생각했는데, 그때 알려드렸다면 이런 일이 일어나지 않았을 것을요."

세가와 씨는 자못 유감스러운 듯 말했다. 나중에 생각해보면 세가와 씨의 이 증언이 내게 얼마나 큰 구원이 되었는지 모른다.

어수선하게 계속되는 눈발로 세가와 씨의 인버네스 코트는 차츰 새하얗게 변했지만 근처는 그리 어둡지 않았다. 덮개를 씌운 듯한 회색 하늘 아래, 수풀도 숲도 빈터도 새하얗게 변해 있어 어슴푸레하게 떠올라 있는 느낌이다. 쥐 죽은 듯 고요한 대자연 속에 셰퍼드가 토해내는 숨소리만이 거칠고 부산하게, 우리의 마음을 다그치고 있었다.

우리는 이내 한적한 풀숲을 벗어나 오쓰코쓰 집의 뒤쪽까지 왔다.

"보세요, 거기 울타리에 조금 부서진 곳이 있죠. 그 틈으로 범인이 오쓰코쓰의 아내를 안고 빠져나갔습니다."

내가 양쪽으로 쓰러져 있는 조악한 삼나무 울타리 부근을 가리켰다.

"그렇군요, 그렇군요."

세가와 씨는 뭔가 냄새를 맡듯 주변의 지면을 살피더니,

"아, 보세요. 여기 희미하게 발자국이 찍혀 있습니다. 지금이라면 그 발자국을 더듬어 갈 수 있을지도 몰라요."

그런 말을 듣고 보니 역시 쌓인 눈 아래에 푸석푸석 아주 희미하게 팬 흔적이 있었다. 아직 발자국은 눈에 완전히 덮이지 않았다. 동그랗고 부드럽게 솟아 오른 눈밭 속에 아득한 저편까지 그 발자국이 이어져 있었다.

"네로, 네로."

세가와 씨는 셰퍼드를 불러 그 팬 부분에 코끝을 문지르면서,

"일단 이 발자국을 따라가보지 않겠습니까. 이렇게 눈이

내리니 냄새가 남아 있을지는 모르겠습니다만."

물론 나도 이의는 없었다. 그래서 우리는 셰퍼드를 앞세우고 서둘러 걸었다. 발자국은 어두운 숲속을 벗어나 완만한 구릉 아래로 점점이 계속되고 있었다. 셰퍼드는 눈을 헤치면서 앞장서서 달려간다. 우리는 금세 구릉을 내려가 가도로 나갔다.

발자국은 그 가도를 따라서 열 간 정도 이어지더니 다시 맞은편 숲속으로 향했다. 그 잡목림 맞은편은 유명한 이노가시라 공원이다.

잡목림 속을 한참 걷다가 우리는 눈 위로 뭔가 끌었던 듯한 흔적을 발견했다.

"여기서 안고 있던 사람을 내려서 끌고 간 것 같은데요. 어, 거기 가지에 뭔가 펄럭거리는 게 걸려 있는데요? 그건 뭔가요?"

올려다보니 정말 마른 가지 끝에 천 조각 끄트머리가 걸려 펄럭펄럭 바람에 휘날리고 있었다. 그것을 손에 쥔 나는 무심코 가슴이 두근거렸다.

"찢어진 기모노 조각 같은데요. 오쓰코쓰 부인의 것 아닙니까?"

물론 유미의 기모노가 틀림없었다. 여기에 이르러 지금껏 내가 품고 있던 희망은 뚝 끊기고 말았다. 아, 이걸 보면 유미는 도저히 살아 있을 것 같지 않았다.

숲을 벗어나자 다시 언덕이 완만하게 이어지고, 그 언덕 밑으로 고요히 눈 속에 가라앉아 있는 거무스름한 연못이 보였다.

"공원 안으로 시체를 가져가다니 범인은 대체 어쩔 작정일까요."

"글쎄요."

나는 추위와 두려움에 이를 딱딱 부딪치면서 마음속으로 아, 더 이상 가고 싶지 않아, 하느님, 이제 더는 무서운 광경을 보여주지 마세요, 라고 외쳤다.

하지만 그 순간, 무엇 때문인지 셰퍼드가 이상한 신음 소리를 내는가 싶더니 세가와 씨가 잡고 있던 쇠사슬을 뿌리치고 쏜살같이 구릉을 달려 내려갔다.

"무슨 일이죠. 뭔가 발견한 걸까요."

"그런 것 같습니다. 어쨌든 가봅시다."

뒤질세라 우리도 눈 속을 달려 구릉을 내려갔다. 새하얀 눈 위로 셰퍼드가 검은 선을 그리며 달려간다. 연못 중간에 표주박 모양으로 잘록하게 구부러진 곳이 있고 거기에 자연목을 심어놓은 듯한 모습의 콘크리트 다리가 있었다. 개는 그 다리 가운데 다다라 두세 번 빙글빙글 그 주변을 돌고는 갑자기 이쪽을 향해 요란하게 짖기 시작했다.

"저기다, 저기 뭔가 있는 겁니다!"

우리는 달렸다. 눈 속을 정신없이 달렸다. 셰퍼드는 우리를 보더니 안심한 듯 짖기를 멈추고 앞발로 눈을 퍽퍽 파헤치기 시작했는데, 그러다 갑자기 기묘한 신음 소리를 내고는 뒷걸음질하듯 세 걸음 물러나 다시 맹렬히 짖어댔다.

"뭔가 어지간히도 묘한 게 있는 모양입니다. 네로가 저렇게 짖는 건 보통 일이 아니에요."

세가와 씨가 달리면서 그렇게 말했다. 하지만 그 이유는 금세 알 수 있었다. 우리는 다음 순간 셰퍼드가 있는 지점에 다다랐다. 눈 아래에서 비죽 하얀 발이 보인다. 분명 여자의 발이었다. 그리고 눈에 묻힌 몸이, 다리 위에서 물속에 머리를 집어넣는 듯한 자세로 쓰러져 있었다. 우리는 서둘러 그 눈을 파헤쳤다.

"유미…… 아니, 분명 오쓰코쓰 부인입니다."

나는 낯익은 잠옷을 보고 소리쳤다. 그리고 서둘러 그 몸을 안아 올리고는,

"유미 씨, 유미 씨."

하고 불렀다.

아니, 부르려 했다는 표현이 맞을지도 모르겠다. 그 말은 내 입속에서 얼어붙은 채 밖으로 나오지 않았으니까.

내가 유미의 몸을 안은 순간 세가와 씨가 앗 하고 외치며

뒤로 물러섰다. 아, 그것도 당연했다! 유미의 몸에도 언젠가의 우도 씨와 마찬가지로 머리가 없었던 것이다.

제13장

버드나무 아래

이 두 번째 참극이 얼마나 세상을 놀라게 했는지, 또 얼마나 나를 상심시켰는지는 여기서 새삼스럽게 말할 필요도 없겠다.

새벽녘이 되자 경관과 의사 일행이 찾아왔다. 그리고 다시 성가시고 장황한 심문이 전개되었는데, 그중에서 정말 중요하다고 생각되는 일만 적겠다.

대충 사건의 경위에 관해 심문한 후 사법주임이라는 인물이 다음과 같은 질문을 내게 던졌다.

"당신은 이 목 없는 시체를 오쓰코쓰 부인이라고 생각하고 계신 겁니까? 왜 그렇게 생각하십니까?"

"왜라뇨, 옷이나 그 밖의 걸 봐서 판단한 거지요."

"그렇군요. 하지만 옷이란 건 나중에 갈아입힐 수도 있습니다. 뭔가 오쓰코쓰 부인의 몸에 있는 특징 같은 건 기억에 없습니까?"

"아, 네."

잠시 생각하던 나는 문득 깜짝 놀라 숨을 삼켰다. 그때 갑자기 그 일이 떠올랐기 때문이다.

일주일쯤 전의 일이었다. 어느 맑게 갠 따뜻한 날에 나는 홀연히 이 집을 찾았다. 유미는 해가 잘 드는 툇마루에 놋대야를 꺼내어 상반신을 드러내고 머리를 감고 있었는데, 그때 나는 그녀의 왼쪽 팔에 기묘한 반점이 있는 것을 발견했다. 그것은 마치 홋카이도 지도 같은 모양의 거무스름한 반점이었는데, 그것을 보았을 때 내가 이상한 느낌을 받은 것은 이전에도 이따금 유미의 맨팔을 본 적이 있으나 한 번도 그런 반점이 있는 것을 알아차리지 못했기 때문이다. 하지만 이 의문은 금세 풀렸다.

"어머, 싫어. 이런 걸 보이다니."

유미는 내 시선을 느끼고는 당황해서 오른손으로 그 반점을 가렸다.

"그 반점은 어쩌다 생긴 겁니까? 화상이라도 입었나요?"

"아니에요. 한참 전부터 있었어요. 남들에게 보이기 싫어서 양장을 입을 때는 항상 가리고 있죠."

그렇게 말하고 유미는 옆에 던져둔 커다란 팔찌를 집어 반점 위에 채웠다.

나는 그때의 일을 사법주임에게 이야기했다.

"그렇군요. 지금도 그 반점의 형태를 확실히 기억하고 있습니까?"

"예, 기억하고 있습니다."

"그럼 송구하지만 여기 그 반점을 좀 그려봐주시겠습니까?"

사법주임은 내게 종이와 연필을 건넸다. 나는 그의 요구대로 기억을 더듬어 홋카이도 형태와 비슷한 반점을 그려서 주었다. 그러자 사법주임은 한참 동안 그것을 보더니,

"고맙습니다. 아무래도 맞는 것 같군요. 당신도 보시겠습니까?"

"뭘 말입니까?"

"자, 이쪽으로 오시죠."

사법주임은 앞장서서 나를 서양식 방으로 안내했다. 그곳은 이제 가련한 유미의 시체 안치소가 되어 있었다. 방구석에 하얀 천으로 덮인 유미의 시체가 놓여 있는 것을 보고, 나는 새삼 치솟는 뜨거운 덩어리를 삼켰지만, 사법주임은 익숙한 모양이었다. 눈썹 하나 까딱하지 않고 흰 천 끝을 조금 젖혀 들더니 유미의 왼팔을 끄집어냈다. 그리고 익숙한 팔찌를 휙 벗겨 내가 그린 그림과 한참 비교해보고는 이내 싱긋 웃으며,

"어때요. 보시겠습니까?"

하고 나를 돌아보았다.

그 말을 듣고 나도 아무 생각 없이 사법주임의 뒤에서 들여다보았는데, 거기에는 틀림없이 아까 내가 그려서 건넨 것과 흡사한 반점이 거무스름해진 피부 위에 선명하게 떠올라 있었다.

이렇게 유미의 시체가 움직일 수 없는 증거에 의해 확인된 한편, 경찰에서는 시 안팎으로 비상선을 설치해 신주로의 행방을 찾았으나 그 결과는 너무도 뻔했다. 신주로는 다시 사라져버렸다. 거듭 말했듯이 그는 또다시 망망대해에 떨어진 물 한 방울처럼 이 세상에서 완전히 자취를 감추어버렸던 것이다.

이 사건이 도쿄에 얼마나 큰 센세이션을 일으켰는지, 그것은 굳이 언급할 필요도 없으리라. 첫 번째 사건의 경우, 다행히도 도회지로부터 멀리 떨어진 외딴 시골에서 일어났기 때문에 비슷하게 문제가 되었다 해도 그 기억이 세상 사람들에게 있어 그리 생생한 것은 아니었다. 하지만 이번에는 다르다. 아무리 시외라고는 하나 시내와 별반 다를 바 없는 기치조지의 사건인 것이다. 도쿄 시민이 공포에 사로잡힌 것도 무리는 아니었다.

신문은 지난 며칠간 시내 곳곳에서 신주로 소동이 벌어졌다는 소식을 전했다. 몸이 좀 호리호리한 미소년이라면 항상 신주로로 오인되어 밀고당하는 우스꽝스러운 위험을 각오하지 않으면 안 될 정도였다.

그렇게 며칠이 흘렀다. 물론 그동안 내 진술로 인해 예의 뉴스영화 측이 취조를 받았다. 실제 이 영화, 그리고 사건 당일 밤 신주로를 오쓰코쓰 저택 부근에서 목격했다는 세가와 씨의 증언이 없었다면, 나는 거짓 진술을 했다는 이유로 얼마나 무거운 혐의를 받았을지 가늠하기 어렵다. 세가와 씨의 증언은 그렇다 치고, 이 일에서 뉴스영화는 가장 중요한 증거가 되었다. 뉴스영화에는 거짓말도 트릭도 없다. 그리고 거기에는 명백히 오쓰코쓰 부부의 뒤를 쫓고 있는 신주로의 모습이 찍혀 있었다.

나는 더 이상 학교에 나가지 않았다. 이 무서운 사건 때문에 내 일상은 밑바닥부터 무너지고 말았던 것이다. 부장 편에 병가를 낸 나는 어쩔 수 없는 경우를 제외하곤 절대 외출하지 않기로 하고 방에 틀어박혀 매일매일 가엾은 유미의 환영을 좇고 있었다. 그러다 보면 홀연히 무간지옥에 떨어진 듯한 자신을 깨닫기도 했다.

나는 두세 번 오쓰코쓰가 있는 병원을 방문했다. 오쓰코쓰의 몸에 난 수많은 상처들은 죄다 상당히 깊었지만, 운 좋게도 급소를 비껴간 덕분에 목숨만큼은 건질 수 있었던 모양이다. 피를 많이 흘리고 쇠약해진 오쓰코쓰의 애처로운 모습을 보면 나는 내심 감개무량했다. 그렇지만 우리는 그리 많은 이야기를 나누지는 않았다. 대화를 하고 싶어도 우리가 만날 때면 항상 경관이 입회하고 있어서 할 수가 없었기 때문이다.

그렇게 나는 하는 일도 없이 우울한 나날을 보내고 있었다. 어쩌면 이대로 미라처럼 썩어버리는 게 아닐까 생각한 적도 있었다. 하지만 그렇게 되지는 않았다. 어느 날 문득 찾아온 묘한 인물이 홀연히 나를 다시 그 무서운 사건의 소용돌이 속으로 불러들였던 것이다. 그리고 그 일로 나는 갑자기 사건에 대해 새로운 흥미와 흥분을 느끼고 거의 잃어버렸던 의욕을 되찾을 수 있었다.

그 인물의 이름은 유리 린타로라고 한다. 말할 것도 없이 제2의 사건이 일어나기 전, 세 번이나 나를 찾아온 그 사람이다.

실제 그는 묘한 인물이었다. 언젠가 형수도 말했듯 백발 머리를 보면 일흔 살 노인 같지만 건장한 몸이나 까무잡잡한 얼굴은 그가 아직 40대의 장정이란 것을 말해주고 있었다. 그의 날카로운 눈매를 보자마자 나는 그가 탐정이 아닐까 생각했는데 그 첫인상은 틀리지 않았다. 나중에 알게 된 바에 의하면 그는 일찍이 경시청 수사과장을 지낸 경력의 소유자였다.

나는 그를 내 방으로 안내해 바로 이런 말을 꺼냈다.

"언젠가 뵌 적이 있죠. 저, 긴자의 S 당에서……."

나는 유미와 함께 뉴스영화를 보러 간 날의 일을 생각해 내고 그에 대해 맹렬한 호기심을 느꼈다. 유리 씨는 그 말을 듣더니 금세 안면 근육을 누그러뜨렸다.

"아, 이거 안녕하세요. 그럼 첫 대면 인사도 못 드렸군요. 그건 그렇고 오쓰코쓰 부인은 딱하게 됐습니다. 그날 같이 있던 분이죠?"

그렇게 말하면서 유리 씨는 아무렇지 않은 듯 내 방을 둘러보았다. 마치 내 취미나 생활 습관을 한눈에 간파하려는 듯했지만 별로 불쾌한 시선은 아니었다.

"예에……" 하고 나는 머뭇거리면서, "그날도 방문하셨다고 하더군요."

"찾아왔었습니다. 실은요, S 당에서 두 분의 대화를 언뜻 엿듣고 굉장히, 음, 이 사건에 흥미를 느껴서요. 당신들을 따라 그 뉴스영화도 봤습니다. 나쁜 습관이죠. 부탁도 받지 않았는데 이것저것 남의 일에 참견하고 싶어 하는 거죠."

그렇게 말하고 유리 씨는 마치 남 얘기하듯 태평하게 웃었다. 그 모습에는 어딘가 사람을 끌어들이는 데가 있었다.

"신슈 쪽에 가셨다고 하던데요."

"갔었습니다. N에도 가서 시가 군도 만나고 왔죠. 거기서 이번 사건에 대해 들었는데요, 시가 군도 저도 굉장히 놀랐습니다. 시가 군, 이번 사건에는 어지간히 기가 꺾인 모양입니다. 당신들에 대해서도 이것저것 듣고 왔지요. 실례일지도 모르지만요."

"그런데 오늘은 무슨 용건으로……."

"아, 딱히 이렇다 할 용건은 없습니다. 그저 당신을 뵙고 이렇게 격의 없이 이야기를 나누고 싶었을 뿐이에요."

"뭔가 이번 사건에 관해 듣길 원하시는 건 아닌지요?"

"예, 물론 이야기해달라고 청하고 싶습니다. 하지만, 전 격식을 차려 질문드리는 걸 별로 좋아하지 않습니다. 이야기를 억지로 끌어내려 하면 아무래도 거기서 문제가 생기거든요. 거짓말까지는 아니더라도 당신 자신의 선입견이 섞일 겁니다. 그러니 폐가 안 된다면 앞으로 가끔 저와 만나서 그때그때 제 질문에 답해주시면 감사하겠습니다. 그쪽이 이번처럼 특히 복잡한 사건의 경우에는 잘 맞는 방법일 겁니다. 약간 질질 끌게 될지도 모르지만요."

"아, 그건 괜찮습니다. 어차피 학교를 휴직하고 노는 중이라서요. 그런데 당신은 이 사건을 그렇게 복잡한 사건이라 생각하시는 겁니까?"

"그렇고말고요. 그 점에 관해서라면 저는 시가 군하고 완전히 의견이 같습니다. 이 사건은요, 표면에 드러나는 것처럼 단순한 게 아닙니다. 거기에는 굉장히 무서운 지혜로 기획된 이중 삼중의 바닥이 있습니다. 시나 씨, 이건 정말 무서운 사건이에요."

마지막 말을 할 때 유리 씨는 갑자기 목소리를 낮추더니, 정면에서 가만히 내 얼굴을 응시했다. 나는 그때 말의 의미가 아닌 어투에 겁먹고 무심코 놀라 마음이 요동쳤다.

"모르겠네요. 만약 말씀하신 대로 이 사건에 이중 삼중의 바닥이 있다면 저는 아무래도 도움이 되지 못할 듯싶습니다. 그런 식으로 생각하는 데는 서툴러서요."

"아, 잘 알고 있습니다. 하지만 그쪽이 도리어 제게는 잘 맞습니다. 실례지만 실은 당신의 성격 같은 것도 꽤 자세히 조사했습니다. 아, 그렇게 화를 내지는 마시고요."

유리 씨는 양손으로 나를 꽉 누르는 시늉을 했다.

"이게 말이죠. 사건을 마주했을 때 제 평소 습관입니다. 저는 사건이 일어나면 다른 사람들처럼 결과에서 원인으로 거슬러 올라가는 게 아니라 항상 제가 새로 그 사건을 조립해서 보거든요. 마치 극작가가 극을 만들듯이 말이죠. 그리고 그 속에서 도저히 범죄를 저지를 것 같지 않은 인물을 순서대로 제거해나가는데, 이번 경우 가장 먼저 제거된 사람이 당신이었던 겁니다. 그뿐만 아니라 당신이 매우 공평하고 상식적인 판단력을 가지고 계시다는 걸 알았죠. 그건, 이번 사건 같은 경우에선 굉장히 중요합니다. 그래서 당신의 타고난 공평함, 얽매이지 않는 판단력, 그런 것을 가급적 손상시키지 않고 이야기를 듣고 싶습니다."

유리 씨의 말 전부가 나를 납득시켰던 것은 아니다. 하지만 탐정이라는 일은 내 전문 분야 밖에 속하는 것이다. 그리고 나는 항상 전문적인 일에선 전문가의 의견을 존중하는 것이 가장 현명한 방식이라고 생각하고 있었다.

"말씀대로 제가 과연 그렇게 명확하게, 그리고 얽매이지 않고 말할 수 있을지 모르겠습니다만."

나는 문득 유미를 둘러싼 나와 오쓰코쓰의 일을 떠올리고 울적하게 대답했다. 유리 씨는 바로 내 마음을 알아차린 듯 대꾸했다.

"오쓰코쓰 부인에 관해 말씀하시는 거죠? 아, 숨기셔도 잘 알고 있습니다. 당신은 뭔가를 감추시려면 더 교활해지셔야 합니다. 오쓰코쓰 부인에게 당신이 어떤 감정을 품고 계신지는 시가 군도 잘 알고 있더군요. 실례지만 전 S 당에서 처음 두 분을 뵙자마자 알아차렸습니다. 하지만 그건 괜찮습니다. 제가 잘 알고 있으니까요."

"그런데,"

나는 가급적 빨리 이 문제에서 화제를 돌리기 위해 서둘러 말했다.

"어째서 이 사건이 그렇게 복잡한 것이라고 생각하시는 겁니까? 막연하게 그런 느낌이 드는 겁니까, 아니면 N에서 뭔가 발견한 겁니까?"

유리 린타로 씨는 그 질문에 한동안 대답하지 않고 가만히 내 얼굴을 보다가 이윽고 시선을 돌리더니 가벼운 한숨을 쉬었다.

"제가 이 사건에 흥미를 갖게 된 이유는 아주 간단합니다. 하지만 당장은 말씀드리지 않겠습니다. 말해봤자 믿지 않으실 테니까요. 하지만 저는 결코 아무 근거도 없이 이 사건에 열중하는 게 아닙니다. 저는 N에서 여러 가지를 발견했어요. 그리고 마쓰모토 형무소에 가서 거기서 미쳐 죽은 신주로의 아버지에 대해서도 조사하고 왔습니다. 아실지도 모르겠지만 후리하타 사부로라는 남자죠. 이 남자의 과거에 대해서도 자세히 조사했습니다."

"어떤 비밀을 발견하신 겁니까? 하나라도 좋으니 제게 말씀해주시면 안 될까요? 안 그러면 저는 도저히 당신이 말씀하시는 방식으로 이 사건을 생각할 수 없을 겁니다."

유리 씨는 한참 생각한 후 내 얼굴을 물끄러미 바라보다가 갑자기 몸을 앞으로 내밀더니 목소리를 낮추었다.

"그럼 선물 대신 하나만 말씀드리죠. 당신은 그 버드나무를 기억하십니까? 당신들이 처음으로 신주로를 엿본 그 버드나무 말입니다."

"네, 잘 기억하고 있습니다. 그게 어떻게 됐습니까?"

나도 무심코 몸을 앞으로 내밀었다.

"그 버드나무가 어떻게 거기 심어져 있는지 생각해보신 적 있습니까? 우도가에서 오래 일했다는 할아버님도 만나 이것저것 물어봤는데, 할아버님이 거기 계실 때는 그 자리에 버드나무 같은 건 없었다고 합니다. 그렇다면 할아버님이 가시고 나서 누군가가—물론 우도 씨가 틀림없겠지만—거기에 그 버드나무를 심은 게 분명합니다. 그 사실은 굉장히 저의 주의를 끌었죠. 왜냐하면 당신들이 처음 신주로를 본 곳이 그 아래였고, 그 일을 듣고 우도 씨가 크게 놀랐다는 얘기를 시가 군한테 들었으니까요. 그런데 사람들이 버드나무를 심는 건 대체 어떤 경우일까요. 저는 여러 가지로 생각을 해봤습니다만, 이윽고 하나의 결론을 내렸습니다. 그래서 몰래 그 버드나무 뿌리를 파봤는데요, 거기 뭐가 있었을 것 같습니까?"

유리 씨는 거기서 말을 끊더니 탐색하는 듯한 눈으로 내 얼굴을 보았다. 그의 의미심장한 태도에 나는 묻지 않을 수 없었다.

"뭐가 있었나요?"

"뼈였습니다." 유리 씨는 소리를 낮춰 읊조리듯 말했다.

"머리와 팔다리를 다 갖춘 인간의 뼈였어요. 즉 그 버드나무는 제가 상상했던 대로 묘표 대신 거기 심긴 겁니다."

나는 놀랐다. 왠지 시야가 밝아져서 지금껏 머릿속에 몽롱하게 자리 잡고 있던 것이 갑작스레 어느 한 점에 응고된 듯한 느낌이었다. 하지만 응고된 그것의 정체가 무엇인지 거기까지는 나로서는 알 수 없었다.

"하지만, 하지만,"

나는 무심코 말을 더듬었다.

"그 일이 이번 사건과 어떤 관계가 있단 겁니까?"

"아직 모르시겠습니까? 당신들이 처음으로 그 버드나무 아래에서 신주로를 보았다는 것을 우도 씨에게 얘기했을 때 우도 씨가 굉장히 놀랐다고 하지 않았던가요. 왜 우도 씨가 그토록 놀랐는지, 그것과 이 사실을 결부 지어 뭔가 당신의 머리에 떠오르는 의혹이 있나요? 그것은 굉장히 무서운 의혹입니다. 하지만 그 의혹이야말로 이 사건을 결정하는 첫 번째 핵심 열쇠인 겁니다."

그렇게 말하고 유리 린타로 씨는 강철 같은 눈으로 뚫어져라 나를 보았다. 나는 뼛속까지 차가워질 듯한, 극심한 공포를 느꼈다.

제14장

제3의 참극

그 후 약속대로 유리 씨는 이따금 나를 찾아왔다. 탐정이라고는 하지만 결코 불쾌한 인물은 아니어서 나도 차츰 그와 만나는 것에 즐거움을 느끼게 되었다. 우리가 항상 사건 이야기만 했던 것은 아니다. 오히려 시간적으로 따지면 다른 잡다한 이야기를 할 때가 더 많았다. 그렇게 세상 이야기를 하는 틈틈이 끼어드는 유리 씨의 질문은 아주 교묘한 것이었다. 그런 식으로 유리 씨는 내게서 자신이 듣고 싶은 것만을 정확히 끌어내고 있었다.

나로 말하자면 지금까지도 그 버드나무 아래에 묻혀 있는 인골의 수수께끼조차 모를 정도로 바보지만 그래도 이 사건이 세상의 상식을 벗어난 것인 듯하다는 사실은 차츰 깨닫게 되었다.

어느 날 문득 유리 씨는 내게 이런 말을 흘린 적이 있다.

"마쓰모토 형무소에서 미쳐 죽은 신주로의 친부 말인데

요, 그 사람은 가미이나 출신입니다. 가미이나에서 후리하타 가문이라고 하면 인근에 잘 알려진 오래된 가문인데, 어쩐 일인지 대대로 백치나 범죄자가 나오는 모양입니다. 혈통 탓이겠죠. 그런데 이 후리하타 가문의 피를 이어받은 사람들은 하나같이 굉장히 아름답다고 합니다. 남자는 미남이고 여자는 미인이란 거예요. 신주로의 친부인 후리하타 사부로도 그 대표적 사례였던 모양인데, 어쨌든 저주받은 집안이죠. 후리하타 사부로에게는 법적으로 제대로 된 아내도 아이도 있는 것 같은데 지금은 일가가 뿔뿔이 흩어져서 그 행방도 모르는 모양입니다."

"신주로의 모친에 대해서도 조사해보셨나요?"

나는 문득 생각나서 물어보았다.

"조사해봤지요. 하지만 이쪽은 거의 모릅니다. 신주로 일기에도 아름다운 백치인 산카라는 언급만 있을 뿐이고, 이름조차 몰라요. 하지만 굉장히 대담한 상상을 해보자면 문제의 노파 말이죠. 그, 신주로가 분장했다는…… 그 기괴한 노파 말입니다. 어쩌면 그 사람 아닐까 싶습니다만."

"뭐라고요!"

나는 깜짝 놀라 무심코 목소리를 높였다.

"아, 확실한 건 모르지만 그럴 수도 있다는 겁니다. 그 노파는 매년 여름이 되면 N 호반을 찾아와 가건물에 머문다고 해요. 스스로 인지는 못 하지만 뭔가 동물적인 본능이 그녀를 호반으로 끌어들이는 게 아닐까요. 그곳이 신주로를 낳은 장소인지 확실히는 알 수 없어도 역시 뭔가 본능에 이끌려 온 게 아닐까 합니다."

그것은 마냥 부자연스러운 상상은 아니지만 왠지 무섭고 이상한 이야기였다. 신주로는 분명 상대가 자신의 모친이라는 것을 모르고 그녀를 따라 분장했을 테니.

"그 노파를 만나보셨나요?"

"아, 만나지 못했습니다. 찾아봤지만 보지 못했어요. 여름이 되면 다시 그 호반에 올지도 모르죠."

이런 대화를 통해 나와 유리 씨는 서로를 점점 잘 알게 되었지만, 사건은 순조롭게 정리될 것 같지 않았다. 물론 우리가 이런 문답에 시간을 쓰는 동안 경찰 쪽도 결코 손을 놓고 있지는 않았다.

분명 신주로의 행방을 탐색하기 위해 여러 수단을 동원했을 것이다. 그럼에도 불구하고 그 기괴한 미소년의 행방은 좀처럼 찾을 수 없었다.

시간은 자꾸만 흘렀다. 그리고 쉽게 망각하는 세상 사람들의 기억에서 그 무서운 사건의 그림자가 옅어져갈 무렵 오쓰코쓰 산시로는 갑자기 기치조지의 집을 나와 마후에 있는 아파트로 이사했다. 말하는 것을 깜박했는데 그사이에도 나와 오쓰코쓰의 교류는 단절되지 않았다.

퇴원 후에도 그의 건강이 좀처럼 회복되지 않아서 나는 때때로 문병을 갔다. 결코 유쾌한 일은 아니었지만 왠지 내게 그런 의무가 있는 것만 같아 그를 찾아가지 않으면 마음이 편치 않았다.

우리는 가급적 그 무서운 사건에 관해 이야기하지 않으려 했지만, 그쪽으로 화제가 넘어가는 일이 간혹 있었다. 게다가 유리 씨가 나타난 후 내 마음은 항상 그 사건으로 가득 차 있어서 자연스럽게 그 이야기를 꺼낼 때가 많았다.

오쓰코쓰도 내 말을 듣고 유리 씨에게 몹시 흥미를 느끼는 것 같았다. 먼저 유리 씨의 소식을 물은 적도 있는데 특히 그 버드나무 아래에서 사람 뼈가 발견되었다는 사실은 그의 마음을 크게 움직인 것 같았다.

"허허, 그건 묘하군. 한데 그 뼈가 누구 건지는 유리 씨가 말 안 하던가?"

사건 이후 말라서 한층 가시 돋친 느낌이 강해진 오쓰코쓰는 어딘가 들개를 연상케 하는 눈에 흥분한 기색을 가득 띠면서 그렇게 말했다.

"아, 그건 묻지 않았어. 유리 씨도 거기까진 모르는 거 아닐까."

"그럴까. 하지만 그래도 이상하잖아. 유리 씨의 말에 의

하면 그 버드나무는 묘표 대신 심은 거라며. 게다가 할아버지가 가고 나서 심은 거라면 당연히 그 2, 3년 안에 누군가가 그 집에서 죽었다는 얘기가 돼. 하지만 우도 씨도 유미도……. 우도 씨도 그렇지만 유미가 한마디도 그 얘길 안 했단 건 묘하군.”

“그렇군. 나는 그렇다 쳐도 자네에게도 얘길 안 했나?”

“아, 못 들었어. 뭔가 이유가 있겠지.”

오쓰코쓰는 격하게 손톱을 물어뜯었다.

“어쨌든 우도의 집에는 우리가 아는 이상으로 무서운 비밀이 있었던 거군. 뭔가 그, 요괴 같은 비밀이…….”

“그럴지도 모르지. 그리고 유미 씨는 그것을 알고 있었으니 신주로가 노린 걸지도 몰라.”

“그래, 그게 틀림없어. 하지만 이 이상의 비밀이란 대체 뭘까.”

오쓰코쓰는 그렇게 말하더니 탐색하듯 내 눈을 들여다볼 뿐 침묵해버렸다.

오쓰코쓰가 기치조지의 집을 나와 마후의 아파트로 이사한 건 그로부터 얼마 지나지 않아서였다.

그런데 이 아파트로 이사하고 나서 오쓰코쓰는 차츰 침착성을 잃어갔다. 그가 갑자기 신변을 엄중히 경계하기 시작한 것이 내 눈에도 확실히 보였다.

그는 좀처럼 밖에 나가지 않았다. 그리고 언제 방문해도 문에 자물쇠를 단단히 채우고 방문자가 나라는 걸 확인하기 전에는 절대 열어주지 않았다. 나는 곧 그가 별거 아닌 소리에도 벌떡 일어나거나 권총을 몸에서 떼어놓지 않는다는 사실을 알아차렸다.

"왜 그러나, 자네. 너무 겁에 질린 거 아닌가. 무슨 일이 있는 건가?"

어느 날 사치스러운 아파트 방에서 그와 마주 보고 있을 때 나는 그렇게 물었다.

"봤어…… 이 눈으로…….."

오쓰코쓰는 그렇게 말하면서 떨리는 손으로 잔에 위스키를 따르더니 자포자기한 듯 그것을 홀짝거리면서 미치광이 같은 눈으로 나를 보았다.

"봤다니? 뭘 봤단 거야?"

"그놈! 자네도 알고 있잖나. 신주로 놈 말이야."

나는 무심코 의자에서 굴러떨어질 뻔했다. 내게는 신주로라는 말이 인간적이지 않은, 초자연적인 힘을 지닌 요괴처럼 느껴졌다.

"자네, 그, 그게 정말인가!"

"정말이고말고! 누가 이런 무서운 거짓말을 하겠어!"

오쓰코쓰는 그렇게 말하고 방금 마시기 시작한 위스키를

꿀걱꿀걱 들이켰다. 그 거친 얼굴이 거무죽죽하게 일그러진 걸 보니 농담 같지는 않았다.

"언제 본 거야?"

나는 목소리를 죽이고 물었다.

"언제냐니, 요즘 매일처럼 봐. 시나 군, 그놈은 나를 노리고 있어. 날 죽이고 유미나 우도 씨처럼 목을 자르려 하고 있단 말이야. 하하하하하."

오쓰코쓰는 표독스러운 목소리를 높여 웃었다. 그 소리에 뭔가 미치광이 같은 울림이 스며 있어 나는 등줄기가 오싹해지는 것을 느꼈다.

"한데 자네, 경찰에 신고하든지 뭔가 대책을 강구해야 하는 거 아닌가? 멀뚱멀뚱 눈을 뜨고 신주로가 주변에서 어슬렁거리는 걸 알면서도 그대로 놔둘 셈이야?"

"경찰에 신고해서 대체 뭘 어쩌라는 거지? 그림자 같은 놈이야. 경찰에 붙잡힐 놈이라면 이미 이전에 잡혔을 거야. 제길, 질까 보냐. 나 혼자 싸울 거야. 반드시 유미의 원수를 처치해 보이겠어."

오쓰코쓰는 이마에 시퍼런 핏줄 두 가닥을 세우고 바득바득 어금니를 갈더니 갑작스레 정신이 돌아온 듯,

"그러니까 나한테 너무 가까이 오지 않는 게 좋아. 그놈은 미친놈이니까 자칫하면 자네에게 불똥이 튈지 모른다고."

하고 말했지만 금세 다시 맥이 풀린 듯,

"아니, 아니야. 그냥 가끔 와줘. 자네라도 찾아주지 않았다면 난 무서워서 견디지 못했을 거야. 그놈은 정말로 날 죽일 작정일까? 아, 지긋지긋해. 어딘가로 도망치고 싶어. 정체도 모르는 괴물 같은 놈을 상대하는 건 질색이야. 어, 저건 뭐지?"

오쓰코쓰는 갑자기 테이블에 있던 권총을 집어 들더니 마치 용수철 인형처럼 벌떡 의자에서 일어났다.

그때 누군가가 문을 노크했던 것이다. 그리고,

"오쓰코쓰 씨, 오쓰코쓰 씨, 전보 왔어요."

그렇게 말했다.

오쓰코쓰는 약간 안심하면서도 조심스레 권총을 주머니에 넣고 일어나 문을 열었다. 문밖에 서 있던 사람은 아파트에서 일하는 귀여운 여직원이었다. 오쓰코쓰는 잡아채듯 그 전보를 받아 들고는 다시 문을 쾅 닫아버렸다.

"전보라니, 어디에서 온 거야?"

오쓰코쓰는 서둘러 그것을 훑어보더니,

"아, 친구한테서 온 거야."

마음이 좀 가라앉은 듯 의자로 돌아가 앉아,

"언젠가 유미가 얘기 안 했나? 실은 친구랑 같이 만주 쪽에서 사업을 기획하고 있었는데 그 사건 때문에 잠시 연기

됐어. 그놈한테 온 독촉인데, 아, 정말 만주에 가버리고 싶
다."

　요컨대 이때 오쓰코쓰 산시로가 한 말이나 행동은 죄다
나를 놀라게 하는 것들뿐이었다. 나는 일찍이 이 남자가 이
렇게 혼란스러워하는 것을 본 적이 없었다. 원래 얄미울 정
도로 냉정하고 흔들림 없는 남자가 이런 태도를 보이니 뭐
라 말할 수 없이 불안감을 느꼈던 것이다. 정말 신주로가 그
를 노리고 있다면 이대로 놔둬선 안 될지도 모른다. 그의 의
지를 거스르고라도 경찰에 얘기하는 게 좋지 않을까. ……
그런 고민을 하고 있는데 때마침 다음 날 유리 씨가 또 나를
찾아왔다.

　나는 왠지 구원받은 기분이 들어 바로 어제 있었던 일을
이야기했다. 유리 씨도 그 얘기를 듣더니 굉장히 놀란 모습
이었다.

　"그, 그게 사실입니까. 오쓰코쓰 씨가 신주로를 봤다는
게?"

　유리 씨가 너무 놀라는 듯해 내 불안은 한층 짙어졌다.

　"아무래도 사실인 것 같습니다. 오쓰코쓰의 말투가 심상
치 않았으니까요."

　"큰일이군, 그건 큰일이야!"

　유리 씨는 안절부절못하며 당장이라도 일어날 기세였다.

"그럼 당신도 뭔가 오쓰코쓰 신변에 문제가 생길 거라 생각하신 겁니까?"

"물론입니다. 생각해보세요. 최근 누군가가 신주로를 본 뒤에는 반드시 살인이 일어나요. 어쩌면⋯⋯."

그렇게 말했을 때 아래층에서 내 이름을 부르는 형수의 목소리가 들렸다.

"고 씨, 고 씨, 전화 왔어요. 오쓰코쓰 씨란 분한테서요."

나는 가슴이 덜컹해서 유리 씨와 시선을 교환했다. 그리고 그가 말없이 고개를 끄덕이는 것을 보고 서둘러 계단을 내려가 수화기를 들었다.

"여보세요, 오쓰코쓰? 시나야. 여보세요, 여보세요."

어쩐 일인지 수화기 너머는 쥐 죽은 듯 조용했다. 하지만 귀를 기울여보니 그 고요함 속에 뭔가 부산한 소리가 계속 들려오고 있었다. 아무래도 수화기 가까이 있는 사람의 숨소리 같다는 데 생각이 미친 나는 말할 수 없는 두려움을 느끼고 수화기를 든 손을 덜덜 떨었다.

"여보세요, 여보세요."

그때 갑자기 조용한 전화 너머로 바스락거리는 소리가 들렸다. 이어서 두세 번 숨을 들이쉬는 소리, 그리고 털썩 바닥으로 쓰러지는 듯한 둔탁한 소리가 들렸다. 나는 온몸의 털이 오싹 곤두서는 것을 느끼며 전화기에 매달려 정신없이 소리쳤다.

"여보세요, 오쓰코쓰, 오쓰코쓰! 어떻게 된 거야. 무슨 일 있는 거야? 나 시나야! 시나 고스케라고!"

"시나 씨입니까?"

갑자기 달콤하고 여유로운 목소리가 들려왔다. 뭐랄까, 두꺼운 커튼 너머에서 들려오는 듯, 묘하게 불명료한 목소리였다.

"시나 씨로군요. 저는 당신을 잘 압니다."

그 목소리는 천천히, 천천히, 한 마디, 한 마디 끊어서 말했다.

"말씀하신 오쓰코쓰 산시로는 죽었습니다. 지금 바닥에 쓰러져 심장에서 피를 콸콸 뿜어내고 있습니다. 제가 쐈습니다. 제 이름 말입니까. 제 이름은 신주로……."

갑자기 낮게 신음하는 듯한 웃음소리가 하늘하늘 들려오나 싶더니 전화가 뚝 끊겼다. 그 후 나는 무엇을 했던가, 지금 생각해보려고 해도 그때 일이 확실히 생각나지 않는다. 분명 수화기를 움켜쥔 채 몇 분간 거기 가만히 서 있었을 것이다. 만약 유리 씨가 2층에서 내려와 전화가 있는 방을 들여다보지 않았다면 더 오래 그러고 있었을지도 모른다.

유리 씨는 방금 일어난 일을 전해 듣더니 바로 내 손에서 수화기를 넘겨받아 경시청에 연락했다. 그가 수화기에 대고 다급히 뭔가 소리치는 것을, 나는 꿈처럼 몽롱하게 듣고 있었다.

"가보죠. 아무튼 K 아파트에 가봅시다. 저는 믿어지지 않지만⋯⋯."

통화를 마친 유리 씨가 그렇게 말해서 우리는 서둘러 밖으로 달려 나갔다. 그리고 때마침 지나가던 택시를 잡아 K 아파트에 도착한 것은 그로부터 15분 정도 지나서였을 것이다.

아직 경찰은 아무도 오지 않은 것 같았다. 묘할 만치 조용하게 가라앉은 아파트의 한가로운 분위기가 내게는 한층 공포로 다가왔다.

"오쓰코쓰 씨의 집은 어느 쪽입니까?"

유리 씨의 질문에 내가 앞장서서 계단을 올라가려고 하는데, 마침 안내 창구에서 본 적 있는 귀여운 소녀가 얼굴을 드러냈다. 소녀를 보더니 유리 씨는 갑자기 멈추고 물었다.

"오쓰코쓰 씨 댁에 오늘 누구 찾아온 사람이 있나?"

유리 씨의 엄격한 말투에 압도당한 것인지 소녀는 애교 섞인 웃음을 지으려다 당황해서 멈추었다.

"네, 아까 어떤 분, 손님이 오신 것 같았어요."

"그 사람은 아직 있나?"

"아뇨, 조금 전에 돌아가셨어요."

"어떤 모습이었지? 나이가 들었나, 아니면 젊은 사람이었나?"

"아직 젊은 분인 것 같았어요. 얼굴은 잘 못 봤지만 피부가 희고 날씬한 분이었습니다."

"어떤 복장을 하고 있었는지 기억하나?"

"글쎄요."

소녀는 고개를 갸웃거렸다.

"아, 참. 오셨을 때 계단 아래에서 외투를 벗으신 걸 봤는데, 뭔가 이렇게 확 눈에 들어오는 풀색 양복을 입고 계셨는데……."

그 정도만 들어도 이미 충분했다.

우리는 날아가듯 계단을 올라갔다. 오쓰코쓰의 방문은 꼭 닫혀 있었지만 잠겨 있지는 않았다. 문을 열어보니 커튼을 친 방은 어둑했다. 그 어둑한 방 안 테이블 아래로 비죽 튀어나온 두 다리가 가장 먼저 내 눈에 들어왔다.

"앗!"

무심코 멈춰 선 나를 밀어내듯 방 안으로 뛰어 들어온 유리 씨는 한눈에 테이블 너머를 보더니 웬일인지 으앗 하고 외치며 뒤로 물러섰다.

"왜, 왜 그러십니까?"

그렇지 않아도 겁을 먹은 나는 유리 씨의 목소리에 한층 간담이 서늘해져 계속 문 쪽에 선 채 물었지만 이내 사태를 파악했다.

"또…… 또 목이 잘려 있는 겁니까?"

나는 헐떡이며 물었다.

"아뇨."

유리 씨는 겨우 몸을 제대로 세웠다.

"그건 아니지만, 잠깐 와서 이 얼굴을 보세요. 이거 지독하
군. 악마의 소행 같아."

그 목소리에 무서운 방 안으로 들어가 테이블 너머를 들
여다보고 나 역시 유리 씨와 마찬가지로,

"으앗, 이놈은……."

하고 외치며 발을 제대로 디디지 않은 것도 모르고 두세
걸음 뒤로 물러섰다.

우리가 놀란 것도 결코 무리는 아니었다. 목이 잘리지는
않았지만 오쓰코쓰의 얼굴은 가로세로로 무수히 찔린 자국
때문에 형체조차 알 수 없을 만큼 엉망진창이 되어 있었던
것이다.

잔인하다, 처참하다고도 말할 수 없을 정도의 두려움. 이
거야말로 유리 씨가 말한 것처럼 악마의 소행 이외의 어떤
것도 아니었다.

제15장

어두운 밤길을 걷다

산뜻하게 신록이 우거진 나무들을 초여름의 미풍이 경쾌하게 뒤흔들고, 군청색으로 갠 하늘에 또렷이 우뚝 솟아 있는 아사마산의 자태가 수면 부족 상태의 눈에 선명하게 비쳤다.

털털대며 완만한 경사를 오르는 단조로운 자동차 소리에 섞여 때때로 생각지도 못한 방향에서 두견새 우는 소리가 들린다. 고원의 아침 공기는 상쾌하다는 한마디로 표현할 수 있다. 완만하게 경사진 언덕을 오르다 보면 이 일대 특유의 강렬한 햇빛이 눈이 부시게 내리쬐고, 창으로 들어오는 바람은 얼음처럼 느껴질 정도로 신선하고 상쾌하다.

하지만 이런 맑고 시원한 주변 풍경은 조금도 내 마음을 들뜨게 하지 못했다. 나는 열이 나는 얼굴을 멍하니 차창에 기댄 채 움직이는 창밖 경치에 시선을 고정하고 있었다.

혼란스러운 내 머리는 사고력을 잃어버렸고 생각하는 것

조차 귀찮았다. 내 가슴은 깊은 애수로 막혀 있었고 살짝 열이 있는 듯 느껴지는 팔다리는 제 의지를 잃어버린 양 우울하고 권태로웠다.

하지만 나는 역시 이 여행의 마지막까지 가야 하는 것이다.

나는 눈을 가리고 미로 속을 끌려다니는 존재다. 굳센 의지와 야성적인 힘 따위는 한참 전에 잃어버린 나는 이제 어디로 가게 될까. 또 이 여행이 끝나면 내 이야기는 어떻게 될까. 전혀 알 수 없고 또 알려고도 하지 않는다. 그럼에도 나는 마지막까지 가보아야만 한다. 설령 거기에 어떤 놀랄 만한 것이 기다리고 있다 하더라도. ……그리고 그것은 이제 그리 먼 미래는 아닐 것이다.

어디선가 다시 날카로운 두견새 울음소리가 들려왔다. 옛 사람이 울며 피를 토한다고 했던 그 새의 울음소리가 왠지 내 황폐한 가슴을 후벼 팠다.

"두견새로군."

창에 기댄 내게 가까이 얼굴을 가져다 대며 백발의 유리 씨가 문득 그렇게 말했다.

"네, 두견새입니다."

"두견새 소리를 듣다니 흔하지 않은 일이야. 아, 또 울었다. 역시."

유리 씨는 반쯤 일어선 자세로 산기슭을 덮고 있는 녹색

관목림을 한동안 응시하다가 이윽고 시선을 내게 돌리더니,

"어, 왜 그러나? 안색이 나빠 보이는데."

하고 그대로 거기 앉았다.

"그렇습니까. 어젯밤에 잘 못 잤거든요. 아무래도 어제 일이 제겐 큰 충격이었던지라."

"자네는 지나치게 정직한 사람이라. 너무 깊이 생각하지 않는 것이 좋아. 앞으로 또 어떤 놀랄 일이 기다리고 있을지 모르니까."

"각오하고 있습니다. 이제 어떤 일이 생겨도 놀라지 않게 되겠죠."

"그게 좋아. 아무튼 자네는 지나치게 선량하니까 말일세."

유리 씨는 그대로 눈을 감고 생각에 잠겼다.

이 사람은 정말 신기한 인물이다. 마치 마술사가 모자에서 하나하나 물건들을 꺼내 관객을 놀라게 하듯 이 사람은 차례차례 내 눈 안의 먼지를 걷어내준다. 그 먼지가 완전히 사라지면 나는 거기서 무엇을 발견하게 될까.

우리는 다시 한번 최초의 참극이 발생한 그 N 호반으로 향하고 있다. 게다가 나는 무엇 때문에 그곳에 가야 하는지, 거기서 무엇이 우리를 기다리고 있는지 전혀 알지 못한다. 나는 유리 씨에게 모든 것을 내맡긴 허수아비 신세였다.

하지만…….

여기서는 일단 우리가 어떻게 이 여행을 생각하게 되었는지 그 경위를 간단히 설명해야 할 것 같다.

오쓰코쓰 산시로가 그토록 무참한 최후를 맞이한 뒤, 나는 마치 회오리바람 같은 격렬한 소용돌이 속으로 빨려 들어갔다. 매일같이 경찰에 불려 가서 집요하고 의심으로 가득 찬 심문에 답해야만 했다. 분명 경찰은 내게 깊은 의혹을 품고 있었던 것이다. 그것도 무리가 아니었다. 나는 이 사건의 관계자 중 마지막까지 살아남은 인물이고, 게다가 여러 사건이 항상 내 주변에서 일어났으니까.

이제 와서 생각해보면 전율하지 않을 수 없다. 이때 유리 씨의 수고가 없었다면, 나는 분명 범인으로 몰리고 말았을 것이다. 실제 과도한 자극과 흥분 때문에 운모판처럼 얇게 벗겨져버린 내 신경은 그 이상 심문과 추궁을 받았다면 버텨내지 못할 정도가 되어 있었다.

하지만 나는 구원받았다. 유리 씨의 노력으로 우선 내게 씌워진 의혹은 해소되었다. 그리고 경찰은 여전히 신주로의 수색에 혈안이 되어 있었다.

아, 저주받아 마땅한 신주로! 그놈은 대체 언제까지 이렇게 사람들을 놀라게 할 작정일까. 세상 사람들은 이 불가사의한 미소년이 정말로 존재하는지에 대해 전보다 깊은 의혹을 느끼는 듯하다. 그 소용돌이 속에서 단 한 사람, 나만이 막

무가내로 그의 실재를 주장해온 것인데, 최근에는 나조차도 그 신념이 살짝 흔들리는 걸 느끼고 있었다.

무엇보다 거기에는 유리 씨의 암시가 적잖이 영향을 미쳤다. 어느 날 유리 씨는 나를 붙잡고 이렇게 물었다.

"신주로, 신주로라고 자꾸만 말씀하시는데, 당신은 지금까지 몇 번이나 신주로를 보셨습니까?"

"글쎄요."

나는 고개를 갸웃거리며 호반의 버드나무 아래에서 처음 그를 본 순간부터 생각해보았다. 그 후 우도 씨가 살해되던 날 한 번, 스다마치의 교차점에서 한 번, 그리고 유미가 참살당한 날 밤에 한 번. 그 은막의 영향을 제외하고는 다 합쳐서 네 번 본 셈이다.

"그렇군요. 그럼 유미 씨가 살해당한 후 신주로를 본 적은 한 번도 없다…… 이렇게 되는 겁니까?"

그 말에 나는 깜짝 놀라 유리 씨를 보았다.

"그렇군요. 말씀하신 대로입니다. 하지만 그 일에 무슨 의미가 있습니까?"

"없다고는 말할 수 없지요. 필시 이 사건에 관한 일은 아무리 사소한 것이라도 각기 중요한 의미를 갖고 있으니까요. 예를 들자면, 우도 씨나 유미 씨의 경우에 당신은 신주로가 칼을 휘두르는 것을 실제로 목격하셨죠. 그래서 자신 있게 범인은 신주로라고 단언하실 수 있어요. 하지만 오쓰코쓰 씨의 경우만은 다릅니다. 당신은 신주로의 모습을 보지 못했어요. 그런데 어째서 신주로가 범인이라고 단언하실 수 있죠?"

"목소리를 들었으니까요. 전화로 그놈이 신주로라고 이름을 대는 것을 들었으니까요."

"하지만 당신은 신주로의 목소리를 알고 있습니까? 전화에서 들린 목소리가 정말 신주로라고 단언하실 수 있습니까?"

"글쎄요."

"불가능하죠. 그런데 왜 오쓰코쓰 산시로를 죽인 인물이 신주로라고 생각하시는 겁니까?"

어째서일까? 그렇다, 그런 식의 분석적인 질문을 받으면 나는 당시 내 마음을 다시 생각해보아야 한다. 그리고 거기서 다음과 같은 결론이 나온다.

"그건 이런 이유인 것 같습니다. 오쓰코쓰가 살해당하기 얼마 전에 그를 만났는데 그때 오쓰코쓰는 신주로를 무척 두려워하고 있었어요. 이따금 신주로의 모습을 본다고 조만간 그놈에게 살해당할지도 모른다고 했죠. 이 이야기는 전에도 말씀드린 것 같은데요, 그 말이 머릿속에 남아서 전화를 받았을 때 바로 세뇌가 되었다는 느낌이 강하게 듭니다."

- 238 -

"말씀대로입니다. 제가 묻고 싶었던 것도 그런 심리적인 과정입니다. 당신은 오쓰코쓰 씨에게 강한 암시를 받았죠. 먼저 충고해두고 싶은데요, 이런 사건에서는 자신의 눈으로 본 것 외에는 절대 믿어서는 안 됩니다."

"네? 그게 무슨 뜻입니까? 오쓰코쓰의 말을 곧이곧대로 믿어서는 안 되었다는 겁니까?"

"음, 그렇다고 할 수 있겠죠."

"뭐라고요! 그럼 오쓰코쓰가 거짓말을 했다는 겁니까? 신주로를 봤다는 그의 말이 전부 거짓이라는 겁니까?"

"그런 결론이 될지도 모르죠. 하지만 그걸 정하기 전에 또하나, 다른 측면에서 생각해보지 않겠습니까."

유리 씨는 뭔가 정리된 의견을 내놓기 전에 그러하듯 양 손을 맞잡으면서 한동안 눈을 감고 생각하다가 갑자기 눈을 뜨더니,

"이번 사건에선 세 번의 살인이 서로 얽혀 일어났는데, 이상하게도 오쓰코쓰 씨의 경우를 제외한 나머지 두 사건에서는 당신이 목격자 혹은 증인의 입장이었죠. 그게 이상합니다. 당신은 두 번이나 신주로가 흉기를 휘두르는 장면을 목격했고, 사건이 일어나기 전에는 항상 곧 일어날 일을 암시하는 듯한 신주로의 출현에 놀랐어요. 이것은 어떻게 생각해도 우연으로만 볼 수 없죠. N 호반의 일은 그렇다 쳐도 스

다마치에서 신주로를 봤다는 건 얘기가 지나치게 술술 풀려요. 당신도 그렇게 생각하지 않습니까?"

"맞습니다. 사실 그건 이상했어요. 하지만 그렇다면 두 번째 사건은 더 이상해요. 신주로는 왜 고르고 골라서 그날 밤 온 건지, 왜 제가 딱 한 번 그 집에 묵었던 날 밤에 그런 짓을 저지른 건지, 그걸 생각하면 정말 묘한 기분이 듭니다."

"바로 그겁니다!" 유리 씨는 탁 하고 세게 무릎을 쳤다.

"제가 지적하고 싶은 것이 바로 그 점입니다. 전에도 말했듯 이 사건에선 아무리 사소하게 보이는 일이라도 각기 중요한 의미가 있으니 신주로가 왜 하필 그날 밤을 범행 시점으로 골랐는지, 뭔가 그럴 필요가 있는 게 틀림없습니다만, 아무튼 그럴 필요란 뭘까요. 즉 이 사건은 항상 목격자를 필요로 했어요. 범행은 언제든 증인 앞에서 행해져야 했다는 얘기입니다."

"아, 그렇게 말씀하시니 저도 한 번 막연히 그런 느낌을 받은 적이 있습니다. 하지만⋯⋯."

"하지만 무엇 때문에 증인이 필요하냐고 말씀하시는 거죠? 그건 말이죠, 범인은 신주로라고 생각하게 하기 위해섭니다. 그 말은 역으로 범인은 신주로가 아니라는 뜻이 됩니다."

"뭐라고요?"

나는 무심코 숨을 헐떡였다.

"그럼 당신은 저의 증인으로서의 자격을 처음부터 부정하시는 겁니까?"

"아뇨, 아뇨, 그렇게 앞서가시면 안 됩니다. 당신이 목격한 것은 항상 흔들림 없는 사실이었겠죠. 하지만요, 아무리 현명한 증인이라도 미리 그런 경우를 가정에 넣고 짠 연극에는 당할 수 없어요. 게다가 첫 번째 경우든 두 번째 경우든 당신은 사실 직접 범행 장면을 본 게 아니었죠. 첫 번째 사건 때는 호수가, 그리고 두 번째 사건 때는 문이 당신과 범행 현장 사이를 가로막고 있었어요. 거기에는 어떤 계략이든 실행하기로 마음먹으면 할 수 있는 틈이 있었다는 것을 간과하시면 안 됩니다. 즉 제가 솔직히 말씀드리고 싶은 것은, 신주로는 범인이 아니라 허수아비에 지나지 않는다는 겁니다. 아니, 아니, 어쩌면 신주로 같은 인간은 실은 이 사건과 전혀 관계없을지도 모릅니다."

나는 유리 씨의 말이 너무 감질났다. 조금만 더 가면 내가 사건의 진상에 도달할 것은 명백하다. 유리 씨의 말을 다시 한번 뒤집어보면 전부가 명확해질 일일지도 모른다. 그 조금.……아아, 그 조금에 닿지 못하는 답답함이라니.

"그럼 우선 오쓰코쓰 씨의 경우를 생각해봅시다."

유리 씨는 태연히 말을 계속했다.

"앞선 두 가지 사건에서 신주로가 항상 당신 앞에 얼굴을 내민 것에 중대한 의미가 있었다고 하면, 마지막 사건에서 당신이 한 번도 신주로를 보지 못한 것에도 어떤 의미가 있다고 봐야 합니다. 왜일까요. 왜 마지막 사건에서만 신주로는 당신 앞에 나타나지 않았던 걸까요. 신주로는 당신을 두려워했던 걸까요? 아뇨, 아뇨. 백주대낮의 그 대담한 수법이나 전화 건만 봐도 그런 생각은 들지 않죠. 그럼에도 불구하고 신주로는 당신 앞에 모습을 드러낼 수 없었어요. 직접 모습을 보이는 대신, 오쓰코쓰 씨로 하여금 말하게 하는 굉장히 간접적인 방법을 썼죠. 여기에도 뭔가 중대한 의미가 있을 게 틀림없습니다. 그리고 또 하나, 오쓰코쓰 씨의 시체와 다른 두 구의 시체의 차이에도 유념해야 합니다. 전에는 둘 다 제대로 목을 잘랐는데 오쓰코쓰 씨의 경우만은 목을 자르는 대신에 얼굴을 엉망진창으로 만드는 데 그쳤죠. 이 마지막 사건에서 신주로가 심히 신통력을 잃었던 걸로 보이는 게 아무래도 이상하지 않습니까? 어째서 신주로는 그렇게 갑자기 신통력을 잃었는가, 왜 직접 당신 앞에 모습을 드러낼 수 없었던가, 왜 오쓰코쓰 씨의 목을 자를 수 없었나. 즉, 이 수수께끼가 풀리면 사건은 해결되는 겁니다."

"모르겠습니다. 저는 모르겠어요. 당신은 대체 무슨 생각을 하고 계신 겁니까?"

"정말 모르시겠습니까?"

유리 씨는 한동안 딱하다는 듯 가만히 내 눈을 바라보다가, 이내 후 하고 가벼운 한숨을 토했다.

"솔직히 말하면 저도 전부 털어놓고 당신 시야의 먼지를 걷어드리고 싶습니다. 하지만 지금 저에겐 그럴 자유가 허락되지 않습니다. 조금 남았어요. 조금만 더 가면 방금 제가 말한 것이 전부 아주 큰 의미를 갖고 있다는 걸 아시게 될 겁니다. 당장은 변죽울림 같은 소리를 계속해서 당신을 혼란하게 하는 건 그만두죠."

유리 씨는 그렇게 말하고 암담한 듯 말을 뚝 끊었지만 갑자기 생각났는지,

"그렇지 참. 좀 더 사실적으로 당신을 놀라게 할 얘기가 있어요. 당신은 오쓰코쓰 씨가 유미 씨에게 받은 여러 재산을 현금으로 바꾼 걸 알고 계십니까?"

"그, 그게 사실입니까?"

나는 처음 듣는 일이라 무심코 호흡을 가쁘게 하며 되물었다.

"그렇습니다. 좀 이상하지 않습니까. 오쓰코쓰 씨는 최근 만주 쪽으로 갈 거라고 당신에게 얘기했다던데, 재산을 가급적 가지고 다니기 편리한 동산으로 바꾸려고 했다는 건 이상하지 않을지도 모릅니다. 하지만 지금은 봉건 시대가

아닙니다. 은행 제도란 게 존재하는 이상, 그런 위험한 짓을 하는 것이 얼마나 바보 같은 행동인지는 당신도 잘 아실 겁니다."

"오쓰코쓰는 신주로를 두려워하고 있었습니다. 그래서 아무에게도 행선지를 알리지 않았던 거 아니었나요."

"그렇습니다. 말씀대로 신주로를 겁내고 있었는지 어떤지는 별개로 하고 오쓰코쓰 씨가 남몰래 도주하려 했던 건 확실합니다. 만주 얘기 같은 건 거짓말이었겠죠. 아무튼 그 현금 말인데요, 분명 수만 엔은 될 텐데 그걸 자루 하나에 넣어서 가지고 있었어요. 그런데 오쓰코쓰 씨가 사망한 후로 그 자루가 보이지 않습니다. 그러니까 신주로가 가지고 간 것 같다는 거죠."

"뭐라고요? 처음 듣는 얘깁니다. 신주로가 그런 큰돈을 뺏어 갔단 말인가요?"

"그렇습니다. 그런데 여기서 생각해야 할 것은 오쓰코쓰 씨가 현금으로 바꾸지만 않았다면 제아무리 신주로라도 유미 씨의 재산을 빼앗을 수는 없었단 거겠죠. 부동산이나 증권을 양도하려면 꽤 번거로운 절차를 밟아야 하니까요. 그런데 오쓰코쓰 씨가 현금으로 바꿔둔 덕에 신주로 놈, 굉장히 수월했던 거죠. 마치 오쓰코쓰 씨의 행동은 신주로의 이익을 위한 것처럼 보여요. 정말 이상하지 않습니까?"

"하지만, 하지만, 당신은 설마 오쓰코쓰가 신주로와 공모해서……."

"제가 말하고 싶은 건 그겁니다. 오쓰코쓰 씨가 신주로와 공모하고 있었단 건 거의 의심할 여지가 없습니다."

"진심으로 하시는 얘깁니까?"

"진심이고말고요. 누가 이런 농담을 할까요. 오쓰코쓰 씨가 신주로를 위해 한 일은 이것만이 아닙니다. 또 한 가지 당신을 놀라게 할 것이 있습니다. 두 번째 참극이 일어났던 그 기치조지 집의 서양식 방 말인데요. 그 서양식 방의 창에 굉장히 엄중하게 쇠창살이 채워져 있었죠. 기억하십니까?"

"기억하고말고요. 그 쇠창살 때문에 제가 유미를 구할 수 없었던 겁니다."

"그렇습니다. 그 쇠창살 말인데요, 그건 오쓰코쓰 씨가 그 집을 빌리기 전엔 없었던 거라고 합니다. 오쓰코쓰 씨가 그 집에 살게 된 후로 위험하다며 일부러 설치했다고 해요. 그걸 어떻게 보시나요?"

나는 갑자기 눈앞이 캄캄해지는 기분이 들었다. 갑자기 땅이 갈라져서 어두컴컴한 지하로 끌려 들어가는 듯한 기분이 들었다. 아, 불쌍한 유미! 그렇다, 오쓰코쓰라면 그 정도 짓은 하고도 남을 인간이다. 그 남자에게는 피도 눈물도 없다. 항상 그 자신이 호언장담하던 바가 아닌가. 유미와 결혼

하고, 유미를 죽이고 그 재산을 빼앗는다. ……나는 너무나 큰 두려움에 문득 뭐라 표현할 길 없는 암담한 우울감 속으로 빠져버렸다.

하지만 그때의 놀라움도 혼란도, 내가 어제 발견한 사실에 비하면 아직 가벼운 것이었다고 할 수 있다.

위의 대화가 끝나고 얼마 후 나는 유리 씨에게 이끌려 다시 N 호반으로 가는 여행을 결행하게 되었다. 나는 상황을 제대로 파악하지 못하고 있었지만 유리 씨의 말과 행동에서 슬슬 비극의 마지막이 가까워지고 있다는 것만은 막연히 감지할 수 있었다. 그리고 거기에는 아마 내가 받아들이지 않으면 안 될 역할이 있으리라는 것도…….

어제 우리는 K 여관에서 하룻밤을 묵었다. 그곳은 언젠가 오쓰코쓰 산시로와 내가 처음 이 무서운 사건에 휘말리게 된 여행에서 며칠 묵었던 여관이다.

그런데 놀랍게도 여관에는 미리 우리를 기다리고 있던 한 남자가 있었다. 이야기가 돌아가는 걸 보고 나는 금세 그 사람이 사전에 유리 씨의 전보를 받고 여기 불려 나왔다는 것을 알아차렸다. 이나에서 왔다는 그는, 언뜻 보기에도 정직해 보이는 중년의 농부였다. 이쯤에서 나를 그토록 놀라게 만든 그와 유리 씨의 대화를 써보겠다.

"후리하타 사부로라는 남자에 대해 물어보고 싶다고 하

셨다던데요.”

　남자의 말을 듣고 나는 깜짝 놀랐다. 여러분도 이미 알고 있듯이 후리하타 사부로…… 그 남자야말로 신주로의 아버지라는 인물이니까.

　“아실지도 모르겠지만 그 남자는 이미 오래전에 마쓰모토의 형무소에서 미쳐 죽었으니 죽은 남자에 대해서 이러쿵저러쿵하는 것은 그만두죠. 여기서는 물어보신 그 남자의 유족에 대해 아주 간단하게 말씀드리겠습니다. 후리하타 가문은 가미이나에서도 유명한 오래된 가문으로 그 남자가 이따금 가출하게 되기 전까지는 훌륭한 아내도 있었습니다. 부인의 이름은 미쓰코이고, 부부 사이에는 이나코라는 딸까지 있었지요. 아마 이 이나코에 대해 묻고 싶으실 텐데, 실은 최근 전혀 소식이 없어서 저도 잘 모릅니다. 살아 있다면 이럭저럭 올해 스물셋이 될 겁니다. 예예. 옛날에는 아주 친하게 지냈지요, 어쨌든 이웃집이었으니까요. 굉장히 사랑스러운 아가씨였습니다. 그 집안사람들의 특징인데, 뭐랄까 일반적이진 않고 백치라고 표현해야 할까요. 어딘가 정신 나간 느낌의, 기분 나쁜 구석이 있는 아가씨였습니다. 벙어리는 아니지만 말수도 없고 묘하게 거친 데가 있는 아가씨로…… 5, 6년 전에 어머니와 같이 마을을 떠났는데요, 다른 사람에게 물어보니 스와에서 실을 잣는 여공으로 일하고 있다

더군요. 하지만 그 일도 금방 그만뒀는지 그 뒤로는 소식을 전혀 듣지 못했습니다. 살아 있는지 죽었는지도요."

유리 씨는 거기까지 듣더니 문득 생각난 듯 그 남자의 말을 가로막고 사진을 한 장 꺼냈다. 그것은 틀림없이 춘홍루 창고 안에 붙였던 신주로 사진의 사본이었다.

"그 이나코란 아가씨는 이 사진의 인물과 닮지 않았나?"

"글쎄요."

남자는 고개를 갸웃거렸다.

"이미 꽤 시간이 지나서요. 잘은 모르겠지만 그렇게 말씀하시니 어딘가 닮은 것 같기도 합니다. 하지만 이나코는 이런 식으로 화려하게 치장한 적은 없어서……. 게다가 이 사람은 남자 같은데요……."

"그래, 하지만 닮긴 닮은 거지?"

"예, 뭐, 그렇게 말씀하시니 점점 닮은 듯한 기분이 듭니다. 역시 눈매, 입매…… 앗, 분명 이나코 같은 부분도 있네요."

"고맙네. 그거면 충분해. 아, 또 하나, 그 이나코란 아가씨의 몸에 뭔가 눈에 띄는 특징은 없나? 이를테면 반점이나 사마귀 같은……."

"아, 그러고 보니 생각나네요. 이나코의 왼쪽 팔에 묘한 반점이 있었어요."

"반점……? 그건 어떤 모양을 하고 있었나?"

"그게 꼭 홋카이도 같은 모양이었습니다. 예예. 확실해요. 이나코는 홋카이도를 몸에 새기고 있다고 저희가 종종 놀리기도 했으니까요……."

이나에서 온 남자는 그것이 얼마나 무서운 의미를 지니고 있는지도 모른 채 그렇게 거듭거듭 유리 씨 앞에서 단언했던 것이다.

나는 갑자기 눈앞이 캄캄해지고 온몸에 뭐라 형용할 수 없는 오한을 느꼈다.

제16장

동굴에서

해는 차츰 높이 떠올랐고 도로 가장자리의 신록은 한층 선명해졌다. 자동차는 얼마 지나지 않아 낯익은 절벽 위를 지나갔고 점점 N 마을이 가까워지고 있었다. 이때 차창으로 본 N 호반 일대의 풍경만큼 내 가슴을 아프게 한 것은 없었을 것이다.

이 N 호수를 마지막으로 본 후 이미 1년 가까이 시간이 흘렀는데, 지금 이렇게 차창 너머로 바라보면서 나는 홀연히 지나간 과거의 사건을 어제 일처럼 눈꺼풀 위에 선명하게 그릴 수 있었다.

그 불길한 춘홍루 건물은 훼손되지 않고 지금도 불길한 그림자를 호수 위에 드리우고 있다. 우리가 처음 유미의 모습을 발견했던 전망대도 여전히 그대로 남아 있다. 우리가 지루함을 떨치려고 자주 보트를 띄우던 호반에는 그때와 똑같은 물결이 밀려왔다가 물러가고, 우리가 재 내리던 날에 신주로를 본 언덕도, 무서운 기억을 간직한 신기루의 심연도, 그리고 유미와 슬픈 작별 인사를 나누었던 그 들길의 풀숲도. ……아, 여러분은 잠시 감상에 젖은 시인처럼 속절없는 생각으로 가슴을 부여잡았다고 하여 나를 결코 비웃을 수는 없을 것이다.

우리가 탄 차가 N 마을의 종점에 다다르자 낯익은 시가 사법주임이 마중을 나와 있었다. 그가 나올 거라고 전혀 예상 못 한 것은 아니었으나 막상 그의 모습을 보자 현실 세계로 확 돌아온 나는 지금처럼 내 몸에 임박한 대단원의 섬뜩한 예감을 느끼고 이유도 없이 전율했다.

"여, 오랜만입니다. 어떻습니까, 그 뒤에는…….."

헤어졌을 때의 우울한 모습과 달리 오늘의 시가 씨는 다른 사람처럼 활기차 보였다. 그리고 그 사실이 겁 많은 내 신경에 메스를 푹 찔러 넣은 것 같은 통증을 가져다주었다.

"아." 나는 경직된 미소를 지으면서 말했다. "별일 없었습니다. 전부 당신이 아시는 그대로입니다."

"그렇군요. 당신의 이름은 여러 번 신문에서 봤습니다. 도쿄 경찰이 당신에 대해 말도 안 되는 오해를 하고 있다는 걸 알고는 저도 음지에서 꽤 애를 썼어요."

"고맙습니다. 덕분에…….."

내가 가볍게 고개를 숙이자 시가 씨는 기분 탓인지 딱하다는 듯 두세 번 힘주어 눈을 깜박이는 것 같았지만, 이내 유리 씨에게로 가더니 나지막한 목소리로 뭔가 속닥속닥 이야기를 주고받기 시작했다.

나는 일부러 거리를 두고 가급적 그 대화를 듣지 않으려고 노력했지만 그럼에도 어쩌다 보니 대충 이런 의미의 말이 귀에 들어왔다.

"그런가. 그럼 아직 있는 거군. 괜찮은가? 우리가 그런 준비를 하고 있는 걸 그쪽에서 감지한 건 아니겠지?"

유리 씨의 말이었다.

"괜찮습니다. 전혀 그런 식으로는 보이지 않았어요. 올해는 여느 때보다 일찍 와서 저도 좀 이상하다고는 생각했죠. 그런데 당신의 편지가 온 겁니다. 그래서 몰래 주의해서 봤는데, 역시 말씀하신 대로였습니다. 아, 정말 놀랐어요. 저도 제법 오래 경찰 생활을 해왔는데 이런 건 처음입니다. 정말이지 놀라운 사건이에요."

시가 씨의 목소리가 흥분으로 적잖이 떨리고 있는 것을 나는 알아차렸다. 물론 나로서는 그 대화의 의미를 알 도리가 없었다. 하지만 일종의 막연한 의구심…… 이거라고 알아차리긴 불가능했지만 그래도 살을 에는 통렬한 두려움이 내 마음을 위협하고 있었다. 이후 대화는 한동안 들리지 않다가 이윽고 다시 시가 씨의 목소리가 들렸다.

"그래서요……? 바로 결행하실 겁니까?"

"성공하든 실패하든 해볼까 하는데 어떤가? 빠르면 빠를 수록 좋을 듯싶은데. 우리가 여기 온 게 알려지면 그야말로 만사 끝이니까 말이야. 게다가 시나 군을 너무 오래 초조하게 만드는 것도 딱하고 말이지."

"그런가요. 그럼 생각대로 해보죠."

시가 씨의 목소리가 흥분으로 떨리는 것을 나도 알 수 있었다. 우리는 그때 이미 버스 종점을 떠나 호수 쪽으로 걸어가고 있었다. 드문드문 자리한 가옥 너머로 호수 물이 방울방울 빛나고 있었고, 빙어라도 잡는 모양인지 배가 두세 척 떠 있는 것이 보인다. 이 조용하고 께느른한 풍경 속에 그 흉악한 사건의 해답이 숨겨져 있는 건가 생각하니 뭐라 말할 수 없는 공포감이 밀려와 한동안 전신의 떨림이 가시지 않았을 정도였다.

"시나 군에게도 우리가 지금부터 실행하려는 일의 목적을 이야기해둬야 할 것 같군."

유리 씨가 내 옆에 와서 말했다.

"우리는 이제부터 그 이상한 노파의 오두막을 기습하려고 하네. 그, 신주로의 어머니일지도 모를 노파의 오두막 말일세."

"허허, 그럼 그 노파에게 뭔가 수상쩍은 점이라도 있는 겁

니까? 그 노파라면 작년에도 시가 씨가 충분히 취조했는데
요."

"그래. 한번 조사한 바 있다는 것에 굉장히 큰 의미가 있
어. 그 점에 관해 우리는 자네의 관찰에 많이 기댔어. 언젠가
자네가 이런 말을 한 적이 있지. 자네들이 처음 이곳에 오면
서 버스 안에서 만난 노파……. 그 사람은 신주로도 아니고
매년 이곳에 나타난 진짜 노파도 아니다…… 라고. 자네의
훌륭한 관찰 속에 이 사건의 모든 열쇠가 숨겨져 있었어. 자
네들이 버스에서 만난 노파는 대체 어디로 사라진 걸까, 아
니, 아니, 그보다 그 사람은 대체 어떤 사람일까. ……즉 우리
는 지금 그 노파의 정체를 확인하러 가려는 거라네."

"그럼 그놈의 거처를 알아냈다는 말씀입니까?"

"그래, 파악했지. 매년 진짜 노파가 찾는 오두막에 최근 다
시 홀연히 나타났다네."

"뭐라고요!"

나는 무심코 뒤로 비틀거렸다.

"그 노파를 보셨다는 건 아니죠? 그런데 어떻게 그 사람이
버스에 탔던 노파란 걸 알 수 있습니까? 그 사람은 진짜 노파
일 수도 있잖아요."

"아니, 그게, 진짜 노파일 수 없는 증거를 확실히 갖고 있
다네. 나는 자네의 얘기를 들은 순간부터 언젠가 버스에 탄

노파가 여기 다시 나타날 거라고 확신하고 있었어. 진짜 노파는 작년에 시가 씨에게 엄중히 조사를 받았단 말이지. 이제 그 노파를 의심하는 사람은 아무도 없어. 즉 그 노파는 일종의 면역체가 된 거지. 그러니 버스 안의 노파에게 있어서 —그가 누구든—또 그 노파를 사칭한다는 건 가장 안전한 은신처를 얻게 되는 거니까."

"하지만 거기엔 동시에 굉장한 위험이 동반된다는 걸 각오하지 않으면 안 됩니다."

나는 왠지 유리 씨의 말을 믿고 싶지 않았다. 그래서 날카롭게 반론했다.

"진짜 노파가 언제 어느 때 나타날지 모르지 않습니까."

유리 씨는 입가에 미소를 띠었다.

"하지만 그럴 염려가 없다는 것을 그놈은 잘 알고 있다네. 왜냐하면 진짜 노파는 이제 이 세상에 없으니까."

"뭐라고요? 진짜 노파…… 작년에 시가 씨에게 체포되었던 그 여자가 이제 살아 있지 않다는 겁니까?"

"그래. 아무도 모르게 살해당했다네. 나는 그 점도 예측하고 있었지. 그래서 작년 말쯤 이 근방에서 살해당한 신원 미상의 노파의 시체는 없을까 하고 각 경찰에 조회해봤는데 연말에 야마나시현과 나가노현 경계에서 그런 시체를 발견했다는 거야. 발견 당시 시체는 이미 부패해서 인상 같은 건 전혀 알 수 없었다고 했는데, 그 보고를 받고 나는 바로 시가 군과 같이 가서 그 신원 미상 변사체의 유류품을 보여달라고 했지. 그리고 시가 군은 그것이 분명 그 노파의 것이라고 확인해주었네."

더 이상 대꾸할 말이 없었다. 유리 씨는 내가 생각했던 것보다 훨씬 중요한 카드를 손에 쥐고 있었던 것이다. 범인은 완전히 그물망에 걸려들고 말았다. 그 그물을 잡아당겨 포획물이 수중에 들어왔을 때……. 아, 나는 갑자기 눈앞이 캄캄해지는 기분이 들었다.

우리는 이윽고 한적한 마을을 우회해서 목적지인 호반에 다가갔다. 그곳은 춘흥루와는 꽤 떨어진 호수 반대쪽으로, 튀어나온 작은 곳에 있는 버드나무 아래에 우리가 찾는 노파의 오두막이 아담하게 자리하고 있었다.

그것을 보자 목 안쪽에 커다란 덩어리가 생긴 듯한 기분이 들었다. 오두막까지 반 정 정도 남았을 때였다. 시가 씨가 문득 우리를 불러 세웠다.

"잠깐 기다려주세요. 한발 앞서 정찰하고 오죠."

그는 우리를 작은 그늘에서 기다리게 하고 혼자 조심스레 오두막으로 다가갔다. 하지만 잠시 오두막 안을 살피더니 바로 우리를 향해 손짓했다.

"때마침 집을 비운 것 같습니다. 어쩔까요? 여기서 기다릴까요?"

"흠, 오히려 잘됐어. 일단 안에 들어가서 놈이 돌아올 때까지 그 물건을 찾아보자고."

우리는 유리 씨를 앞장세우고 안으로 들어갔다. 딱 여덟 장 다다미방 크기의 볼품없는 판잣집이었지만 안은 생각보다 정돈되어 있었다. 봉당보다 살짝 솟아 있는 마루 위에 냄비나 솥 등의 취사도구도 대충 놓여 있었고 조악하지만 침구류도 있었다. 창 위의 주둥이 없는 유리병에 흰 국화꽃 한 송이가 꽂혀 있는 게 강하게 내 시선을 잡아끌었다.

유리 씨는 그 상태를 보고 만족한 듯 가볍게 휘파람을 불었다.

"밖에서 보이지는 않겠지. 그놈이 보면 큰일이야."

"괜찮습니다. 거기 문을 닫아두면 몰라요. 찾아볼까요."

"좋아, 찾아보자고. 시나 군, 자네는 거기 창 쪽에 서 있다가 그놈이 돌아오면 바로 알려주게. 알겠나, 잊으면 안 돼."

무엇을 찾는다는 것일까. 유리 씨와 시가 씨는 깊은 방 안을 바스락거리며 돌아다니기 시작했다. 나는 지시대로 옆쪽에 붙어 있는 창가에 서서 열심히 밖을 살폈다. 그곳은 앞서도 말했듯 곶처럼 튀어나온 끄트머리라 창에서 보면 짙고 푸른 물 너머로 파랗게 나뭇가지를 드리운 버드나무가 보였고 그 버드나무 아래 하얀 길과 밀려오는 물이 맞물려 있는 것이 보였다. 밖에서 돌아오려면 싫어도 그 길을 지나지 않으면 안 되는 것이다.

유리 씨와 시가 사법주임은 한동안 침구를 뒤지거나 쪼개진 다다미를 들어 올리며 뭔가를 찾고 있었는데 갑자기 유리 씨가,

"있다, 있어!"

그렇게 외쳐서 문득 돌아보니 반쯤 진흙투성이가 된 유리 씨가 마룻바닥 밑에서 흙에 파묻힌 가방을 끄집어내는 중이었다.

"의외로 쉬운 곳에 숨겼군. 이걸 보니 놈은 이 은신처에 대해 완전히 안심하고 있는 것 같아."

"가방 열쇠는 있습니까?"

"흠, 여기 매달려 있군. 하나 열어볼까."

딸깍!

소리를 내며 가방이 열렸다.

그 순간 나는 깜짝 놀라 숨을 삼켰다. 아, 거기에는 흠뻑 습기를 머금은 녹색 지폐가 가득 쌓여 있었던 것이다. 신주로에게 빼앗겼다고 믿었던, 오쓰코쓰의…… 아니, 유미의 재산이었다!

예상했다고는 하나, 그 대단한 유리 씨 역시 흥분한 듯 양손을 부들부들 떨고 이마에는 흠뻑 땀이 배어 있는 것이 보

였다.

"이제 의심할 여지가 없군요."

"흠, 틀림없어."

유리 씨가 신음하듯 중얼거리더니 멍하니 거기 서 있는 나를 보고는 놀란 듯 말했다.

"시나 군, 뭐 하고 있어. 밖을 보고 있어야⋯⋯."

그 말을 듣고 당황해서 밖을 내다본 순간, 나는 무심코 작게 소리를 질렀다.

"왔다!"

"왔다?"

재빨리 가방을 닫은 유리 씨는 놀란 듯 시가 씨와 함께 바닥에 엎드렸다. 아, 그때 내 눈앞에서 열 간도 떨어지지 않은 곳에 낯익은 노파가 나타났다. 그 너덜거리는 기모노에 불을 붙이면 그대로 활활 타버릴 것 같은 텁수룩한 머리, 벌겋게 그을린 얼굴, 날카로운 눈매⋯⋯. 그것은 분명 신주로도 아니고 언젠가 마을 사람들에게 잡혀 왔던 진짜 노파도 아니었다. 그날 버스에서 우리에게 무시무시한 예언을 했던 그 의문의 노파였다.

노파는 양손 가득 흰 꽃을 들고 비틀거리며 호수를 따라 걸어온다. 푸른 버드나무 가지를 더듬으면서 한 발 한 발 이 오두막으로 다가온다. 등 뒤에서는 유리 씨와 시가 사법주임의 거친 숨소리가 들린다.

노파는 금세 곳의 끄트머리까지 다다랐다. 앞으로 세 간 정도……. 그다음 순간 그녀의 손은 오두막 입구에 닿을 것이다.

하지만…….

그 순간 나는 그녀가 누구인지 깨달았다. 아, 이제껏 전혀 생각지 못한 것은 아니었다. 나도 완전히 바보는 아니다. 유리 씨가 보여준 수많은 증거가 무엇을 암시하는지는 막연하게나마 알아차리고 있었다. 하지만 믿고 싶지 않았다. 설마 그런 일이…… 그런 무서운 일이…… 라며 지워버리고 부정해온 그 무서운 현실의 정체를 지금 나는 바로 눈앞에서 목격했던 것이다.

그 순간 나는 미쳐버렸던 게 분명하다.

"도망가!"

나는 느닷없이 창밖으로 고개를 내밀고 외쳤다.

"도망쳐요! 경찰이 기다리고 있어!"

그때 그녀의 얼굴에 떠오른 표정을 나는 평생 잊을 수 없을 것이다. 한순간 그녀는 호수 가장자리에 우뚝 멈춰 섰다. 가슴에 안고 있던 꽃이 팔랑팔랑 발밑에 떨어지고 동그랗게 뜬 눈이 내 눈과 딱 마주쳤다.

"시나 씨!"

그녀는 외쳤다. 그리고 휙 몸을 돌리더니 단숨에 왔던 길로 도망쳤다.

"시나 군! 자네는……."

나는 불쾌할 정도로 세게 어깨를 얻어맞았다. 그리고 유리 씨와 시가 사법주임이 오두막을 뛰쳐나가 쏜살같이 그녀를 뒤쫓는 걸 보았다.

한동안 나는 멍하니 그곳에 서 있었지만 이윽고 비틀거리듯 뒤따라서 오두막을 달려 나갔다. 그리고 어쩔 작정인지 스스로도 알지 못한 채로 조금 전 그녀가 버리고 간 꽃 중에서 두세 송이를 주워 들었다.

눈을 들어보니 지금 그녀는 보트를 호수에 띄우고 나가려는 참이었다. 그리고 그 뒤에서 유리 씨와 시가 사법주임이 마찬가지로 보트를 내리려 하고 있었다.

해가 하늘에서 빙글빙글 돌고, 그녀가 쥔 노 끝에서 찰랑이던 물이 엿처럼 끈적하게 빛나고 있다. 나는 금세 그녀가 어디로 향하는지 알아차리고 서둘러 보트 타는 곳으로 달려가서 유리 씨 뒤에서 다른 보트에 올라탔다.

고요한 수면에 파문을 일으키면서 세 척의 보트가 헐떡이듯 나아간다. 선두의 보트는 차츰 그 무서운 신기루의 심연으로 다가간다. 하지만 남자와 여자의 힘에는 차이가 있었다. 금세 선두의 보트와 유리 씨 일행이 탄 보트 간격이 좁혀

지자 나는 뭐라 말할 수 없을 정도의 두려움을 느꼈다.

나는 그때 거의 이성을 잃고 있었던 것이다. 나는 마구 노를 저어 두 번째 보트로 돌진해 갔다. 파도의 물보라가 비처럼 덮치고 호수를 둘러싼 산들이 우르르 한꺼번에 내 쪽으로 쓰러지는 것을 느꼈다.

"시나 군! 무슨 짓이야, 위험해!"

유리 씨는 내 마음을 알아차린 것이 틀림없다. 갑자기 노를 놓더니 이쪽을 보고 절규했다. 하지만 그 순간, 쾅 하고 이쪽 보트의 뱃머리가 상대의 옆구리에 부딪쳤다. 흔들리는 보트 속에서 충격을 받은 유리 씨와 시가 사법주임이 공중제비하듯 호수로 떨어졌다.

나중에 유리 씨는 그때 내 모습이 악마보다도 무서웠다고 했다.

"우리가 수영할 줄 알았으니 천만다행이지, 그렇지 않았다면 자네는 살인죄에 부쳐졌을 걸세."

유리 씨는 차갑게 말했다.

아무튼 눈을 들어보니 선두의 보트는 때마침 신기루의 심연 속으로 들어가려던 참이었다. 보트의 모습은 동굴 속으로 빨려 들어가버렸다. 몇 초 뒤에는 나도 같은 동굴 속에 있었다.

"유미 씨! 유미 씨!"

나는 처음으로 그 어둠 속에서 그녀의 이름을 불렀다. 답은 없고 조금 앞에서 끼익, 끼익, 세차게 물을 휘젓는 노 소리가 들릴 뿐이었다. 동굴 안은 살을 에는 듯이 추웠다.

"유미 씨! 유미 씨!"

나는 다시 소리쳤다.

"할 말이 있어요. 한마디라도 좋으니까 묻고 싶은 게 있어요."

하지만 답은 여전히 없었다.

"유미 씨! 유미 씨!"

나는 거듭 외쳤다. 그런데 그 순간, 앞서가던 보트가 우지끈 흙 속으로 파묻히는 소리가 났다. 예의 섬에 올라간 것이다. 거기에 힘을 얻은 나는 한층 힘주어 노를 저어 갔다.

"오면 안 돼요. 시나 씨, 오면 안 돼요."

갑자기 어둠 속에서 귀에 익은 유미의 목소리가 차가운 바람과 함께 불어왔다.

"전 나쁜 여자예요. 전 살인자예요. 제 손은 살인의 피로 빨갛게 물들어 있어요. 가까이 오시면 안 돼요."

"괜찮아요, 갈게요. 나도 갈게요."

"아, 위험해!"

갑자기 보트가 진흙에 박히면서 하마터면 물속으로 내동댕이쳐질 뻔한 나를 바로 부드러운 몸이 앞에서 끌어안았다.

"유미 씨, 유미 씨입니까?"

나는 떨리는 손으로 유미의 손을 더듬었다. 그 손은 얼음처럼 차가웠다. 우리는 한참 동안 손을 잡은 채 말없이 거기서 있었다. 유미의 몸이 호수에 새겨진 잔주름처럼 심하게 떨리는 것을 나도 금세 알 수 있었다.

"유미 씨, 딱 하나 묻고 싶은 게 있습니다."

유미는 침묵했다. 희미하게 몸이 떨리는 것을 나도 느꼈다.

"유미 씨, 대답하기 싫다면 하지 않으셔도 됩니다. 하지만 저는 묻지 않을 수 없어요. 저는 당신을 사랑하고 있어요. 아, 얼마나 깊이 당신을 사랑하는지 모릅니다. 지금도요. ……지금도 그 마음은 변함없어요. 그리고, 그리고, 저는 당신도 저를 사랑한다고 생각했어요. 하지만 그건 거짓이었던 겁니까? 저를 바보로 만들기 위해…… 저를 맹목적으로 만들기 위해 그저 사랑하는 척했던 건가요?"

유미는 바로 대답하지 않았다. 붙잡힌 손이 내 손안에서 격하게 떨리고 있을 따름이다. 하지만 그러는 사이 문득 내 손등에 떨어진 뜨거운 눈물이 눌어붙을 것처럼 온몸에 스며들었다. 유미는 목소리를 삼키고 울기 시작했다.

"시나 씨!"

한참 지나 그녀가 끊어질 듯 끊어질 듯 말을 꺼냈다.

"시나 씨, 언젠가 제가 어머니의 유품이라며 당신에게 드린 오래된 히나 인형*을 기억하시나요?"

"기억하고 있습니다."

써두는 것을 깜박했는데, 두 번째 사건이 일어나기 조금 전에 유미는 내 집을 찾아와 그 오래된 히나 인형을 두고 갔다.

"이번에 도쿄에 돌아가시거든 그 히나 인형 안쪽을 뒤져보세요. 거기에 제 마음을 써둔 고백서…… 그래요, 무서운 고백서가 들어 있으니까요."

나는 침묵했다. 유미도 침묵했다.

"시나 씨, 저는 아까 호수 위에서 독을 마셨어요. 얼마 안 가 죽을 거예요. 그러니 이제 어떤 부끄러운 말도 할 수 있어요. 시나 씨! 저는 당신을 사랑하고 있었어요. 아아아아, 얼마나 깊이 당신을 사랑하고 있었던지요."

나는 당장 유미를 끌어안으려고 했다. 하지만 유미는 그것을 거부했다.

"기다려요! 잠시 기다려주세요. 제 몸이 차갑게 식을 때까지, 제 심장이 식을 때까지 기다려주세요. 저는 끔찍한 살인귀입니다. 하지만 죽어버리면 제 죄도 조금은 씻을 수 있겠죠. 그때는 제 입술에 키스해주세요. ……제 몸을 저 보트에

---

* 雛人形, 일본에는 딸이 태어나면 부모가 여자아이의 수호신인 히나 인형을 선물하고 매년 3월 3일에 이 히나 인형으로 집 안을 장식해 딸의 건강과 행복을 비는 풍습이 있다.

신고 동굴 속으로 흘려보내주세요. 아무한테도 이런 부끄러운 몸을 보이고 싶지 않아요."

"알았어요. 유미 씨, 당신 말대로 할게요. 그리고 설령 화형에 처해진다 해도 난 그 노파가 누구인지 말하지 않을 거야. 당신의 시체조차 찾지 못한다면 그 사람들에겐 달리 아무 증거도 없어요."

그리고 나는 오늘날까지 그 약속을 지켜왔다.

"고마워요. 저, 기뻐요."

그것뿐, 우리는 입을 열지 않았다. 이내 유미의 몸에서는 서서히, 하지만 확실하게 약효가 나타나기 시작했다. 내 품에서 그녀의 몸이 격렬하게 경련하기 시작했다. 그러길 한참 지나 이윽고 그녀의 호흡은 차츰 꺼져갔다.

"안녕, 시나 씨."

중얼거리듯 말하며 유미는 고개를 푹 떨구었다.

그 차가워진 입술에 내 입술을 겹친 다음 약속대로 그녀의 시신을 보트에 실었다. 문득 아까 주워 온 꽃이 생각나 그녀의 가슴에 올려주고는 입고 있던 넝마 옷을 찢어 불을 붙이고 보트에 던져 넣어 함께 동굴 속으로 흘려보냈다.

넝마에 붙인 희미한 불은 한동안 소용돌이에 휩쓸려 그 언저리를 맴돌다가, 이윽고 빨려 들어가듯 동굴 속 깊은 폭포 쪽으로 흘러갔다.

제17장

고백

시나 고스케 님.

언젠가 이 무서운 편지가 당신에게 닿으리라 믿고 저는 지금 이 편지를 씁니다. 왜 이런 위험한 편지를 쓰려는 건지 저 자신도 잘 모르겠습니다. 그리고 그런 알 수 없는 마음에 굉장한 두려움을 느낍니다. 하지만 저는 역시 이 편지를 쓰지 않을 수 없겠죠.

시나 고스케 님.

저는 저 자신 때문에 당신과 서로 알게 된 것이 정말 슬픕니다. 당신이란 사람만 없었다면, 그리고 그 끔찍한 첫 참극의 날, 동굴 속에서 당신의 뜨거운 입맞춤만 받지 않았다면, 지금 제 가슴은 이런 무서운 후회로 옥죄이지 않았을 테고, 그러니 또 이런 편지를 쓰지 않고 끝날 수 있었겠죠. 아, 구제할 길 없는 이 암담한 비애, 황량하고 캄캄한 어둠 속의 두려움, 매일 낮밤을 전갈처럼 가슴을 짓이기는 회한, 흐르는 눈물을 대체 누가 알까요.

시나 고스케 님.

저는 나쁜 여자였습니다. 더는 그 사실에 대해 변명하고 싶지 않습니다. 하지만 딱 하나만은 믿어주세요. 제가 당신에게 드리는 그 연정만큼은 결코 거짓이 아니었단 걸요. ……아아, 당신이 조금만 일찍 제 앞에 나타나주었다면! 그랬다면 그런 무서운 사건도 일어나지 않았을 테고, 저 또한 이런 암담한 후회에 어찌할 바를 모르고 눈물 흘리지 않아도 되었을 텐데요. 하지만 몇 번을 말해도 이젠 돌이킬 수 없는 것이겠죠. 돌은 이미 굴러떨어지고 말았습니다. 그리고 한번 떨어졌으니 갈 데까지 가지 않으면 멈추지 않겠죠. 그리고 결국은 저도 그 커다란 돌에 눌려 덧없는 최후를 맞이할 거예요. 하지만 저는 누군가를 원망할 수도 없습니다. 그 돌을 민 것은 다름 아닌 저이니까요. ……아아, 제가 굴린 돌에 스스로 깔릴 저는…….

하지만 이제 헛된 한탄은 하지 않겠습니다. 당신의 동정을 강요하는 것도 그만둘게요. 저는 그럴 가치가 없는 여자입니다. 이제 가급적 평정심을 가지고 지금까지 일어난 일과 또 앞으로 일어날 일의 진상을 당신에게 말씀드리려 합니다. 그렇게 하는 것이 그나마 저에게는 위안인 거예요. 이 지독한 후회의 이야기를 적는 동안만이라도 회한의 눈물에서 벗어날 수 있을 겁니다.

제가 N 호반의 외로운 춘홍루에 오게 된 것은 쇼와* ○년의 봄이었습니다. 그 후로 3년 남짓 이어진 고독하고 불쾌한 생활은 제 성정을 완전히 바꾸어놓았습니다. 그 무서운 백부님과 단둘이 외딴집에 산다는 것이 얼마나 꺼림칙한 일인지 당신은 결코 상상하실 수 없을 거예요. 백부님은 뱀 같은 남자였습니다. 그리고 저는 그 뱀이 토한 독에 온통 휩쓸리고 말았죠.

어떤 긍지도, 희망도 엉망진창으로 망가져버린 상처 입은 작은 새…… 그것이 저였습니다. 절망적이고 공허한 마음을 안고서 얼마나 백부님을 미워하고 저주했는지 모릅니다. 그리고 그 저주가 자라나 차츰 저는 완전한 제2의 '신주로'로 성장해갔습니다.

신주로라면 제가 그 집에 왔을 무렵에는 아직 살아 있었습니다. 하지만 그때는 이미 힘을 잃고 병들어 반쯤 죽은 몸으로 창고 안에 누워 있었지요. 그리고 제가 온 지 반년쯤 뒤에 이 불쌍한 남자는 어두운 창고에서 덧없이 죽고 말았습니다.

가을비가 추적추적 내리던 어느 한밤중의 일이었습니다.

* 昭和. 쇼와 천황 재위 기간(1926~1989)에 사용한 연호.

저희는 몰래 신주로를 호반에 묻었습니다. 거기 어린 버드
나무를 심었을 때의 백부님만큼 격렬한 분노와 절망에 찬
인간을 저는 이제까지 한 번도 본 적이 없습니다. 무리도 아
니지요. 백부님의 반생을 건 끔찍한 계획…… 세상에 인간
세균, 사회악을 내보내겠다는 무서운 복수의 일념이 그 순
간 허망한 꿈으로 돌아가버린 거니까요.

당시의 저는 지금처럼 나쁜 여자는 아니었습니다. 저는
상심한 백부님을 상냥하게 위로하고 이 기회에 백부님의 영
혼이 인간다운 다정함을 되찾도록 하는 것이 제게 주어진
임무라고 생각했어요. 아, 저는 얼마나 어리석은 여자였던
가요. 그때 이미 백부님은 저를 제2의 신주로로 키우려고 결
심하고 있었던걸요.

백부님의 계획은 멋들어지게 성공했습니다. 어느 무섭고
광폭한 폭풍우의 밤을 계기로, 저는 갑작스레 이전의 자신
이 아니게 되었습니다. 저는 지고 말았던 겁니다. 그리고 상
처 입은, 절망적인 몸을 창고에 누이고 한때 신주로에게 주
어졌던 여러 악의 교과서들을 탐독하게 되었습니다.

백부를 죽이자! 그런 무서운 결심이 처음 제 가슴에 싹튼
것은 아마 그 무렵이었겠죠. 물론 처음에는 단순한 공상에
지나지 않았습니다. 하지만 그 공상은 날이 갈수록 강하게
가슴속에서 자라났고, 우연히 신주로의 배다른 여동생 이나

코를 발견하기에 이르러 갑작스레 실제 계획으로까지 발전했던 겁니다.

앞으로 당신도 어떤 기회로 이나코에 대해 알게 될지도 모르겠네요. 이나코는 신주로의 친부인 후리하타 사부로와 그 부인 사이에서 태어난 딸로, 제가 처음 발견했을 때는 스와의 제사 공장에서 여공으로 일하고 있었습니다. 그녀 역시 후리하타 가문의 피를 이어받은 사람답게 백치에 가까운 여자였어요. 처음 보았을 때 머리는 산발인 데다 때가 낀 얼굴 어디에도 미모의 흔적조차 보이지 않아, 주변 사람들조차 이나코가 사실은 굉장히 아름다운 여자라는 걸 전혀 모르고 있었죠. 그리고 그 점이 제 계획에는 굉장히 유용했던 겁니다. 저는 그녀를 보자마자 그 본모습을 꿰뚫어 보았고 부정할 수 없을 만큼 어딘가 신주로와 닮아 있다는 사실을 발견했습니다. 그래, 이 여자를 신주로로 분장시키면…⋯. 신주로라는 인물이 태어났었다는 사실을 아는 이는 저와 백부님을 제외하면 한 사람밖에 없습니다. 하지만 신주로란 인간이 죽었다는 사실은 그 이상으로 세상에 알려져 있지 않죠. 신주로가 살아 있었다는 사실을 증명하는 건 어렵지 않습니다. 하지만 그 죽음을 증명하기란 절대 불가능합니다. 적어도 백부님과 제가 말하지 않는 한은요.

아아, 이 발견에 얼마나 제가 기뻐했던지! 하지만 곰곰이 생각해보니 또 하나 중요한 결합부가 빠져 있더군요. 이나코라는 여자를 어떻게 이 무서운 계획에 가담시킬 수 있을까요. 가담시킬 수 있다 하더라도 그 후에 어떻게 이 여자를 침묵하게 할 수 있을까요.

창고에서 다양한 책들을 탐독한 덕분에 저는 범죄 사건에서 공범을 두는 것이 얼마나 위험한 일인지 잘 알고 있었습니다. 공범이 많으면 많을수록 발각의 위험성이 배가된다는 것을 여러 범죄 서적이 말해주고 있습니다. 하지만 저는 이나코를 제 편으로 끌어들이지 않으면 안 되었죠. 어떤 방법으로, 어떤 미끼로⋯⋯? 거기에 이르러 저는 문득 이런 생각을 했습니다. 이것은 이나코도 나도 여자니까 불가능하다. 누군가 남자를 끌어들이고, 그리고 두 사람이 사랑에 빠진다면? 그렇게 되면 이나코를 내 편으로 만드는 것도 간단할 것이고 범행 후에 침묵을 지키게 하는 것도 어렵지 않다. 사랑하는 사람을 위해서 고통을 감내하는 건 다른 것⋯⋯ 예를 들어 돈이 걸린 경우보다 쉽겠지⋯⋯.

저 자신이 남자가 아니라는 것이 얼마나 분했던지. 남자⋯⋯ 남자⋯⋯ 이나코의 사랑을 쟁취할 수 있는 남자. ⋯⋯ 제게 필요한 건 바로 그것이었습니다. 그러다 문득 저는 그 남자가 반드시 저 자신일 필요는 없다는 것을 깨달았습니다. 제 계획에 가담할 남자를 찾고 그 남자가 이나코의 마음을 점령할 수 있다면…….

오쓰코쓰 산시로와 만난 것은 딱 그 무렵이었습니다. 그리고 그와의 만남이 제 운명을 결정했지요. 어디서 어떻게 그 남자를 만났는지는 여기서 말씀드리지 않겠습니다. 다만 보자마자 마음속으로 이 남자다, 라고 외쳤음을 고백해둡니다.

오쓰코쓰 산시로는 무서운 남자였습니다. 그는 즉시 제 계획에 찬성했지만 제가 생각지 못했던 여러 가지를 덧붙일 수도 있는 사람이었죠. 예를 들어 백부님을 죽인 뒤 이나코를 처리하는 것. 덧붙여 그 후 우리의 운신에 관한 것.

"어쨌거나 이나코는 살려두면 안 됩니다. 위험해요. 우도 씨를 정리한 뒤에는 그 이나코란 여자도 죽여야 해요."

오쓰코쓰는 무서운 얼굴을 하고 그렇게 말했습니다. 하지만 그 무렵에는 아직 어떤 식으로 이나코를 죽일지까지는 생각하지 않았죠. 그리고 그 방법을 생각해낸 것은, 사실 시나 씨, 당신이었어요.

언젠가 당신이 구단 언덕에서 보았다던 피가 떨어지는 요한의 머리. ……그것이 오쓰코쓰로 하여금 그 무서운 계획을 떠올리게 만들었습니다. 오쓰코쓰는 당신의 입에서 무서운 구름 이야기가 나왔을 때 심중을 간파당한 듯한 공포를 느꼈다고 했는데, 그와 동시에 지금까지 고민하고 있던 마지막 키를 생각해낸 겁니다. 이나코를 죽이고 그 목을 자른다. 그리고 그것을 나라고 생각하게끔 만든다. ……여기엔 두 가지 이점이 있지요. 이나코를 남몰래 처리할 수 있을뿐 더러, 저 자신이 죽은 사람이 될 수 있으니까요. 죽은 자가 된 다, 그만큼 안전한 도피책이 달리 있을까요. 이 계획을 떠올 리고 우리는 백부의 목도 자르기로 했습니다. 그것은 단순 히 두 번째 사건을 위장하기 위한 것에 지나지 않았지만, 구 색이 잘 맞게도 신주로는 어릴 때부터 살아 있는 것들을 죽 여 목 자르는 것을 좋아했죠.

시나 고스케 님.

이런 무서운 이야기를 하는 저에게 당신은 얼마나 놀라셨 을까요. 하지만 역시 끝까지 말하지 않으면 안 됩니다. 당신 은 이런 계획을 듣고, 살인이란 걸 마치 덧셈 뺄셈처럼 간단 히 생각하는 저희를 필시 이상하게 생각하실 테죠. 그렇습 니다. 그리고 그것이 제 실패의 첫걸음이었습니다. 우리는 인간의 심리적 변화를 계산에 넣지 않았죠. 그런데 그, 가장 무서운 심리적 동요가 다른 사람도 아닌 바로 제게 일어나 다니, 이 무슨 얄궂은 일일까요.

저희의 계획에는 아무래도 또 한 사람 목격자가 필요했어 요. 그 사람의 증언이라면 아무리 의심 많은 경관이라도 납 득할 수밖에 없을, 확고한 지위와 우리 계획을 간파할 수 없 는 선량한 성품을 지닌 인물이 필요했던 겁니다. 그리고 시나 씨, 흰 깃의 화살*이 당신에게 맞았던 겁니다. 그 점에서 당신을 고른 오쓰코쓰의 선택은 결코 틀리지 않았습니다. 당신은 정말 이상적인 분이었어요. 아니, 당신이 너무 이상적인 인물이었기에 도리어 우리는 지고 말았던 겁니다. 아아, 오쓰코쓰가 다른 사람을 골랐다면…….

시나 고스케 님.

이 무서운 이야기를 지루하게 계속하는 것은 그만할게요. 저는 지금 지독한 마음의 폭풍우와 싸우고 있습니다. 당신도 보셨듯이 우리의 첫 번째 계획은 거의 완전하게 진행되었습니다. 하지만 두 번째 계획을 실행에 옮기면서 저는 절망적인 기분을 느꼈습니다. 저는 죽은 사람이 되고 싶지 않았어요. 죽은 사람이 되면 두 번 다시 당신을 만날 수 없을 테니까요. 오쓰코쓰는 제가 무엇 때문에 동요하는지 바로 알아차렸죠. 그리고 질투에 미친 그는 조금 전 최후의 패를 가지고 저를 협박했습니다. 만약 이 계획에 동의하지 않으면 시나 씨, 당신을 죽여버리겠다는 거예요.

시나 고스케 님.

안녕. 저는 이제 펜을 놓습니다. 저는 지금 미칠 것 같습니다. 저는 오쓰코쓰를 증오합니다. 저 자신을 증오합니다. 이

---

*　白羽の矢, 신이 제물로 눈독 들인 여자의 집에 남몰래 흰 깃이 달린 화살을 꽂았다는 전설에서 유래한 말로, 희생양 혹은 선택받은 사람을 뜻한다.

나코를 증오합니다. 신주로를 증오합니다. 그중에서도 오쓰코쓰를 가장 증오합니다. 오쓰코쓰의 요구대로 저는 죽은 사람이 될 겁니다. 하지만 그 대신 오쓰코쓰를 살려두지 않을 작정입니다.

오쓰코쓰가 다시금 저와 함께하려면 어딘가 먼 곳으로 가야 합니다. 그걸 구실로, 그는 신주로의 협박을 받고 있는 척 연기하게 되었죠. 신주로에게 쫓겨 도망친다는 건데 이것이 제가 잡을 수 있는 유일한 기회예요. 제가 신주로가 되어 그 남자를 죽여버리는 연기를 못 할 건 뭐겠어요?

아아, 무서워요. 어쩌면 저는 처음부터 이렇게 할 작정이었는지도 몰라요. 아니라면 뭐 하러 그 이상한 노파인 척하고 당신이 간파하는지 지켜보았으며, 뭐 하러 오쓰코쓰에게 그 노파까지 살해하도록 시켰을까요? 아, 무서워요. 시나 님. 저는 분명 미친 거예요. 그래요, 몇 년 후에 저는 미쳐 있을 게 틀림없어요. 아, 불쌍한 유미!

孔雀屏風

공작 병풍

전장에서 온 편지

　이 이상한 이야기를 하기에 이르러 나는 어떻게 말하면 좋을지 적잖이 망설이지 않을 수 없다. 이것은 일종의 탐정 이야기처럼 보이기도 한다. 하지만 탐정 이야기라고 하기에는 좀 색다르다. 어쨌든 사건의 발단이란 것이 백수십 년 전, 저 먼 분카* 시대까지 거슬러 올라가니까 말이다. 이것은 또한 서양 소설에 흔히 있는 보물찾기 이야기의 하나일지도 모른다.

　어느 쪽이든 이것은 기묘한 이야기이다. 거기에는 우리가 가진 지식으로는 풀기 힘든 수수께끼가 있는 듯 보인다.

　하지만 이 기적적인 사건의 당사자가 현재 나와 함께 살아 있는 이상, 나는 다른 사람이 믿든 안 믿든 일단 내 경험을 있는 그대로 이야기할 수밖에 없다.

---

*　文化, 에도 시대 고카쿠 천황과 닌코 천황 재위 기간(1804~1818)에 사용한 연호.

각설하고, 사건은 내 사촌 동생이 보낸 편지에서 시작되었다.

　내 사촌 동생 구가 요이치는 지금 군에 입대해 중국 중부 전선에서 싸우고 있다. 요이치는 이종사촌으로 나보다 여덟 살 아래이니 올해 스물다섯일 것이다. 일찍이 아버지를 여의고 사변이 일어날 무렵에는 어머니와 단둘이 평화로운 나날을 보내고 있었지만, 아직 독신이었기 때문에 그가 소집을 받고 출정한 후로는 나의 이모인 요이치의 어머니만 홀로 남아 있었다. 다행히 구가 가문은 우리 집과 달리 굉장히 풍족한 편이어서 아들 하나 전장으로 보냈다고 생활이 궁핍해지지는 않았지만, 누가 뭐래도 나이 든 여자 혼자서 생활하는 것이다. 외롭고 불안하겠거니와 요이치의 부탁도 있고 해서 겸사겸사 우리 부부가 요이치가 부재한 집에 머물기로 했다.

　그러던 어느 날 전선에 있는 요이치로부터 기묘한 편지가 왔다. 원래도 요이치는 편지를 자주 보내는 편이었다. 이모의 부탁도 있어서 내 쪽에서도 가급적 자주 편지를 쓰기로 했었고 요이치 역시 건실한 청년인지라 이래저래 전장 상황이나 현재의 건강 상태 등 가급적 어머니를 안심시켜드리려는 마음을 담은 편지를 보내온다. 늘 자못 군인다운, 건강하고 예의 바른 편지를 보냈지만, 그날 받은 편지만은 뜻밖에

도 고개를 갸웃거리게 만드는 데가 있었다. 일단 그 편지에
는 이상한 사진이 한 장 동봉되어 있었다. 게다가 분량도 평
소에 보내던 것의 열 배쯤 되었다. 그 편지에는 일상적인 근
황 보고에 이어 다음과 같은 기묘한 의뢰가 덧붙여져 있었
다. 그 부분만 여기에 발췌해서 보여드리겠다.

**

　신고 형. 분명 형은 편지에 동봉한 미인의 사진에 대해
아까부터 적잖이 궁금해하고 있겠지. 보다시피 그건 10월
호 잡지 ○○○의 표지에서 뜯어낸 거야. 나는 모르는 사람
이 보낸 위문주머니에서 그 잡지를 발견했는데, 뜻밖에 표
지를 보자마자 그 사진을 뜯고 싶어졌어. 사진이 꽤 손상되
어 있는 것만 봐도 내가 얼마나 소중하게 그걸 품에 지니고
다녔는지 알 수 있을 거야. 그래, 나는 그저께까지 이어진
비적 토벌전에서도 그 사진을 품에 지니고 있었어. 전선에
선 우리가 얼마나 일본 여자의 사진을 그리워하는지 형은
상상도 못 할 거야. 그건 일종의 각성제이자 청량제야.
　하지만 신고 형. 내가 표지를 찢어 이렇게까지 소중히
몸에 지니고 다닌 건 단지 그런 이유에서만은 아니야. 나
는 그 사진을 본 순간, 일종의 기이한 충동을 느꼈어. 흡사

강한 전류가 정수리부터 발바닥까지 관통하는 듯한 전율을 느꼈지. 신고 형, 나는 그 여자를 알고 있어. 그래, 난 분명 그녀를 알고 있어.

하지만 그 여자와 면식이 있다는 얘기는 아니야. 그래, 난 지금껏 한 번도 그녀를 만난 적 없고, 그녀의 사진을 본 적도 없어. 하물며 그 표지에 적혀 있는 설명을 보기 전까지는 이름조차 들어본 적 없었지. 하지만 그럼에도 불구하고 난 분명 그 여자를 알고 있어.

신고 형. 내 기묘한 이야기에 잠시 귀 기울여주길 바라. 이건 지금까지 아무한테도…… 어머니한테도 털어놓은 적 없는 비밀인데, 나는 어릴 적부터 눈을 감을 때마다 눈꺼풀 아래 아른거리는 이상한 모습을 봤어. 게다가 그 모습이란, 내가 기억하는 한 지금까지 한 번도 만나본 적 없는 여자였지. 무엇 때문에 그런 환영이 보이는지, 그것조차 나는 알지 못해. 즉 그녀는 내게 완전히 미지의 여자인 거야. 그럼에도 그녀의 환영은 정말 때때로 나를 찾아와. 시간이 흐르면서 나는 그 환상의 여자에 대해 깊은 관심을 갖게 되었어. 잡을 수 없는 여자에게 표현할 길 없는 초조함을 느끼기도 했지. 언젠가는 그 환상의 여자를 만날 거다, 그렇게 생각하기도 했어. 그런데 나는 그 여자를 몰라. 그런 여자가 정말 이 세상에 존재하는지 아닌지조차 확실치 않은 거야.

그런데 방금 우연히 그 표지 사진을 보고 단숨에 환상의 비밀을 풀 수 있었어. 눈을 감으면 아른거리며 나타나던 저 환영이 어디에서 온 것인지, 나는 번연히 기억해낸 거야. 신고 형, 그 사진을 잘 봐줘. 그 여자는 흐드러지게 핀 벚꽃 아래 서 있어. 발밑에는 하얀 공작이 과시하듯 꼬리를 펼치고 있지. 여자의 왼손은 가볍게 가슴에 올라가 있고 오른손은 유연하게 뻗어 있어. 그 손은 사진에는 나와 있지 않지만 눈에 보이지 않는 인물을 향해 뻗은 듯 보여. 이 포즈야. 이 포즈를 본 순간, 난 모든 것을 깨달았던 거야.

신고 형. 우리 집에 예부터 공작 병풍이라 불리는 기묘한 병풍이 전해지고 있다는 걸 형도 알아? 그건 세 개의 면으로 이루어진, 정말 이상한 병풍이야. 세상에 3면 병풍이 존재할 리 없으니 분명 원래는 6면 병풍이었을 텐데, 어떻게 된 영문인지 중간에서 잘려 오른쪽 부분만 우리 집에 전해지고 있는 것 같아. 그런데 문제는 이 병풍 그림이야. 거기에 그려진 여자의 포즈가 실은 이 표지와 꼭 닮았어. 나는 당장이라도 그 병풍 속 그림을 한 치의 오차 없이 비슷하게 눈앞에 그려낼 수 있어. 거기에는 벚꽃이 흐드러지게 피어 있어. 그 아래에는 하얀 공작이 꼬리를 펼치고 있지. 그리고 그 옆에 서 있는 사람은 얇은 사선 줄무늬의 평상복을 입은, 눈이 번쩍 뜨일 만큼 아름다운 열대여섯 살의 젊은 여자야. 그 소녀는 왼손을 가볍게 가슴에 대고 오른손은 유연하게 아래쪽으로 뻗고 있어.

소년 시절, 나는 자주 창고에 들어가 그 병풍 앞에서 시간 가는 것도 잊고는 했어. 황홀하게 그 소녀를 바라보았지. 바라보는 사이에 눈물이 솟아나기도 했어. 대체 이 소녀는 누구를 향해 손을 뻗고 있는 걸까. 병풍의 다른 부분에는 대체 어떤 장면이 그려져 있는 걸까. 아직 어렸던 나는 그런 의문을 품었어. 그러고 있으면 왠지 모르게 미칠 듯한 심정이 되었지.

신고 형, 여기까지 이야기했으니 대략 이해했을 거라 생각해. 내가 때때로 보던 환영은 사실 공작 병풍에 그려진 여자에서 비롯된 것인 듯싶어. 이제까지 그걸 알아차리지 못한 내가 어리석었지만 형도 알다시피 일본의 그림이란 원래 굉장히 평면적이잖아. 그에 반해 내 눈에 비친 여자의 환영은 정말 생생하고 표정을 지니고 있어. 이제까지 내가 이 둘을 연결 짓지 못한 것도 무리는 아니란 걸 알아주리라 생각해.

하지만 이제는 모든 것이 명백해졌어. 표지의 여자는 환상의 모습과 똑같은 얼굴을 하고 있어. 게다가 그 이상한 공작 병풍의 그림과 같은 포즈를 취하고 있지. 신고 형, 나는 이 기묘한 인연의 비밀을 알고 싶어. 그녀는 어째서 우리 집에 있는 병풍과 똑같은 포즈를 취한 걸까. 어쩌면 그녀야말로 공작 병풍의 나머지 부분의 주인 아닐까. 아니, 아니, 그녀가 공작 병풍의 나머지 부분을 갖고 있다 해도 어째서 잃어버린 다른 부분, 즉 우리 집에 있는 부분에 그려진 장면을 알고 있는 거지? 어쩌면 비슷한 병풍이 또 한 장 있는 건 아닐까?

신고 형, 나는 비밀을 전부 알고 싶어. 실은 무사히 귀국할 수 있다면 내가 직접 빨리 그 조사에 착수할 작정이야. 하지만 곧 다시 전선에 나가야 하는 나는 생환을 기약하기 힘든 몸이야. 그래서 지금, 무례한 부탁인 건 알지만 형에게 이 조사를 위임하고 싶은데 어때? 아주 번거로운 일은 아닐 거야. 보다시피 이 표지는 잡지 ○○○의 미인 투표에 응모한 사진이야. 사진 설명에는 단순하게 히로시마현 오노미치의 하토리 리에라고만 되어 있는데 잡지사에 문의하면 좀 더 자세한 주소를 알려줄 거야. 일단 거기에 편지를 보내주지 않을래? 그리고 이 여자와 공작 병풍 사이에 어떤 인연이 있는지 가급적 자세히 조사해주면 좋겠어.

신고 형, 나는 결코 미친 것도 아니고 농담하는 것도 아니야. 나는 그저 알고 싶은 거야. 어째서 눈을 감으면 그 여자의 모습이 떠올랐던 건지, 그녀와 나 사이에 대체 어떤 인연이 있는 건지, 단지 그걸 알고 싶은 것뿐이야. 신고 형,

아무쪼록 나의, 자못 상궤를 어긋난 듯 보이는 이 소원을
들어줘.

  내 사촌 동생 구가 요이치가 전선에서 보낸 기묘한 편지
란 대체로 이상과 같지만, 마지막 매듭짓는 문구에 이르러
서는 여기 발췌한 것보다 훨씬 정열적인 느낌이었다.

공작 여인

내가 만약 요이치라는 청년을 잘 몰랐다면 이 편지를 읽고 미쳤다고 생각했을 것이다. 비적 토벌전에서 막 돌아온 참이라고 하니 박격포 같은 것에 맞아 머리가 이상해진 거라 생각했을 게 틀림없다. 하지만 나는 요이치라는 청년을 잘 알고 있다. 사촌을 칭찬하려니 좀 겸연쩍지만 세상에 요이치만큼 훌륭한 청년은 그리 많지 않을 거라고 나는 생각한다. 침착하고 사려 깊고 배려심 있고 냉정한 요이치는 어떤 경우에도 당황하지 않는 청년이었다. 이 편지를 보면 그로서는 드물게 흥분해 있는 것 같지만 거기에는 분명 그럴 만한 이유가 있을 것이다.

하지만 아무리 그래도 나로서는 이상하게 여길 수밖에 없었다. 나는 그 편지에서 중요한 부분을 반복해 읽은 후 동봉한 사진을 꺼냈다. 요이치가 고백한 대로 요전 전투 중에 주머니 속에 들어 있었던 듯 접힌 자리는 곳곳이 찢어져 있었고 땀과 기름으로 얼룩져 있었다. 나는 왠지 신성한 것이라도 보는 기분이 들어 주의 깊게 접힌 부분을 펼쳐보았다.

역시 요이치가 말한 대로였다. 양장 차림의 젊은 여자가 벚꽃 아래 서 있다. 입고 있는 것은 진홍색 야회복처럼 보인다. 한 손을 가볍게 가슴에 대고 다른 한 손은 유연하게 뻗고 있다. 발밑에는 하얀 공작이 한껏 꼬리를 펼치고 있고 그 꼬리의 일부는 화면 밖으로 벗어나 있다.

나는 사진을 책상 위에 펼쳐놓고 천천히 담배를 피웠다. 어찌 된 영문인지 격렬한 두근거림을 느꼈다. 그 여자의 얼굴이 너무 아름다웠기 때문인지 아니면 다른 이유가 있는 건지는 나도 모른다. 한동안 그렇게 나는 사진과 눈씨름을 하다가 이윽고 결심하고 일어나 은신처 쪽으로 갔다.

요이치가 전쟁에 나간 후로 이모는 항상 다다미 여섯 장과 석 장 공간을 이어 만든 이 은신처에 틀어박혀 아들의 무운장구武運長久를 기도하는 데 여념이 없었다. 도코노마*에 군복 차림의 요이치 사진을 놓아두고 그 앞에 하루 세 번씩 무사 기원을 위한 밥상을 차리는 일을 거른 적이 없다. 내가 들어갔을 때 이모와 아내는 무언가 이야기를 하면서 부지런히 위문주머니를 만들고 있었다.

---

* 床の間. 벽 쪽에 방바닥에서 살짝 올라간 자리를 마련하여 인형이나 꽃꽂이로 장식하고 붓글씨 등을 걸어놓는 공간을 말한다.

이모는 지금은 드물게 틀어 올린 머리를 잘라 뒤로 늘어 뜨린 모습을 한 우아한 할머니로, 가느다란 얼굴의 결 고운 피부는 노인이라고는 생각되지 않을 만큼 젊고, 길게 찢어진 눈의 아름다움은 요이치와 꼭 닮았다. 두 사람은 나를 보더니 금방 의아한 듯 눈빛을 교환했다. 분명 내 표정에서 심상치 않은 분위기를 느꼈던 것이리라.

"여보, 요이치 씨 편지에 뭔가 문제라도 있어요?"

아내가 자로 머리를 긁으면서 고개를 갸웃거렸다.

"아냐, 그런 거. 여전히 건강한 것 같아. 그런데 이모님, 묘한 질문이긴 한데, 이 집에 공작 병풍이라는 게 있나요?"

이모는 이상한 표정으로 나를 살피면서도 특유의 침착한 목소리로 대답했다.

"응, 있단다. 한데 신고, 갑자기 그걸 왜 묻니?"

"그런가요. 이상하네요. 전 아직 한 번도 본 적이 없는데요."

"그야 그렇겠지. 그 병풍이란 게 이상해. 우리 집에는 반밖에 없어. 그런 걸 방에 장식할 수는 없어서, 항상 창고에 넣어 두고 있단다. 한데 그걸 왜 찾니? 요이치가 편지에 그 병풍에 대해서 뭐라 하던?"

이모는 내가 들고 있는 편지에 눈을 돌리며 그렇게 묻는다. 아내도 바느질을 멈추고 이상한 듯 내 얼굴을 보고 있다.

나는 두 사람에게 아무것도 감출 필요는 없다고 생각했다. 그래서 방금 읽은 편지 내용을 이야기해주고 그 표지 사진을 꺼내어 보여주었다. 이 기묘한 이야기에 두 사람이 놀란 것은 굳이 말할 필요도 없겠다. 이모는 서둘러 안경을 끼더니 무릎에 사진을 놓고 펼쳐 보고는 갑자기 입술을 격하게 떨었다.

"신고야, 요이치는 대체 어쩔 작정이라니? 너한테 그런 부탁을 하다니, 이 여자를 흠모하기라도 하는 거니?"

"글쎄요, 저도 잘 모르겠어요. 이모님은 어떻게 생각하세요? 그 사진과 병풍 그림이 닮았다고 생각하세요?"

이모는 그 말에 대답하지 않고 손을 흔들어 하녀를 부르더니 할아범에게 창고에서 공작 병풍을 가져오라고 해줘, 라고 했다. 이윽고 문제의 공작 병풍이 그 방에 펼쳐졌는데 그때의 놀람을 나는 지금도 잊을 수 없다. 정말이지 요이치가 아니어도 의문을 가질 만했다. 그 병풍과 그 사진은 정말이지 같은 거라고 해도 될 정도였다. 물론 병풍의 여자가 살짝 주름진 명주옷을 입고 있는 데 반해 표지 사진 쪽은 야회복 차림이긴 했다. 병풍 쪽은 옆머리를 좌우로 부풀려 정수리에서 묶고 끝을 뒤로 늘어뜨리고 있는데, 표지 사진 쪽은 이마 언저리에서 자른 머리가 완만하게 곱슬거린다. 하지만 그런 차이가 있음에도 서로 비슷하다는 것에 나는 놀라지 않을 수 없었다.

병풍은 제법 오래된 것인 듯했다. 금박은 구석구석 벗겨지고 붉은색도 군청색도 초록색도 퇴색한 모습이었지만 그 아름다움은 지금도 여전히 사람의 시선을 끌어당기기에 충분했다. 벚나무 아래 서서 가볍게 오른손을 뻗은 여성의 나긋나긋한 자태, 꼬리를 펼친 흰 공작의 차분한 화려함. 처음 이 병풍을 본 나와 아내는 한동안 숨도 쉬지 못하고 홀린 듯 보고 있었다.

"그런데 이모님, 이 그림은 대체 누구 작품입니까? 그리고 왜 이렇게 절반밖에 없는 건가요? 정말 아쉽네요. 병풍의 상태가 온전했다면 엄청났을 듯싶어요."

"이 병풍이 왜 반으로 잘렸는지는 나도 몰라. 옛날부터 계속 이 상태였다더구나."

이모는 여전히 차분한 목소리로 설명했다.

"하지만 이 그림을 그린 사람에 대해서는 요이치의 아버지에게 한 번 들은 적이 있단다. 그 사람은 요이치의 조상이라고 해."

이것은 나도 처음 듣는 이야기라 놀랐다. 구가의 윗대에 화가가 있다는 이야기를 들어본 기억은 없었다.

"놀랍네요. 이제까지 그런 얘긴 전혀 못 들었어요. 이 정도의 그림을 남겼다니 엄청난 명인일 것 같은데요."

"그래, 오래 살았다면 유명해졌을지도 몰라. 하지만 애석하게도 그분은 이 그림 한 장만을 남기고 돌아가셨단다. 요이치 아버지가 이런 얘길 해주었어. 그분은 마사노부라는, 요이치 아버지의 증조부 되는 분이었다고 해. 나는 잘 모르지만 분카인가 분세이*던가 하는 시대에 살았던 분으로 처음에는 도사파**의 그림을 익혔지만, 도중에 마음이 바뀌어서 그래, 그 무렵 시바 고칸***이라는 화가가 있었다던데."

"아, 있었습니다. 서양화 기법을 최초로 일본에 도입한 분이라던데요."

"그래그래. 그 시바 고칸의 그림을 보고 거기에 끌려서 본인도 서양화를 공부해보고 싶다며 일부러 나가사키까지 수업을 받으러 갔대. 이 그림은 나가사키에서 수업을 받으면서 그린 거라고 하더라."

그렇다. 그 말을 듣고 보니 이 그림 어딘가에서 서양풍의 영향이 느껴지는 듯했다. 극히 미약하긴 했지만.

"분명 그곳에서 유학 중 누군가의 요구에 응해 그린 거겠지만, 그게 누군지는 몰라. 딱 한 가지 아는 건 그 사람이 에

---

* 文政, 에도 시대 닌코 천황 재위 기간(1818~1830)에 사용한 연호.
** 土佐派, 헤이안 시대부터 야마토에의 전통을 계승해온 화풍.
*** 司馬江漢, 에도 시대의 화가. 서양 미술뿐 아니라 학문과 기술에도 큰 관심을 갖고 연구했다.

도에 돌아왔을 때 이렇게 병풍의 반만 선물했다는 거. 그래서 이 병풍이 전부 만들어졌던 건지, 아니면 이렇게 절반밖에 없는 건지 아무도 모른단다. 아무튼 그렇게 이 이상한 병풍을 가지고 에도로 돌아와서 얼마 지나지 않아 그분은 아내를 맞이했고 요이치 아버지의 할아버님이 태어났는데, 그로부터 얼마 안 돼서 그분은 돌아가셨다는 거야. 이 병풍에 대해 내가 아는 건 이게 전부란다."

그 이야기 속에는 뭔가 로맨틱한 부분이 있는 듯이 느껴졌다. 나가사키에 유학 중인 젊은 화가가 어떤 동기에서 이 그림을 그린 건지, 그리고 왜 절반만 에도에 가지고 돌아왔는지 히로시마현 오노미치에 사는 하토리 리에라는 여성이 이 병풍의 여자와 어떤 관련이 있는지, 원래 나는 공상을 즐기는 편은 아니지만 이런 의문들이 강하게 마음을 두드렸다. 그래서 이모의 동의를 받아 그날 잡지사에 전화를 걸었고 하토리 리에라는 여성의 주소를 자세하게 물어본 다음, 바로 길고 정중한 편지를 썼다.

고양이 눈을 한 남자

　내 이야기가 갑자기 기괴한 색채를 띠게 된 것은 그로부터 얼마 지나지 않아서의 일이었다.

　오노미치에서 답장이 왔다. 발신인은 오가타 만조라는 인물로, 편지를 읽고 굉장히 놀랐다, 실은 이쪽에도 병풍의 절반이 전해지고 있는데 아무쪼록 한번 그쪽 병풍을 보고 싶다, 마침 조만간 상경할 일이 있으니 그 참에 꼭 뵙고 싶다, 라고 씌어 있었다. 하지만 실망스럽게도 그 편지에 하토리 리에라는 여성에 대해서는 한마디도 쓰여 있지 않았다.

　그가 하토리 리에와 어떤 관계이든, 내 편지는 그녀에게 보낸 것이었으므로, 편지를 쓰는 김에 그 여자에 대해 한마디쯤 해주면 좋았으련만, 하고 나는 다소 불만을 느꼈지만 그런 말을 해봐야 소용없다.

　"이모님, 역시 그쪽에 병풍의 나머지 절반으로 보이는 게 있답니다. 그리고 조만간 이쪽 병풍을 보러 올 것 같아요."

"어머, 그래."

이모는 왠지 걱정스러운 얼굴로 그 기묘한 병풍을 바라보았다.

오가타 만조라는 인물이 찾아온 것은 그다음 날 아침의 일이었다. 갑작스러운 방문에 나도 놀랐다. 상경하는 참에, 라고 했으니 좀 더 지나서 올 줄 알았는데, 아무래도 상대는 그 편지를 보낸 후 바로 오노미치를 떠나 상경한 모양이다.

"처음 뵙겠습니다. 제가 오가타입니다. 편지를 주셔서 감사합니다."

그렇게 말하는 상대는 마흔두셋의 풍채 좋은 남자로, 하얀 줄무늬의 모닝코트를 입고 있었다. 바지가 불편한 듯 앉았는데 무릎이 산처럼 튀어나와 있다. 그 무릎에 올린 아기 같은 손가락에는 커다란 금반지가 끼워져 있었다.

"아, 이거…… 오시게 해서 송구스럽습니다."

그렇게 인사하면서도 나는 왠지 상대의 눈매가 신경 쓰였다. 동글동글하게 벗겨진 머리의 옆쪽에만 머리카락이 남아 있고 미소를 지으면 애교 있는 얼굴이지만, 그럼에도 어쩐지 그 눈매가 신경 쓰인다. 즉 얼굴의 다른 부분은 웃고 있어도 그 눈만은 웃지 않는다는 말이다. 나는 거기서 왠지 섬뜩한 느낌을 받았다.

만조는 자신을 하토리 리에의 백부라고 소개했다. 그리고

리에에겐 부모님이 없어서 자신이 하토리 가문의 관리 일체를 맡고 있다고 했다. 그의 말에 의하면 하토리 가문은 그 지방의 재력가라고 할 만한 집안으로, 꽤 여유가 있는 모양이었다.

아무튼 우리의 대화는 당연히 그 공작 병풍 쪽으로 옮겨 갔는데, 만조의 말에 의하면 하토리 가문에도 옛날부터 병풍의 반이 전해지고 있었다. 그것이 어떻게 반으로 잘렸는지는 아무도 모르지만, 거기에는 아름다운 남자아이가 무릎을 꿇고 반쯤 펼친 부채로 벚꽃의 꽃잎을 받고 있는 모습이 그려져 있었다.

"그 병풍 오른쪽에 공작 꼬리 같은 것이 보여서 잃어버린 오른쪽 절반에 공작이 그려져 있을 거라고는 전부터 생각했습니다. 그런데 최근 묘한 것이 그 병풍 뒤에서 발견되어서요."

그렇게 말하면서 만조가 꺼낸 한 장의 종잇조각을 보고 나도 이모도 적잖이 놀랐다. 그것은 분명 공작 병풍의 밑그림이 틀림없었다. 밑그림이니 물론 크기는 그리 크지 않고 색도 칠하지 않은, 정말 딱 윤곽만 그린 것이었으나 그 오른쪽 반은 분명 우리 집에 있는 병풍과 똑같았다. 그리고 왼쪽 반은 역시 아름다운 시동이 부채로 꽃잎을 받고 있는 그림이었다.

"알겠습니다. 요전에 본 잡지 표지 사진은 이 밑그림을 토대로 한 것이군요."

"예, 맞습니다. 저도 예전부터 그 병풍이 정말 아깝다고 생각하고 잃어버린 나머지 반쪽을 혹시 손에 넣을 수 있을까 싶어 찾았는데요, 그때 이 밑그림이 발견되어서 나머지 병풍 그림은 이렇게 되어 있겠구나 싶어 리에를 모델로 제가 사진을 찍어보았습니다. 그런데 정말 송구스럽습니다만, 댁에 있는 나머지 절반을 볼 수 있을까요?"

물론 거절할 이유가 없었다. 이모는 바로 하녀를 시켜 은신처에 있는 병풍을 가져오게 했는데, 그때였다. 갑자기 묘한 일이 발생했다. 하녀가 실수로 병풍을 전구에 댄 것인지 갑자기 불이 꺼졌다. 그 순간 나도 이모도 아내도 무심코 숨을 삼켰다. 불이 꺼지고 한순간 컴컴해진 방 안에 만조의 한쪽 눈만이 비늘처럼 흐릿한 푸른빛으로 빛나는 것을 보았던 것이다. 그것은 마치 고양이의 눈처럼 보였다.

다행히 하녀는 그것을 알아차리지 못했다. 그녀는 당황해 전구에 손을 댔고, 그러자 전구가 헐거워진 것뿐이었는지 바로 원래대로 불이 들어왔다. 그리고 그와 동시에 만조의 한쪽 눈의 괴이한 번뜩임도 사라졌다. 하지만 우리는 그것만으로 충분했다. 아무도 소리 낸 사람은 없었지만 우리는 무심코 얼굴을 마주 보았다. 게다가 이모는 창백해져서 고개를 숙인 채 살며시 머리를 흔들고 있었다.

우리가 그 정도의 일에 왜 그렇게 놀랐는가 하면— 물론 그것만으로도 충분히 기분 나쁜 일이었지만—거기에는 이유가 있었다. 그날 저녁 우리는 발송인 불명의 전보를 받았다. 그 전보에는 굉장히 기묘한 문구가 적혀 있었다.

'의안의남자를조심하시오.'

그것이 전부였다. 물론 우리로서는 전혀 영문을 알 수 없었다. 우선, 우리 주변에는 의안을 한 남자가 없었다. 발신국은 시즈오카로 되어 있었는데 그곳에는 나나 이모 둘 다 아무도 아는 사람이 없었다. 이모와 아내는 이 전보를 굉장히 꺼림칙하게 생각했는데, 방금 그런 눈을 본 것이다. 우리는 새삼 그 남자의 눈을 다시 볼 것도 없이 (사실은 그럴 용기가 없었지만) 상대의 한쪽 눈이 의안이라는 사실을 확실히 알았다. 그와 동시에 그 기괴한 전보가 이 남자를 경계하라는 의미임을 자각했던 것이다. 이모가 창백해진 것도 무리가 아니다.

"아, 매우 송구합니다만 제가 조금 기분이 안 좋아서 이만 실례하겠습니다. 신고야, 네가 알아서 해주려무나."

이모가 서둘러 나가자 아내도 차를 바꿔 가져오려는 듯이 나갔다. 그 자리에는 나와 기분 나쁜 상대만이 남았다. 물론 만조는 그런 사정은 조금도 알아차리지 못했다. 그는 일어나서 자못 감탄스러운 듯 고개를 갸웃거리며 그 병풍을 보더니 이윽고 조용히 원래 자리로 돌아와 다음과 같은 이야기를 꺼냈다.

실은 자기네도 반쪽짜리 병풍을 완전한 것으로 만들고 싶어 전부터 고심해왔다. 이렇게 우연히 이 병풍을 찾은 것도 인연인 듯싶으니 실례지만 이것을 양도해주실 수 없겠는가 하는, 굉장히 에둘러 말했지만 결국은 그런 의미의 이야기였다.

물론 나는 거절했다. 그 전보를 보기 전이라면 모를까, 절대로 이 남자의 뜻대로 해주지는 않겠다고 결심한 참이었다. 만조는 굉장히 유감인 듯 여러 방법을 써가며 간절한 희망을 내비쳤지만 나 역시 이것은 가보나 마찬가지라서 절대 양도할 수 없다고 강하게 주장했다. 그리고 반대로 그가 이 병풍의 유래에 대해 뭔가 알고 있지 않을까 생각하고 물어보았는데, 그 역시 아무것도 모르는 듯했다. 그저 하토리 가문에 몇 대 전부터 전해져온 것이라는 말만 해주었다.

이윽고 만조는 굉장히 유감스러운 듯 일어났다. 하지만 현관으로 내려갔을 때, 그는 문득 이런 말을 했다.

"아, 실례했습니다. 양도받지 못해 정말 유감입니다. 저 병풍이 틀림없는데, 표장도 같고……. 하지만 표장으로 말하면 여기 것도 옛날 그대로겠죠."

물론 그럴 거라 생각했으므로 나도 그대로 대답했다.

"최근에 고치거나 수리한 것 같지는 않군요. 아, 고맙습니다. 밤중까지 실례를 했네요."

현관 밖으로 나갔을 때 그 남자의 의안이 다시 고양이처럼 번쩍 빛났고 입가에 기묘한 미소가 번졌다. 그 순간 나는 무심코 으아, 하고 마음속으로 외쳤지만 동시에 어떤 암시가 뇌리에 번뜩였다.

나는 서둘러 자리로 돌아가서,

"다에코, 다에코."

하고 아내의 이름을 불렀다. 아내는 창고에서 나와서 물었다.

"어머, 손님은 벌써 돌아가셨어요?"

"응, 갔어. 그놈 아무래도 수상한 놈이야. 돌아가는 길에 이 병풍을 최근 손에 넣은 건 아닌지 자꾸 확인해서 짜증 났어. 다에코, 당신은 어떻게 생각해? 아무래도 이상해. 봐, 아까 그놈이 보여준 그 밑그림 말이야. 그건 병풍 안에 붙어 있었다고 했잖아. 그렇다면 이쪽 병풍에도 뭔가 중요한 것이 초배지로 쓰이지 않았을 거란 법은 없잖아. 그놈이 노리는 건 분명 그 초배지일 거야. 다에코, 그 등을 내려서 병풍 앞쪽을 비춰봐. 뒷면에서 불빛을 통해 보면 안에 뭔가 붙어 있는 게 보일지도 모르잖아."

아내는 바로 등을 내려서 병풍을 비추었다. 나는 어두운 뒷면으로 돌아가 병풍 안을 투사해 보았다. 그랬더니 거기에 두루마기에 쓰인 긴 편지가 한 면 가득 붙어 있는 것이 보였던 것이다.

150년 전의 연애편지

전문가의 손을 거치자 병풍 그림을 손상시키지 않고 안에 있던 긴 편지를 꺼내는 것 정도는 별로 어렵지 않았다. 그로 부터 이틀째, 우리는 그 병풍 속에서 무엇을 발견했던가. 그 야말로 더없이 기묘하고 세상에 유례없는 것이었다. 우리는 요이치의 조상이 백수십 년 전에 썼던 긴 연애편지 한 다발을 발견했던 것이다.

곳곳에 벌레 먹은 흔적이 있었다. 또 중간에 끊겨 있는 곳도 있었다. 게다가 현재의 우리는 보기 힘든 서체로, 묵이 흐려진 곳도 있었고 읽는 데 어려움이 많았지만 그래도 셋이 이마를 맞대고 판독한 끝에 편지의 대부분은 나가사키 유학 중인 젊은 화가 마사노부가 무라사키라는 아가씨에게 보낸 연애편지라는 것을 알아냈다.

그 편지들을 그대로 여기 옮기는 것은 불가능에 가깝다. 그러니 우리가 그 편지를 통해 알게 된 사실만을 간단히 적도록 하겠다.

　무라사키는 당시 나가사키에 있던 거상의 딸인 듯하다. 아버지의 이름은 확실히 쓰여 있지 않았지만 글 곳곳에 나오는 신샤 겐베라는 사람이 전후 관계를 보아 아버지로 추정된다. 마사노부는 그 남자의 의뢰로 공작 병풍을 그린 모양이다. 그리고 이것만은 명확하게 쓰여 있었는데, 마사노부는 무라사키라는 아가씨를 병풍 속 공작 여인의 모델로 삼았던 것 같다.

　즉, 지금 우리 눈앞에 있는 공작 병풍의 여자야말로 마사노부의 비련의 상대, 무라사키라는 아가씨의 그림인 것이다. 거기까지는 어떻게 상상이 가능하다. 하지만 그 후는 수수께끼였다. 편지를 보면 무라사키라는 아가씨도 마사노부에게 호감을 품고 있었던 것 같지만 두 사람의 사랑이 이루어지지 않았다는 것은 그로부터 얼마 지나지 않아 마사노부가 홀로 에도에 돌아온 것만 보아도 알 수 있다. 그뿐만 아니라 마사노부의 편지 속에는 구석구석 막연한 불안감이 표현되어 있다. 그 불안의 원인이 무엇인지 명확히 쓰여 있지 않으니 우리로서는 알 턱이 없지만, 아무튼 무언가 무서운 불행이 마사노부 자신이나 연인, 혹은 신샤 겐베에게 닥쳤던 것으로 보인다.

　위의 사실을 종합하면 결국 이렇게 된다. 공작 병풍은 완성되었다. 그리고 그것을 포장할 때 무라사키라는 아가씨는 사랑의 기념품인 연애편지를 그 병풍의 초배지로 썼던 것 같다. 거기까지는 파악했지만 대체 이 병풍은 왜 두 개로 갈라진 것일까.

그리고 왜 그중 하나가 마사노부 집에 전해지고 다른 하나는 하토리 리에라는 아가씨 쪽에 전해진 것일까. 하토리 리에라는 아가씨는 무라사키와 어떤 관계일까. 그리고 또 하나의 의문은 오가타 만조라는 남자다. 이 낡은 연애편지에 그만큼의 가치가 있을 거라는 생각은 들지 않는다. 그렇다면 그 남자를 의심하는 것은 역시 이쪽의 잘못된 추측일까. 아니, 나는 역시 그 남자를 믿을 수가 없다. 그 남자가 돌아가면서 지었던 기분 나쁜 미소, 나는 거기에서 분명 그 남자의 흑심과 꿍꿍이속을 발견한 것이다. 뭔가 있음이 분명하다. 이 병풍에는, 방금 내가 발견한 것 이상의 비밀이 숨겨져 있다.

나는 한동안 멍하니 병풍 앞에 앉아 있었다. 내 머리는 온통 오가타 만조라는 남자의 기괴한 행동으로 가득 차 있었지만 이모의 생각은 또 달랐다. 이모는 방금 발견한, 사랑하는 외동아들의 윗대에 해당하는 사람의 슬픈 사랑에 무척 마음이 동했던 것이다. 그녀는 한동안 슬픈 눈을 가늘게 뜨고 공작 여인을 바라보더니 이윽고 고개를 저으며 조용히 중얼거렸다.

"신고야, 다에코도 들어주렴. 이런 말을 하면 나이 먹은 사람의 미신이라고 웃을지도 모르지만 나는 분명히 알겠어. 조상의 깊은 상념이 요이치의 영혼 속에 살아 있는 거야. 이뤄지지 못한 사랑의 그리움이 요이치의 가슴속에 살아 돌아온 거지. 그렇지 않고서야 왜 요이치가 이 병풍의 여자에게 마음을 뺏겼겠어. 또 그 표지 사진을 한 번 보고 그 사람이란 걸 알아차렸잖아. 하토리 리에라는 사람이야말로 무라사키라는 아가씨의 피를 이어받아 현세에 환생한 분신임에 틀림없어. 아, 그 여자가 좋은 아가씨라면 요이치의 좋은 배필이 되어주련만."

그 말을 들은 순간, 나도 아내도 어떤 엄숙한 상념에 몸이 찡 떨리는 것을 느꼈다.

그날 밤 나는 두 통의 편지를 썼다.

한 통은 나가사키에 사는 대학 시절 친구에게 쓴 것인데, 상대는 나가사키 연구가로 널리 알려진 가자마 고로쿠라는 사람으로, 용건이란 당연히 신샤 겐베에라는 인물에 대해 조사해달라는 의뢰였다. 그리고 또 한 통은 하토리 리에라는 여성에게 보내는 것으로, 그 편지에는 구가 가문에 전해지는 공작 병풍의 유래부터, 오래된 연애편지를 발견한 경위, 또 요이치의 기적에 이르기까지 한층 자세하게 남김없이 적었다.

이 편지에 대한 답장은 이틀 뒤 도착했다. 그리고 그와 거의 같은 시기에 또 다른 사건이 하나 벌어졌는데 여기서는 두 통의 편지부터 먼저 소개하겠다.

**

삼가 답장을 올립니다. 전에도 한 차례 편지를 주셨지만, 제가 받지는 못했습니다. 왜 그런지 의아하게 생각했으나 저는 백부님인 오가타 만조가 댁을 방문했다는 이야기를 듣고 바로 납득했습니다. 친척, 하물며 백부님 되시는 분을 나쁘게 말하는 것은 괴로운 일이지만, 그분은 평소에도 음험한 분으로 전부터 불편하게 생각하고 있었는데, 제게 온 편지를 숨기고 아무 귀띔도 없이 댁에 찾아가다니 정말 수상한 일입니다. 그에 대하여 짚이는바, 말씀하신 사진이란 것도 실은 백부님의 권유로 촬영한 것이었습니다. 한층 의심스럽게도, 확인차 문의하신 병풍을 살펴보니 병풍 뒤에 한 군데 찢어낸 흔적이 있었습니다. 뒤쪽에 병풍 밑그림이 있었다는 것은 저도 압니다만 이번에 찢어진 자리는 그와 다른 곳인지라 뭔가 좋지 않은 꿍꿍이가 있구나 싶어 마음이 편치 않습니다. 아무쪼록 그분을 조심하시기를 당

부드럽니다.

각설하고, 물어보신 공작 병풍에 대해 제가 아는 것을 남김없이 말씀드리겠습니다. 그 병풍은 지금부터 백수십 년 전 나가사키에서 저희 집에 왔습니다. 무라사키라는 분이 지참하셨던 것이라는 이야기를 어릴 적에 어머니로부터 들었습니다. 말씀대로 표면에는 아름다운 사람의 모습이 그려져 있습니다만 이에 대해 어머니가 해주신 이야기를 되살려보자면 이 모습, 즉 이 그림을 그리신 화가분이 자신의 자화상을 그렸다고 하는데, 정말 아름답고 늠름하여, 병풍을 볼 때마다 어린 시절 여러 가지 이상한 일도 있었고 마음이 요동칠 때도 있었습니다. 지금 예상치 못한 편지를 받아 요이치 님이라는 분의 이야기를 들으니, 마음은 점점 뜨거워지고 뭔가 미칠 것처럼 이상한 기분이 듭니다. 솔직히 말씀드리면 저는 오로지 당신의 친절에 기대고 싶습니다. 아무쪼록, 아무쪼록, 경멸하셔도 좋으니, 지금은 그저 요이치 님의 사진이라도 보고 싶어 들뜬 마음으로 있습니다.

너무나 뜻밖의 편지를 받고 마음이 흐트러진 채 일단은 붓을 들었습니다만, 조만간 꼭 찾아뵙고 자세한 이야기를 듣고 싶으니, 그때는 잘 부탁드리겠습니다.

이 편지는 나를 놀라게 하기에 충분했다. 요이치에게 일어난 것과 같은 기적이 리에라는 여자에게도 일어난 게 분명했다. 백수십 년 전 이루어지지 못한 남녀의 애절한 마음이 홀연히 현대에 되살아난 것이다. 그리고 서로 기묘한 영혼의 부름에 흔들려 본 적도 없는 상대의 환상을 좇아온 것이다. 나는 너무나 이상한 기분이 들어 아연하게 아내와 얼굴을 마주 볼 뿐이었다. 하지만 이모는 우리와 달랐다. 그녀는 자못 딱한 듯 몇 번이고 반복해서 그 편지를 읽더니 이윽고 눈물을 머금은 눈으로 우리 부부를 돌아보았다.

"신고야, 잘 보렴. 너무 아름다운 글씨잖니. 이 아가씨는 분명 이 글씨처럼 성격도 아름답고 다정한 아가씨일 거야. 요이치의 신부가 될 사람은 이 아가씨밖에는 없어. 그래, 무슨 일이 있어도 나는 이 아가씨를 내 며느리로 삼을 거야."

한편, 가자마 고로쿠에게서 온 다른 한 통의 편지는 이런 내용이었다.

**

보내주신 편지 잘 읽었습니다. 어떤 연유인지, 나가사

키의 일을 조사해달라는 취지, 저의 마음에 몹시 와닿았습니다. 아무튼 물어보신 신샤 겐베에에 대하여 조사해본바 그 지역에서 아주 유명한 인물임을 보고드립니다. 그 지역에는 지금도 신샤 가문의 소유지가 있어, 제가 어릴 때 자주 그곳에서 놀았던 기억이 있습니다. 이곳이 바로, 물어보신 겐베에가 살던 장소의 흔적입니다. 신샤 겐베에라고 하면 가세이* 시대의 부유한 상인으로 그 요도야 다쓰고로**, 제니야 고헤에***에도 필적할 만한 인물이었다고 여러 문헌에 언급되어 있습니다. 전성기에는 기분****의 부도 능가할 정도였다고 하나, 분세이 3년, 누케니가이拔荷買——즉 작금의 밀무역——를 들키는 바람에 재산을 몰수당하고 겐베에 본인은 참수되었다 합니다. 이 사건은《매화당 견문집梅花堂見聞集》이라는 고서에 상세히 기록되어 있으므로 참고하십시오. 신샤 겐베에의 자손에 대해서는 유감스럽게도 생사 여부를 알 수가 없으나 최선을 다하여 조사한 결과 알게 된 흥미로운 전설 한 가지를 말씀드립니다. 그것은 겐베에가 참수되기 얼마 전, 사전에 그런 일이 있을 것을 각오

---

* 化政, 분카와 분세이 시대. 에도 시대 말기로, 평민 예술이 성숙하였다.

** 淀屋辰五郎, 에도 중기 오사카의 거상.

*** 銭屋五兵衛, 에도 말기의 거상, 해운업자.

**** 紀文, 겐로쿠 시대에 큰 재산을 일구었다고 전해지는 상인, 기노쿠니야 분자에몬紀伊国屋文左衛門의 약칭.

하고 재산 중 황금 3만 냥, 황금 닭 한 쌍, 저울추 모양의 금
괴 1000개, 오에다 산호, 백은으로 만든 식기 등 막대한 재
산을 어딘가에 묻어놓았다는 것인데, 해당 지역에 사는 노
인들 중에는 지금까지도 그 전설을 굳게 믿는 사람이 있다
고 합니다.

　오른쪽에 참고할 고서를 첨부합니다.

**

　나는 이 편지를 읽고 처음으로 전부 알 것 같은 기분이 들
었다. 마사노부의 편지에 드러난 일종의 기이한 불안, 그것
은 신샤 겐베에에게 닥친 커다란 불행을 의미하는 것이었음
에 틀림없다. 그 무렵에 마사노부는 이미 겐베에가 재산을
몰수당하는 건 피할 수 없는 운명이라 생각했을 것이다. 하
지만 젊은 화가인 그로서는 어찌할 도리가 없었다. 그는 그
저 연인에게 보내는 편지에 넌지시 그 불행에 대한 예감을
적었을 것이다.

　그런데 겐베에가 참수되기 전에 묻어두었다는 재보 이야
기는 진실일까? 당시 황금 3만 냥이라면 현대의 화폐가치로
는 막대한 액수가 될 것이다. ……거기까지 생각했을 때 나
는 아연해서 무릎을 탁 쳤다. 그렇다, 그 의안의 오가타 만조

가 노리는 것은 그 보물이 아닐까. 그 보물의 소재에 관해 기록된 서류 같은 것이 이 병풍 어딘가에 숨겨져 있는 것이 아닐까.

꽤 엉뚱한 생각 같았지만 또 뒤집어 생각해보면 그렇게 황당무계한 것은 아니다. 재보를 묻은 신샤 겐베에가 그 소재를 밝힌 서류를 당시 완성된 병풍 속에 붙여두었다는 것은 상상할 수 있을 법한 일이다. 실제 하토리 가문에 있는 병풍의 뒷면에는 오가타 만조가 찢은 흔적이 있다고 하지 않았던가. 그 부분만으로는 재보가 묻힌 위치를 알아내기에 부족했을 것이다. 그리고 그것을 채워줄 열쇠가 이쪽 병풍에 숨겨져 있을 거라 생각하는 데는 어떤 근거가 있었을 것이다.

나는 굉장한 흥분을 느끼고 다시 한번 그 병풍을 샅샅이 뒤져보았다. 하지만 결국 뭔가를 발견할 수는 없었다. 내가 그 병풍 속에서 얻은 것은 전에도 말한 그 한 다발의 연애편지뿐이었다. 어쩌면 그 연애편지 속에 뭔가 그것을 암시하는 내용이 있지 않을까 하고 또다시 그 오래된 편지를 꺼내어 살펴보았지만 내가 부족한 탓인지 딱히 특별한 것은 찾지 못했다. 그래서 만에 하나 신샤 겐베에가 묻은 보물이란 것이 정말 이 세상에 존재한다고 하더라도 분명히 그것은 이 병풍과는 관련이 없으며, 오가타 만조가 뭔가 사리에 맞지 않는 착각을 하고 있는 거라고 생각지 않을 수 없었다. 하지만 그날 밤, 뜻밖에도 이곳에 너무나 무서운 사건이 일어났던 것이다.

병풍의 기적

이제부터 언급하려는 피비린내 나는 사건을 너무 자세히 이야기하고 싶지는 않다. 일단 그것은 사랑하는 자식을 전장으로 보내고 혼자 조용히 빈집을 지키고 있는 이모에 대한 모독이기도 하다. 그러므로 가급적 간단하게 그 밤의 사건에 대해 서술하려고 한다.

새벽 2시 무렵일 것이다. 나는 이상한 소리에 눈을 뜨고 허둥지둥 잠자리에서 일어났다. 아내도 같은 소리를 들은 듯 나보다 먼저 일어나 있었다. 소리는 아무래도 은신처 쪽에서 나는 것 같았다. 그곳에는 이모가 홀로 누워 계실 것이기에 무엇보다도 그 점이 신경 쓰였다. 그래서 따라 나서는 아내를 만류하고 복도를 따라 별채 쪽으로 왔을 때 어둠 속에서 느닷없이 어떤 사람과 부딪쳤다.

이 상황에 나도 놀랐다. 나는 절대 자신이 겁쟁이라고 생각하지 않지만 이때만큼은 간담이 서늘해졌다. 상대의 시커

먼 모습은 천장을 뚫을 듯 크게 보였다. 그는 나를 지나쳐 복도의 덧문을 부수고 바람처럼 밖으로 달려 나갔다. 하지만 그 순간 나는 확실히 보았던 것이다. 그 남자의 한쪽 눈이 고양이처럼 어둠 속에서 빛나고 있는 것을. 오가타 만조 이외에 그런 이상한 눈을 가진 남자가 있을 리 없다.

한순간 그 남자를 뒤쫓을까 망설였지만 바로 생각을 고쳐 먹고 별채로 들어가 불을 켰다. 이모가 잠자리에서 똑바로 몸을 일으킨 채 눈을 감고 뭔가 입속으로 염불하고 있는 것을 보니 정말 안심이 되었다. 자른 머리가 희미하게 떨렸지만 딱히 두려운 표정은 보이지 않았다.

"신고니?"

이모는 여전히 눈을 감은 채 가라앉은 목소리로 말했다.

"예, 이모님. 무슨 일 있었나요?"

"아니, 난 괜찮아. 그런데 신고야, 방금 이상한 소리를 들었어."

"이상한 소리라니요?"

"요이치의 목소리야. 그래, 그 아이 목소리를 들었어. '어머니'하고 그 아이가 소리쳤어. 그리고 '그 사람을 부탁합니다'라고 한 것 같아. 오늘 밤 요이치의 신변에 뭔가 이상한 일이 생긴 것이 분명해."

나는 몸이 오싹해지는 충격을 받아 눈도 깜박이지 못하고 이모의 얼굴을 뚫어져라 보았다. 그때의 느낌을 뭐라고 표현하면 좋을지 나도 모르겠다. 이부자리 위에 단정하게 앉아 있는 이모의 자그마한 모습이 내 눈에는 성자처럼 비쳤다. 그 작은 계란형 얼굴에서 후광이 비치는 듯 보였다. 내가 숨도 쉬지 못하고 그 엄숙한 모습을 보고 있으려니, 이윽고 이모가 말간 눈을 떴다.

"신고야, 나쁜 사람은 도망쳤니?"

"네, 도망갔습니다."

"그러냐. 그럼 바로 경찰에 전화해주렴. 그 병풍 뒤쪽에 또 다른 나쁜 사람이 살해당해 있을 거야."

그날 밤은 내게 있어 놀랄 일투성이였다. 이모의 말에 놀라 옆방에 있는 공작 병풍 뒤쪽을 들여다보니, 정말 그곳에는 무참하게 가슴을 찔린 추한 남자의 시체가 놓여 있었다. 아직 젊은 청년이었는데, 어딘가 모르핀중독자를 연상시키는 기형적인, 세상에서 낙오된 사람의 모습이었다. 물론 이제까지 단 한 번도 본 적 없는 남자였다.

놀란 나는 이모 곁에 돌아와 맞은편 방으로 옮길 것을 권했다. 하지만 이모는 가볍게 고개를 저으면서 온화하게 말했다.

"아니야, 나는 역시 여기 있으마. 여기엔 요이치의 사진이 있으니까."

그래서 나는 아내를 불러 이모를 부탁하고는 바로 경찰에 전화를 걸었다. 이후의 일은 죄다 경찰의 영역이라 우리는 전혀 알지 못한다. 일단 나는 그 피해자를 모른다. 또한 가해자에 대해서도 많은 이야기를 하지 않았다. 그들의 목적이 공작 병풍에 있으리라는 사실은 의심할 여지가 없었지만, 그 점에 대해서도 나는 침묵을 지켰다. 더 이상 이모의 신변을 어지럽히고 싶지 않았기 때문이다. 그래서 결국 이 사건은 이런 식으로 세상에 보도되었다.

2인조 강도가 들이닥쳐 그중 한 사람이 동료를 살해하고 도망갔다고.

하지만 여러분, 나는 이보다 조금 더 많은 것을 알고 있다. 살해당한 남자는 결코 가해자의 동료가 아니라는 것을 말이다. 그들은 오히려 경쟁자였다. 전혀 다른 단서를 통해 공작 병풍에 눈을 돌린 두 사람은 우연히 그날 밤 목적하는 물건 옆에서 마주친 것이다. 그리고 한쪽이 경쟁자를 죽이고 도망쳤을 것이다. 언젠가 내가 받은 이상한 전보의 발신인이 그날 밤 우리 집에서 살해당한 남자일 거라고 나는 확신한다.

내가 그렇게 믿는 데는 이유가 있다. 그날 밤 나는 경찰에 전화한 후 경관이 올 때까지 시체를 뒤져 이상한 서류를 발견했던 것이다. 나는 그 사실을 아내에게도 말하지 않았는데, 지금 그 서류란 것을 다음에 게재해두려고 한다. 그것은 미농지*에 쓰인 오래된 사본의 일종으로 표지에는 '나가사키 이문집長崎異聞集'이라고 쓰여 있었다. 이 작은 책의 저자는 나가사키 봉행소에 근무하는 공무원인 듯 간사이 옹이라는 서명이 있었다. 내용은 모두 간사이 옹이 나가사키 봉행소에 근무하던 무렵 보고 들은 사실을 기록한 것인 듯 마지막에는 다음과 같은 구절이 있었다.

'신샤 겐베에가 여자 병풍 뒤쪽에 재보의 소재를 적어놓음.'

여기에 그 한 구절을 원문 그대로 게재한다. 이 구절이야 말로 공작 병풍의 비밀을 풀 열쇠라고 믿기 때문이다. 실은 이 구절 뒤에 또 하나의 비밀이 있었다는 사실을 금세 알게 되었지만 말이다.

**

나는 지금까지 나가사키 봉행소에 근무하며 이토조라는 노파를 알게 되었는데 그는 분쿄인文恭院 님(도쿠가와 이에

---

* 닥나무 껍질로 만든 질기고 얇은 종이의 하나. 묵지를 받치고 글씨를 쓰거나 장지문에 바르는 데에 쓰이며, 이름은 일본 기후현 미노美濃 지방의 특산물인 데서 비롯되었다.

나리*를 가리킴)의 통치 기간 동안 누케니가이 건이 발각되어 사형당한 신샤 겐베에 밑에서 봉사하였다고 한다. 그자가 말하기를 겐베에 밑에서 일하다가 그의 딸 무라사키라는 자가 오노미치로 돌아갈 때 따라가 그녀가 죽을 때까지 봉사한 후 무라사키가 타계함에 따라 다시 나가사키로 돌아왔다. 그녀는 나가사키로 돌아와 노후를 의탁한 곳에서 여생을 보낼 때 나에게 다음과 같은 괴이한 이야기를 하였다. 무라사키라는 아가씨는 그 후 연이 있어 그곳의 호걸인 하토리라는 자에게 시집가서 아이를 하나 낳았으나 산후 회복이 잘되지 않은 탓에 얼마 지나지 않아 타계하였는데, 임종 시 아주 기이한 글을 병풍 뒤에 붙여두었다고 한다. 그 내용이 무엇인고 하니 겐베에가 사형당할 때 몰래 황금 3만 냥, 황금 닭 한 쌍, 저울추 모양의 금괴 1000개, 백은 식기, 오에다 산호, 기타 등등의 재산을 은닉한 뒤에 그 소재를 표시한 그림지도를 병풍 안에 숨겨놓았다는 것이다. 한데 그 병풍은 어찌 된 연유인지 가운데서 찢어져서 중요한 그림지도를 붙인 부분은 에도로 넘어갔다고 한다. 그런즉, 이 글을 본 자는 반드시 에도로 가서 그 병풍을 거두어 그림지도를 찾아내어 재보를 발굴하라는 의미이다. 이것은

* 德川家斉, 일본 에도 막부의 제11대 쇼군.

실로 근세의 일대 사건, 괴이한 사건이지만, 이토조가 말하기로는,

**

이 기묘한 수기는 거기서 뚝 끊겨 있었다. 분명 그다음 한 장이 찢겼을 것이다. 하지만 이것만으로도 충분하다. 오가타 만조나 신원 미상의 남자가 그 공작 병풍에 눈독을 들인 데는 그만한 이유가 있었던 것이다. 만조가 하토리 가문의 병풍 뒤에서 꺼냈다는 것은 분명 무라사키의 유서였으리라. 그는 그 밑그림을 발견했을 때 동시에 이 유서도 발견했을 것이 틀림없다. 그리고 살해당한 신원 미상의 남자는 그와는 다른 실마리, 즉《나가사키 이문집》의 사본을 통해 신샤 겐베에가 묻어놓은 재보의 존재를 알게 되었음이 분명하다. 그것은 정말 괴이한 이야기이지만 일단 도전해볼 만한 가치는 충분할 정도의 진실성을 갖고 있다. 게다가 전에도 말했듯 황금 3만 냥이란 그것만으로도 커다란 가치가 있는 돈인 것이다.

하지만 이것은 대체 어찌 된 영문인가. 그들이 목숨을 걸고 찾고 있는 중요한 그림지도가 그 병풍 뒷면에 없었다는 사실은 이미 여러분도 아시는 바이다. 무라사키라는 아가씨

가 악의 섞인 장난을 쳐 백수십 년 뒤의 사람들을 기만한 것일까. 아니면 실제로 그 그림지도는 존재하는 것일까. 한참 전에 누군가가 발견한 것일까. 나는 당시 엄청난 호기심을 느꼈다는 사실을 고백한다. 하지만 다행인지 불행인지 그때 나는 이 한심한 호기심의 충동에 따라 행동할 겨를이 없었다.

그날 밤 이모가 들었다는 요이치의 목소리, 그것이 커다란 불안이 되어 우리 일가를 덮쳤다. 이모는 그 후 절대 은신처를 나가려 하지 않았다. 낮이건 밤이건 요이치의 사진 앞에 앉아 염주를 굴리고 있었다. 이모는 요이치의 전사를 믿어 의심치 않았다. 그리고 우리 부부는 그녀를 위로하는 데 여념이 없었다.

과연 이모의 예감은 반은 적중했다. 며칠 뒤 우리는 어떤 경위에서 요이치의 소식을 접할 수 있었다. 요이치는 전사하지는 않았지만 명예로운 부상을 입고 현지에 있는 위수병원*으로 후송되었다는 것이다. 이때 요이치의 활약은 기록에 남을 만큼 훌륭한 것이었던 모양이다. 요이치의 활약에 대해 들었을 때 이모는 잠자코 고개를 끄덕였다. 요이치가 전사했다고 확신할 때도 전혀 소란스러운 모습을 보이지 않

* 衛戍病院, 위수 지역 내의 군인에 대한 의무 지원을 위해 설치한 군 병원.

았던 이모는 요이치의 부상 정도를 들을 때도(꽤 중상이었지만) 눈썹 하나 꿈틀하지 않았다. 지금 나는 이 존경스러운 모자 앞에서 경의를 표한다.

요이치의 활약상은 그의 사진과 함께 신문에 게재되었다. 나중에 알게 된 것이지만 이 기사는 전국 신문에 실린 모양이다. 그 결과, 우리는 아는 사람이든 모르는 사람이든 전 국민에게 간곡한 위문을 받았다. 이런 커다란 감동의 소용돌이 속에서 우리가 한때 그 공작 병풍에 대해 완전히 망각해버린 것은 당연한 일이리라.

그런데 그 기사가 나고 나서 이틀째의 일이었다. 나는 다시금 나가사키의 가자마 고로쿠로부터 한 통의 서면과 작은 소포를 받았다. 서면은 그 후로 신샤 겐베에에 관하여 흥미로운 사실이 적힌 소책자를 발견했으니 한번 보시라는 내용이었다. 나는 서둘러 소포를 열어보았는데, 거기서 발견한 것은 내가 이미 요전에 신원 미상의 시체에서 발견한 그《나가사키 이문집》이었다.

사본이라 필사한 사람의 오자나 탈자로 보이는 부분이 군데군데 있었지만 두 개가 완전히 같은 책인 것은 의심할 여지가 없었다. 그래서 기증자에 대한 예의로, 일단 그 부분을 펼쳐보았는데, 거기서 나는 정말이지 의외의 것을 발견했다. 전의 사본에는 마지막 한 장이 없었다는 사실을 이미 밝

혔는데 가자마가 보낸 사본에는 그 부분이 제대로 붙어 있었다. 그리고 문제는 바로 그 마지막 한 장에 있었다. 여기에 그 부분만을 발췌해본다.

전에 발견한 사본에는 '이것은 실로 근세의 일대 사건, 괴이한 사건이지만, 이토조가 말하기로는,'이라는 부분에서 끊겨 있었는데 그 뒤는 다음과 같이 이어져 있었다.

**

이토조가 말하기로는 이 모든 게 거짓이라는 것이다. 그렇다면 무엇 때문에 무라사키가 이 같은 이상한 이야기를 적어두었냐고 물으니 그 병풍 때문이라고 한다. 그 병풍은 아름다운 남녀 두 사람을 그린 것이라 하더라. 여자는 무라사키이며 남자는 그녀를 그린 화가라 한다. 그들은 서로 깊이 연모하는 사이였으나 겐베에가 참수형을 당했을 때 본의 아닌 이별을 하게 되었다. 그때 무라사키가 말하기를 에도와 나가사키로 갈라지면 다시는 서로 볼 수 없을 것이니 적어도 추억으로 소첩의 그림을 가지고 돌아가시옵소서. 소첩 또한 낭군님의 그림을 매일 옆에 두고 님을 잊지 않기 위해 병풍의 반을 가져가고 싶습니다. 무라사키는 그 후 연이 있어 다른 가문에 시집갔을 때도 마음은 항상 그 화가에게 있었다고 한다. 죽어서라도 다시 한번 그 사람을 만나고 싶다며 슬퍼하고 탄식하였으며 문득 이별했을 때 그 사람과 나눈 말을 생각하였다고 한다. 이 병풍을 다시 하나로 맞출 때야말로 두 사람이 하나가 될 때이니, 그것은 현생이라도 좋고 다음 생이라도 좋아, 갈라진 병풍을 다시 원상 복구시킬 때야말로 그분과 내가 하나가 될 때라는 것을 절대 잊지 말라는 것이 그분의 마지막 말씀이었다고 하였다. 그리하여 무라사키는 자손이 그 병풍을 찾기를 바라는 의도에서 그렇게 말했다고 한다. 황금 3만 냥이라면 누구라도 반드시 탐낼 것이며 그 병풍을 반드시 찾게 될 것이다. 무라사키의 애절한 사랑에 절대 다른 뜻은 없었다는 이 토조의 말을 듣고 나는 너무 놀라 말문을 잃었지만, 훗날을 위하여 이 일을 기록하여둔다.

**

너무 놀란 나머지 한동안 말문을 잃은 건 꼭 간사이 옹만은 아닐 것이다. 나조차 한동안 망연히 있었을 정도였다. 그렇다면 오가타 만조도 그 신원 미상의 남자도 존재하지 않는 재보의 환영을 좇아서 목숨을 걸었던 셈이다. 이 무슨 해괴한 일이란 말인가. 백수십 년 전, 비련에 미친 여자가 설계

한 함정에 이제 와서 두 남자가 보기 좋게 떨어진 것이다. 신원 미상의 남자는 중요한 부분이 떨어져 나간 사본을 손에 넣었다. 그것이 그의 불행이었던 것이다. 나는 더는 그 남자를 생각하지 않으련다. 그가 누구든 그것은 이미 내가 알 바가 아니다. 또 오가타 만조의 경우도 살인이라는 중죄를 저지르고서 두 번 다시 우리 앞에 나타날 일은 없을 것이다. 생각해보면 가엾은 남자다. 나는 그를, 그를 기다리는 운명에 맡기고 내 쪽에서 손을 내밀지는 않으려 한다. 언젠가는 그도 자신의 잘못을 알아차릴 것이다.

하지만 이것은 어찌 된 영문일까. 갈라진 두 개의 병풍은 아직 하나가 되지 않았지만 이제 서로 어디 있는지 알고 있다. 그것이 하나가 될 때는……. 내가 거기까지 생각했을 때였다. 아내가 밖에서 큰 소리로 나를 불렀다.

"여보, 여보, 그분이 오셨어요. 하토리 리에 씨가요. 병풍을 가지고요."

내가 서재에서 뛰어나가자 아내는 숨을 헐떡거리면서 이렇게 말했다.

"지금 은신처에 계세요. 그 신문 사진을 보았다면서요. 너무나, 너무나, 말로 표현할 수 없을 만큼 아름다운 분이에요."

내가 은신처에 들어갔을 때 하토리 리에는 도코노마에 올려놓은 요이치의 사진을 꼼짝 않고 보고 있었다. 나는 태어 나 그처럼 감동적인 장면을 본 적이 없다. 아내의 말은 거짓 이 아니었다. 그녀의 아름다움은 이 세상 것이라고는 생각 되지 않을 정도였다. 언젠가 보았던 표지 사진과는 달리 오 히려 수수한 기모노를 입고 있었지만 그것은 그녀의 아름다 움을 조금도 손상시키지 않았다. 길게 찢어진 눈은 동그랗 게 커져 있고 포동포동한 뺨에서 이마로 이어지는 선은 바 닥에 꽂힌 흰 백합처럼 희미하게 떨리고 있었다. 문득 그 눈 에서 진주 같은 눈물이 샘솟는가 싶더니 그녀는 무너지듯 바닥에 미끄러져 이모 앞에 손을 짚었다.

"이분이 틀림없어요. 네, 분명 이분이에요. 어릴 때부터 제 가 이렇게 눈을 감으면 아른아른 떠오르던 모습은 분명 이 요이치 님이 틀림없어요. 아, 저는 얼마나 이 모습을 흠모했 는지요. 그리고 얼마나 미칠 것 같은 기분이 들었는지요. 요 전날 밤에도 저는 분명 이분의 모습을 보았어요. 새벽 2시쯤 이었을까요. 저는 무서운 소리에 눈을 떴어요. 제 눈앞에는 뭔가 검은 연기가 자욱했어요. 그것은 작렬하는 모래 먼지 와도 같았죠. 그것이 걷혀감에 따라 저는 분명히 보았어요. 대여섯 병사들의 선두에 서서 요이치 님이 검을 휘두르며 돌진하고 계신 것을요. 그때 다시 무서운 소리가 작렬했습 니다. 그리고 그 부근은 다시 모래 연기에 갇혀버렸죠. 그때 요이치 님은 싱긋 미소 지었어요. 그리고 목이 쉴 정도로 소리를 지르셨죠. 소리 높이, 만세, 라고요."

리에는 흑흑 울기 시작했다. 나와 아내는 무심코 얼굴을 마주 보았다. 이모는 말없이 리에의 어깨에 손을 얹고 있다. 리에는 다시 고개를 들었다.

"어머님, 부탁입니다. 저를 여기 머물게 해주세요. 저는 이곳 외에는 달리 갈 데가 없습니다. 부족한 저입니다만, 아무쪼록, 아무쪼록, 요이치 님의 사진 곁에 있게 해주세요."

"오, 당신을 어디 보내겠어요. 당신은 요이치의 신부입니다. 아니, 당신 말고 요이치의 아내가 어디 있겠어요. 자."

이모는 다시금 리에를 요이치의 사진 앞에 앉히고는 지금이야말로 하나가 된 공작 병풍을 돌아보고, 이어 우리 쪽을 보더니 빙긋 환한 미소를 지었다. 그리고 말했다.

"신고, 그리고 다에코. 자, 축복의 말을 해주렴."

작품 해설

장경현(추리소설 평론가, 조선대학교 교수)

　　요코미조 세이시는 에도가와 란포와 함께 일본 추리소설을 세계적인 수준으로 끌어올려 일본이 또 다른 추리소설의 종주국으로 자리 잡는 데 공헌한 작가이다. 그의 대표 탐정인 긴다이치 고스케는 일본의 국민 탐정으로 엄청난 인기를 얻었지만 이전에 또 다른 탐정인 도쿄 경시청 출신의 '유리 린타로' 시리즈가 있었다. 국내에서는 상당히 오래전에 시리즈 마지막 장편《나비 부인 살인 사건》한 편이 소개된 적 있으나 크게 주목을 받지는 못했고 그마저도 정식 번역판은 아니었다. 이《신주로》가 최초의 정식 번역 작품인 셈이다. 그리고 이 작품은 1936년 발표한 유리 린타로 시리즈의 첫 장편으로*,

---

* 1936년 10월부터 1937년 1월까지 잡지《신청년》에 연재되었다. 유리 린타로 시리즈는 중·장편 아홉 편과 단편 22편, 그 외 청소년 대상 소설 30여 편에 이른다. 중편과 장편의 구분이 다소 모호한지 문서마다 조금씩 다르게 추산하고 있는데, 이것은 평론가 나카가와 유스케의《에도가와 란포와 요코미조 세이시》(권일영 옮김, 현대문학, 2022)에 따른 것이다.

요코미조 세이시 초기의 탐미적인 성향을 만끽할 수 있다. 요코미조 세이시를 본격적인 작가가 되도록 격려했던 에도가와 란포는 이 작품을 극찬했고 요코미조 본인도 자신의 베스트 작품 10선 중 9위로 선정했다.

요코미조 세이시는 1933년 〈사혼자死婚者〉라는 작품을 잡지《신청년》에 싣기로 예고까지 하고 집필 도중 각혈을 하여 나가노현의 요양원에 들어갔다. 1년여를 활동하지 못하다가 1935년부터 작품을 발표했는데 이때부터 유리 린타로라는 캐릭터를 만들기 시작했고 〈사혼자〉의 구상을 발전시켜《신주로》를 집필했다. 당시 일본 대중소설의 흐름에 따라 요코미조 세이시는 에도가와 란포와 비슷한 탐미적이고 음울한 작품을 썼는데 요양 기간 동안 그런 성향이 더욱 강해져 이 작품에 반영되었다. 하지만 그것에 더하여 추리소설이라는 본연의 정체성을 더 강화하기도 했다. 본인은 당시 유행하던 관능적인 공포 분위기 소설과 이성적인 추리소설을 차별했고 이에 대한 내적 갈등이 있었던 듯하다.

그 결과로 이 작품은 여러모로 신비하고 기괴한 분위기를 전면에 내세우는 작품이다. 긴다이치 고스케 시리즈의《팔묘촌》과 비슷한 부류랄까. 요코미조 세이시는《신주로》에서 평범한 영문학 강사 시나를 화자로 내세워 누구나 공감할 수 있는 공포감을 조성하고 화자가 느끼는 감정을 긴박하게 묘사하고 있는데 이것은《팔묘촌》등에서 효과적으로 사용한 방식이다. 쉽게 접근할 수 없는 폐쇄된 자연 공간을 이용한 살인과 그곳에서 결착이 지어진다는 것 또한 그러하다. 즉 추리소설로서의 정체성보다 서스펜스 스릴러의 정체성이 좀 더 강하다고 볼 수 있다. 여기에 남녀의 비극적인 사랑을 그리고 있다는 것도 공통점이라 하겠다.

원한 때문에 인위적으로 남녀를 교배시켜 사이코패스 살인마를 만들어냈다는 설정은, 끔찍한 비극을 겪은 여인이 자신과 남편의 원수에게 복수하기 위해 일부러 강한 남자와 관계하여 딸을 낳아 복수귀로 키웠다는 내용의 일본 영화〈수라설희〉에서도 볼 수 있고, 에도가와 란포의〈외딴섬 악마〉에서 인위적으로 신체 장애인을 만들어 팔거나 살인자로 키웠다는 설정과도 비슷한 느낌이 있다. 물론 어린아이를 전문 킬러로 키워낸다는 설정은 여러 매체에서 흔히 볼 수 있지만, 개인이 자신의 죄에 대한 사회적 제재에 복수하기 위해 정서적인 훈련을 통해 사이코패스를 만들어냈다는 것은 특이하다. 게다가 그 살인마가 비현실적으로 아름다운 미소년이라니('진주 소년'이라는 제목은 진주처럼 아름답다는 뜻이겠지만 한편으로는 인위적으로 만들어내는 보석인 진주의 다소 잔혹한 속성을 떠올리게도 한다).

그렇지만 작품 전반에 걸쳐 서정적이고 시적인 묘사가 많고, 심지어 젊은 남자 둘과 아름다운 소녀 한 명이 호수에서 어울리는 모습은 슈토름의 1849년 작 〈임멘 호수〉(과거 번역 제목은 〈호반〉)를 떠올리게 할 만큼 초반의 분위기는 낭만적이다. 나중에는 이러한 서정적인 부분들이 모두 공포와 스릴의 요소로 반전되지만. 그럼에도 사건 전체의 비극성은 끝까지 주인공 시나의 관점에서 서술되어 애절함마저 느끼게 한다. 덕분에 탐정인 유리 린타로는 오히려 냉정한 인물이 되어버렸지만. 혹시 이 작품을 아는 독자라면 스포일러가 되겠지만, 마지막의 강렬한 여운은 스탠리 엘린의 빼어난 단편 〈벽 너머의 목격자〉를 연상시키기도 한다.

이런 특징들 때문인지 이 작품은 세 번이나 드라마로 만들어졌다. 그러나 '유리 린타로' 시리즈가 아닌 '긴다이치 고스케' 시리즈의 일부로 각색되어 내용도 바뀐 것이 많다.

긴다이치 고스케의 데뷔작인 《혼진 살인 사건》보다 10년이나 전에 나온 오래된 작품이기 때문에 고전적인 트릭을 쓰고 있어 아마 추리소설에 익숙한 독자라면 이미 중반쯤에는 범인과 트릭을 눈치챘을 수도 있겠다. 작가 본인은 엘러리 퀸의 유명한 모 작품에서 아이디어를 얻었다고 했다. 그런데 세부적인 트릭에 대해서는 설명이 상세하지 않고 범인의 동기와 심리도 짐작은 할 수 있으나 명확하지 않다. 긴다이치 고스케 시리즈는 요코미조 세이시가 존 딕슨 카를 탐독한 후 추리소설에 매진하겠다고 결심한 결과로 나온 것이므로 트릭과 동기가 논리적이지만《신주로》는 그런 노선 전환 이전의 작품이므로 그런 면은 다소 부족한 것이 사실이다. 그럼에도 불구하고 유리 린타로 시리즈는 고풍스러운 문체와 탐미주의적인 분위기, 관능성 등을 보여주는 요코미조 세이시의 초기 작풍을 담고 있고《신주로》는 이런 특성을 한껏 살린 명작이다.

한편 1940년《신청년》에 발표한 단편 〈공작 병풍〉은 작품 처음에 선언한 대로 추리소설은 아니다. 전쟁 당시 일본 정국의 검열과 탄압으로 추리소설 집필이 어려울 때 쓴 것이다. 어쩐지 무협소설의 거장 김용의 모 작품을 연상케 하는 소재인데, 고풍스러운 민담과 같은 문체와 과거 일본 사회의 여러 가지 제약에 고통받았던 젊은이들의 운명적인 로맨스를 구전 소설 같은 느낌으로 써낸 것이 요코미조 세이시의 낭만적인 작풍을 잘 보여주는 작품으로, 일본 전통문화와 지역사회에 대한 작가의 관심이 긴다이치 시리즈로 이어졌음을 알 수 있게 한다.

옮긴이 **정명원**

이화여자대학교 신문방송학과를 졸업하고, 일본어 전문 번역가로 활동 중이다. 옮긴 책으로《옥문도》《팔묘촌》《이누가미 일족》《혼진 살인 사건》《병원 고개의 목매달아 죽은 이의 집》《가면무도회》《미로장의 참극》등이 있다.

신주로

초판 1쇄 인쇄일 2025년 5월 26일
초판 1쇄 발행일 2025년 6월 5일

지은이 요코미조 세이시
옮긴이 정명원

발행인 조윤성

편집 박고운 **디자인** 최희영 **마케팅** 최기현
발행처 ㈜SIGONGSA **주소** 서울시 성동구 광나루로 172 린하우스 4층〈우편번호 04791〉
대표전화 02-3486-6877 **팩스(주문)** 02-598-4245
홈페이지 www.sigongsa.com / www.sigongjunior.com

글 ⓒ 요코미조 세이시, 2025

ISBN 979-11-7125-828-4 (04830)
ISBN 979-11-7125-827-7 (세트)

*SIGONGSA는 시공간을 넘는 무한한 콘텐츠 세상을 만듭니다.
*SIGONGSA는 더 나은 내일을 함께 만들 여러분의 소중한 의견을 기다립니다.
*잘못 만들어진 책은 구입하신 곳에서 바꾸어드립니다.

WEPUB 원스톱 출판 투고 플랫폼 '위펍' _wepub.kr
위펍은 다양한 콘텐츠 발굴과 확장의 기회를 높여주는
SIGONGSA의 출판IP 투고·매칭 플랫폼입니다.